發條精靈戰記

天鏡的極北之星

Alderamin on the Sky

7

宇野朴人

Illustration 竜徹

角色原案 さんば挿

Kadokawa Fantastic Novels

Alderamin on the Sky
Bokuto Presents

登場人物

卡托瓦納帝國

伊庫塔・索羅克……………本作的主角，在非自願的情況下成為軍人的怠惰少年。
雅特麗希諾・伊格塞姆……舊軍閥名家伊格塞姆家的女兒，在帝國發生軍事政變之際脫離「騎士團」。
托爾威・雷米翁……………舊軍閥名家雷米翁家的么兒。率領狙擊兵尋求新時代的戰爭方式。
馬修・泰德基利奇…………體型微胖的平凡少年，對才華洋溢的同伴們抱有憧憬。
哈洛瑪・貝凱爾……………身為醫護兵的女性，在一行人中是最有大姊姊風範的成員。
夏米優・奇朵拉・卡托沃瑪尼尼克……帝國第三公主，將伊庫塔捲入某個宏大的企圖。
巴達・桑克雷………………已故。伊庫塔之父，前「旭日團」司令官。不拘常規性格奔放的軍人。
優嘉・桑克雷………………已故。伊庫塔之母，因停戰交易被齊歐卡轉送給帝國的不幸女子。
庫巴爾哈・席巴……………帝國陸軍少將，作為新「旭日團」的參謀站在伊庫塔這一方。
索爾維納雷斯・伊格塞姆……帝國陸軍元帥，雅特麗之父。身為保守派的頭號人物，挺身對抗政變。
約倫札夫・伊格塞姆………帝國名譽上將，以「烈將約倫札夫」之名廣為人知的傳說軍人。
泰爾辛哈・雷米翁…………帝國陸軍上將，托爾威之父。因憂心國家的未來掀起政變的主謀。
托里斯奈・伊桑馬…………帝國宰相，令皇帝淪為傀儡，假借君威出謀劃策。

齊歐卡共和國

約翰・亞爾奇涅庫斯………被頌揚為「不眠輝將」的齊歐卡名將，具備完全不需睡眠的特異體質。
米雅拉・銀…………………約翰的女性副官，擁有已滅亡的極東國家「亞波尼克」的血統。
塔茲尼亞特・哈朗…………齊歐卡陸軍上尉，約翰的盟友。

拉・賽亞・阿爾德拉民

亞庫嘉爾帕・薩・杜梅夏……拉・賽亞・阿爾德拉民神聖軍上將，個性豪爽的男性。

總覺得繞了很長一段遠路。在掃開黑暗轉為大亮的天空下，炎髮少女嬌小的身軀牽著韁繩開始這麼想。

「——還沒到嗎？」

「對不起，再一會！再一會就到了！」

聽到與三十分鐘前詢問時完全相同的答覆，少女狐疑地皺眉——自作為中轉地點的村子出發時，天空甚至還沒泛白。只要筆直地走完剩下十餘公里即可抵達目的地，她本來預想在黎明前能夠抵達。

然而，負責帶路的士兵們卻藉口「這裡路況不好」、「有山賊出沒」等等，每逢岔路就選奇怪的路線，導致現在已遠遠超過預定抵達時間，少女終於愈來愈感到不對勁。

「…………」

她閉上眼睛在眼瞼下描繪地圖——從伊格塞姆邸出發前，少女將目的地周邊的地理環境牢記在腦海中。拜此所賜，即使經過好幾次岔路仍然能確實掌握自己的所在位置。這對八歲小孩而言是超常的空間辨識能力。

從結論來說，大約從一小時前起，他們和目的地的距離既沒拉遠也沒拉近，只是沒有意義的反覆江迴繞行，看不出朝哪個地方前進的意圖。看在少女眼中難以理解——以這種形式白走遠路有什麼意義？

「難道說，我不受歡迎？」

少女率直地發問。她首先懷疑，這如字面含意般是種拐彎抹角的刁難。處在其他派系以遊學名義安插進來的立場，若遭遇刁難她倒也非無法理解。軍隊組織對內十分團結，相對的在對待外人上很排外——父親這麼教導過她。

「咦？——不！」「絕無這樣的事！」

被她一問，士兵們慌張地回頭拚命搖頭，態度看起來不像只是表面的敷衍。少女本人也完全沒印象曾遭士兵冷漠對待過，反倒從出發開始，便察覺他們處處用心以免她感到不便。

也不是因為看她是小孩就加以輕視。不過少女的出身背景和容貌，最重要的是本人的言行舉止足以拒絕這樣的輕蔑。小小年紀的她已具備某種風格。少年老成——那是這類的形容終究無法企及，生而為伊格塞姆者堅定不移的威嚴。

「啊——從、從這邊往左走！真的就快到了！」

跟在士兵們身後，少女也在迎面碰到的十字路口往左轉。她透過腦海中的地圖確認，這是相隔許久後再度接近目的地的選擇，接下來只要筆直前進應該就能抵達。雖然原本預定從西側進入營地，在繞了一百八十度的大圈後大概會從相反的東側進去……

背對朝陽在幹道上又前進約十分鐘，在即將到達的時候——少女忽然察覺目光所及之處的奇怪景象。

「…………？」

道路上方架了一座橋。先不提這麼描述是否正確，她找不出其他說法。一座呈漂亮拱形的建築物跨過寬度近十公尺的道路搭建起來，那或許是座有點獨特的大門的骨架——繼續往前進的話，就弄從下方穿越而過。

覺得奇怪的少女再靠近些，發現拱門下聚集了一大群人。一些披著從未見過的白衣的人也混雜在穿軍裝者之間四處忙碌，似乎正在延伸至道路左右的拱門邊進行某種作業。

「那是——那些人是什麼人？」

少女問走在前頭的士兵們。他們具備統一感的簡樸服裝令人聯想到阿爾德拉教的朝聖者，但散發出的氣息有些不同。她也不認為那道拱門是象徵信仰的造型物。面對以自己的知識無法說明的「存在」，她納悶地歪歪頭。

「是我們團裡的人，這時候應該已經準備妥當了……」

帶路的士兵不時偷瞄高掛在背後的太陽回答。「準備？」少女才剛發問，他們突然停馬拉高嗓門大喊：

「喂～！到了喔！」「這位置可以嗎～？」

距離拱門還有約三十公尺，士兵似乎與聚集在拱門下的人群確認了什麼事。「沒問題！」很快地，對面傳來活力十足的回答。

究竟有什麼要開始了——少女正要張口詢問之際，三名士兵同時舉起右手，食指指向拱門上方的空間。

「來，請觀賞。」

士兵們面帶笑容促請道。儘管疑惑，少女仍依言眺望他們指出的方向，注視在拱門另一頭展開的一望無際晴朗藍天——一切，從那個瞬間開始。

拱門各處隨著清脆的聲響朝藍天噴出水柱。噴出孔似乎做了某種機關，使水花噴出後化為霧狀往周邊的空間散落。受陽光反射的無數水滴，在少女眼中看來也閃閃生輝——

「——啊——」

稀奇的機關看得她瞪大深紅雙眸，在下一瞬間，目光牢牢盯著正上方的空間不放。

不知不覺間——空中又架起了一座橋。紅、橙、黃、綠——橋由好多顏色交疊而成，在持續噴水的拱門上方描繪出美麗的弧形。

跨越藍天的彩虹。她一直以為那是當自然心血來潮時才會出現的美景。

雅特麗希諾．伊格塞姆這名少女，有生以來第一次親眼目睹——七彩的科學。

「————」

被那光輝所吸引，她沉默地策馬前進。想穿越那座橋——幾乎無意識下萌生的好奇心，驅動她握住轡繩的手。

她還沒有從正下方仰望過彩虹，也不曾聽說有人辦到過。不過，若是現在的話，若是那道拱門製造了彩虹，那拱門底下應該就等於彩虹之下——

少女充滿期待地前進，在她目光所及之處——彩虹倏然變淡消失。

「——啊！」

當她收回仰望失去色彩天空的視線，已來到聚集在拱門周遭的人群附近。少女直接露出一臉可惜的表情，反射性地向軍服與白衣混雜的人群開口。

「消失了嗎？」

炎髮少女之所以脫口第一句話不是講究形式的問候或自我介紹，而是這般純樸的疑問，或許可以說正是彩虹的魔力——此時，群眾中忽然有個和少女年齡相仿的黑髮少年走了出來。即使被拱門噴出的水花淋得一身濕也毫不在乎，他笑容滿面地搖搖頭。

「不，沒有消失。從這裡看不見，妳退後回去試試。」

「……？」

儘管不解，少女還是試著照辦，以韁繩指示馬匹不轉向直接退後。於是——一會之後，消失的光輝又重回視野。跨越藍天的彩色拱橋，絲毫無損地出現在原處。

「——這是怎麼一回……」

「這是怎麼一回事？妳這樣想嗎？」

少年的笑容突然透出惡作劇的意味，搶先說了出來。少女坦率地點點頭。

「那麼，那個疑問便是妳的入口。想知道答案的話就過來這裡。」

少年招招手。揮開一瞬間浮現的猶豫，少女俐落地跳下乘坐的馬匹，直接用自己的雙腳穿越拱門底下。水花霎時間落了下來——當臉頰傳來清涼觸感的瞬間，她周遭包含少年在內的白衣人同時喊道：

「「「「「歡迎來到科學的世界！」」」」」

那群白衣人表露歡迎之意包圍了她，沉著的少女也不禁感到困惑，彷彿看穿她的想法，一名著軍裝者從人牆外揚聲說道：

「啊～抱歉嚇到妳了。這是我們風格的歡迎方式。」

那人分開人群走來，少女對他的第一印象僅僅是個疲乏的中年男子。身高既不高也不矮，肌肉分布也很平凡。他的長相顎骨略為明顯，下巴比較寬。雙眼都眼白偏多，下垂的眼角看來像在裝糊塗。

儘管從外貌感覺不到多少威嚴，少女並未被氣氛影響到忽略男子軍服上的階級章。她挺直背脊轉向來者敬禮。

「我是從今天起有幸來到帝國陸軍全域鎮台遊學的雅特麗希諾．伊格塞姆。您看來便是團長巴達．桑克雷上將，首先，我先為比預定時刻晚到一事致歉。」

「不，那也是為了配合這邊的狀況安排妳繞遠路的。今天早上有一個噴霧器故障了，得爭取一點時間修理。哎呀～幸好結果順利。我兒子直到剛剛為止都非常慌張呢。」

「我才沒慌張！……只是有點急。」

「連內衣褲都淋得濕透還敢說——唉，先不提這些。從家裡一路過來這裡很遠吧，辛苦妳了，雅特麗希諾。」

巴達宛如迎接女兒般以溫柔的口氣說道，然後視線投向背後。

「還有，歡迎妳來我們『旭日團』。從我兒子算起，這裡有很多人都期待妳的到訪。大夥或許有點吵鬧，不過妳若是能在不至於厭煩的程度下搭理他們，我會很開心。」

巴達・桑克雷說著露齒一笑。和剛才少年的表情一樣，他露出滿臉帶著惡作劇意味的笑容。

「另外，雖然是自吹自擂——說到找小孩子來玩的地點，我們這裡大概是全世界最好玩的軍隊。」

第一章

旭日的每一天

右手軍刀，左手短劍。兩道人影兩手握著長度相異的木劍正在對峙。

從雙方的武裝一眼就能看出兩人的劍術流派相同，但要將這一幕形容為鏡中倒影，雙方的體格卻相差太遠。一方是身高六尺餘的壯年男子，飽經鍛鍊的筋骨散發鋼鐵般的壓迫感；另一方——則是大概還不滿十歲的少女。

「…………」「——————」

兩人保持前進一步就能擊打對手，退後一步就能閃開的距離瞪著對方，從高處的窗戶照射進來的晨光映照出他們的身影。如燃燒般的炎髮，顯示雙方的聯繫不僅只限於劍術流派。

他們看似面對面文風不動，在水面下上演的策略戰卻激烈萬分。視線的移動、重心的改變、架勢的變化——觀察這一切看清虛實，嘗試從積蓄的經驗中找出攻防的正解。兩人在沉默中交流的，正是歷經悠久歲月錘煉而成的「武道」。

正因為如此，少女的劣勢無論在任何人眼中都顯而易見。身為修練同門武藝之人，經驗更豐富的年長者占據的優勢難以撼動。壓倒性的體格差距也使得她更加不利——然而……

「…………」

就算如此，少女直盯著敵手的深紅眼眸裡沒有一絲諸如放棄念頭的雜質。她是為了勝利站在這裡。為了打倒超越眼前的對手拿起劍——即使對手是公認的地表最強生物。

那一剎那——陽光射進男子眼睛。剛剛升起的太陽、房間的窗戶與男子的臉龐三者連成一直線，從天空射來的直射陽光毫不留情地灼燒視野。

「疾——！」

少女抓住良機接近對手，同時以巧妙的腳步左右交換架勢。短劍取代軍刀往前刺出，迎向對手斜肩砍來的一刀。

短劍劍身接下斬擊，傳來的威力震得她手腕嘎吱作響。少女運用全身的彈性傾斜身體，挺過了對成長中的身體來說負荷過重的一擊。當手腕上的負荷消失，少女知道自己的計畫成功了。男子對著右腳在前架勢揮出的一刀，未能擊中切換成左腳在前的她的軀體。

如今少女的位置在男子右腳邊，接近得足以斷言他已逼近對手胸前。

「喝啊！」

少女立刻轉守為攻。一口氣伸展為了擋開剛才那一刀而彎曲的全身關節，候著沒動的右手軍刀同時瞄準對手腹部右側往上刺。胸前寬闊的男子沒對近在咫尺的敵手揮下軍刀，左手的短劍在角度上想要迎擊也太過困難。

男子面不改色地——用腋下夾住少女堪稱必殺的逆襲一擊。

「——！」

少女驚訝得雙眼圓睜。在她施展刺擊的同時，男子僅僅用身法便閃避過去。本該從腋下貫穿胸膛的一刀穿過手臂與軀幹的縫隙落了空，刀身就此被繃緊的肌肉困住。

少女即刻下了判斷放開軍刀，但是在對應奏效前，男子的短劍劍尖已抵上她的頸子。

「……我認輸了。」

她隨著嘆息開口。判斷勝負已分，男子也靜靜地收刀。

「──碰到良機就下手的態度不錯，但也因此讓人能判讀出妳的目標。在攻擊致命要害前，至少應該再加上一個步驟。」

「是！」

「直到接近對手之前都算及格，特別是將架勢的變化加上陽光運用值得稱讚，繼續鑽研精進吧。」

索爾維納雷斯．伊格塞姆直視著女兒簡短地評論。再度體認父親位於遙遠的高度之上，雅特麗希諾也打起精神。

以親子的比試作為晨練收尾後解散是例行的流程──但唯獨今天，索爾維納雷斯尚未從女兒面前離去。

「……？怎麼了？父親。」

當覺得奇怪的雅特麗希諾詢問，沉默思考數秒鐘後，他再度開口。

「有人邀請妳去遊學。期間大約三個月。」

聽到不存在於自己詞彙中的字眼，炎髮少女有些不解。

「抱歉，父親。請問遊學是什麼？」

「離開這裡前往別處學習。」

「類似調任嗎？」

索爾維納雷斯對換個說法的女兒輕輕頷首。由於語言優先學習軍事相關部分，現階段雅特麗希諾的詞彙庫相當失衡。

「這樣理解沒有問題。」

「我明白了。凡是命令要求，任何地方我都會前往。」

女兒站得筆直地敬禮回答，但父親卻沉下臉色。雅特麗希諾覺得這種反應很稀奇，因為父親極少露出困惑的神色。

「這不是命令。對方表示想徵詢妳本人的意願。」

「咦？」

「意思是妳想去的話就去，我不會強制要求。」

索爾維納雷斯以不習慣的口氣說道，雅特麗希諾也一臉困惑。對於過著效仿傳統軍隊形式家庭生活的他們來說，「想去的話就去」這種說法幾乎如同異國語言般陌生。

眼見炎髮少女無法作答，做父親的察覺提供的情報不足，繼續說明道。

「目的地是駐紮在東方阿米巴拉州的帝國陸軍獨立全域鎮台，通稱『旭日團』。」

聽到這個名稱的瞬間，雅特麗希諾反射性地瞪大雙眼。

「那支由巴達·桑克雷上將指揮的精銳部隊？」

「正是。邀請是上將本人提出的。」

追加的情報令少女更加吃驚。此時，父親再度問道。

「那麼，妳的意思呢？」

「當然，請讓我去遊學吧。」

雅特麗希諾清楚地回答。儘管不清楚來龍去脈，她並非無法理解這是個難得的學習機會。既然事情出自父親之口，懷疑背後另有目的也毫無意義。

「聽說那裡擁有最先端的軍事技術，去拜訪時想必有很多可以學習之處。」

「這一點沒有錯，但是……」

男子欲言又止。只要認識平常的他，就會發現那副模樣一點也不像他。雅特麗希諾正覺得疑惑，父親很快地似乎也察覺她的想法輕輕搖頭。

「……不，既然妳有意願，那事情就此決定了。最快三週後出發，過去好好學習吧。」

索爾維納雷斯說完後轉身離去。在即將走出練習場，半步從門口踏進走廊的時候，他最後一次開口。

「不過，無論學到什麼，都不要忘了自己是伊格塞姆。」

＊

唯獨最後一句話，老實說雅特麗希諾完全不懂父親說出口的意圖為何。就像獅子的後代也是獅子一般，生於伊格塞姆家的自己只會是伊格塞姆。她如此深信不疑。

然而——抵達「旭日團」駐紮地當天下午，她很快理解父親感到困惑的部分原因。

「……桑克雷上將。」

「叫我巴達叔叔就可以了。什麼事？小雅特麗希諾。」

儘管覺得他用的稱呼或希望她稱呼的方式都很不對勁，炎髮少女將這些暫時擱置一邊，仰望天空發問。

「那個是在做什麼？」

膨脹鼓起的氣囊，和被飄在空中的氣囊垂下的繩索吊著的黑髮少年。氣囊正下方有十餘名白衣男女，少年正從距離地面約五公尺高的上空向他們猛揮手。

「放一個兒子去飛行。」

巴達若無其事地回答。猶豫了一會該說什麼，雅特麗希諾謹慎地開口。

「在我看來，那個球體和齊歐卡所用的叫氣球的工具十分相似。」

「妳知識真豐富。沒錯，原理上是相同的。」

「這樣的話——我記得帝國法律禁止製造和運用氣球。」

理應禁止發生的景象在眼前展開，這個事實使少女難掩困惑之色。站在她身旁的帝國軍最高階軍官一本正經地抱起雙臂清清喉嚨。

「我來為妳上一課吧。嗯～軍事定義上的『氣球』，是充滿揚氣的氣囊裝上載人吊籃所組成的。」

「聽說是這樣子。」

「對吧？可是眼前的氣囊只吊著我正值反抗期的兒子，沒裝上關鍵的載人用吊籃。把這種半吊子的玩意稱為氣球會惹人生氣的，妳不覺得嗎？」

「…………」

雅特麗希諾皺起眉頭。這時候，少年正在上空發揮取悅大眾的精神擺出各種姿勢，但專注於對話的她完全沒看進眼裡。

「因此那不是氣球。不是氣球的物體飄浮起來並不犯法，所以我兒子也能夠安心地飄在空中了，嗯。」

望著臉上浮現故作不知的笑容仰望天空的巴達，少女抵著太陽穴思考。雖然覺得不該接受剛剛的說明，八歲的她畢竟還不知道如實表示這種作弊行為的「詭辯」概念。

「妳也要試試看嗎？」

「咦？」

「試試那個。就算優秀的妳，也沒有在空中飛行的經驗吧。」

巴達指向兒子帶著笑意開口。雅特麗希諾迅速回答。

「凡是命令要求，我便去嘗試。」

少女直盯著浮在半空的少年毫不畏縮地斷然說道，聽得巴達苦笑著拍拍額頭。

「——原來如此～嗯，妳是索爾的女兒呢。」

「這是什麼意思？」

「我有點小看索爾的教育了。沒什麼，這是私事，妳不必在意。」

兩人談話的途中，吊在氣囊下漂浮的少年也由正下方待命的白衣人牽引繩索重返地面。一解開固定身軀的安全帶，他便筆直地奔向雅特麗希諾和巴達。

「哼哼！怎麼樣，很厲害吧？雖然這次高度只有這種程度，但有心的話可以飛到更遠更高的地方喔。還能飛到雲的上面！」

興奮尚未平息的少年連珠炮似的說了一串——雅特麗希諾嚴肅地向同齡的伊庫塔．桑克雷敬禮。

「真是讓我見識到了罕見的景象。關於此事，我想問一個問題。」

「嗯，什麼？儘管問！」

「那個氣球……不，那個交通工具，是設想到什麼用途而設計的？請告訴我實際的運用方法。」

雅特麗希諾正如字面上意思般是準備「前來學習」，因此立刻拋出一本正經的問題。少年留下一句「等一下」後馬上跑回白衣人那邊。

「我想問問大家！這架『昇天君七號』是用來幹什麼的？」

「嗯？可以做很多事啊。」「用它無論在哪裡都能占據高處位置，比方說在軍事上用來偵查或放哨啦。」「不，這方面被教團施加壓力沒批准吧。」「在帝國內好像不能在戰場上放出去喔。」「那就改成民間利用？」「例如把物資送往遠方？」「不行。載運量不夠多性價比又太差。」「製作地圖時如果能從上空俯瞰那可輕鬆多了。」「你知道地圖本身就是軍事機密嗎？」「感覺好不起眼～」

「沒有更愉快的利用方式？」

一個問題成為起爆點，穿著白衣的男女侃侃而談大發議論。少年本身也參加了的討論在幾分鐘後告一段落，這次他們所有人一起跑到雅特麗希諾身旁。

「我們討論過了，但很難決定。妳有什麼看法？」

沒想到會被反問的炎髮少女雙眼圓睜。一字排開的他們表情十分認真，受到氣氛影響，雅特麗希諾也認真地思索一番後回答。

「……例如在有高低差的地方交接物資？」

「「「「「就是這個！」」」」」

所有人同時一拍掌心，吵吵嚷嚷的議論在少女周遭再度上演。

「縱向輸送是盲點啊。」「沒載人的話，對教團那邊大概也敷衍得過去。」「山岳地帶應該有需要吧。」「要推銷給席納克族？」「我前陣子才去調查過呢，真可惜。」「要這麼做沒取得北域鎮台同意可不成。」「也推銷給鎮台吧，事先宣傳這可以用來替山岳戰做準備。」「剛剛我不是說過不能用在軍事用途上了嗎。」「那邊的司令官是蠢蛋喔。」「話說，向雙方都販賣軍事物資怎樣？」

「我知道，這叫做敲詐。」

科學家們眾說紛紜的表達意見，熱烈地繼續討論。被那股氣氛壓倒的雅特麗希諾向他們拋出單純的疑問。

「……難道說，各位在製造尚未決定用途的東西？」

「對他們而言重要的不是用途，而是要製作什麼、能夠藉此發現什麼。」

一旁的巴達聳聳肩。那群白衣人聽到後露出燦爛的笑容。

「沒錯，畢竟我們是——」「「「「科學家！」」」」

他們異口同聲自豪的宣言。面對得意洋洋的眾人，雅特麗希諾感到更加困惑。

在屋外參觀過「昇天君七號」後，巴達暫時離開，雅特麗希諾留下來和其他人一起前往科學家的實驗室。她在那裡與混入軍隊組織的異物「科學」——這門學問的起源人物面對面。

「喔喔！妳就是！傳聞中的！客人嗎！來得！好！」

精神抖擻挺直背脊的白衣老人正和另外兩名年輕科學家一起忙碌地上下搖晃蓋著鍋蓋的鐵鍋。伴隨唰噗唰噗的水聲，堅硬物體互相碰撞的聲音也響亮地傳了出來。鐵鍋看起來很沉重，三人都累得滿頭大汗。

「我叫！阿納萊．卡恩！算是他們這些科學家的！代表！叫我阿納萊博士吧！」

「我是雅特麗希諾．伊格塞姆。這次還請多加關照，阿納萊博士。」

炎髮少女敬禮。這時候，阿納萊放下搖動鐵鍋的雙臂。

「呼！呼……伊、伊庫塔，該換手了～」

「嗯，包在我身上！」

伊庫塔代替阿納萊加入，和剩下兩人再度開始搖晃鍋子。儘管由於體格之差必須用上全身使力，少年仍拚命繼續這項重責大任。

「那是什麼？」

看不出這項作業的意義，雅特麗希諾反射性地問。在弟子們擺放的其中一張折疊椅上坐下來，阿納萊擦去額頭的汗水回答。

「唔。蛋黃、牛奶、砂糖、肉桂少許——將盛裝約一公升這些成分混合液的容器放進鍋裡，周圍則是加了鹽的冰水。」

雅特麗希諾試著依照說明想像，卻還是不明白這代表什麼。冷卻摻入混合物的牛奶能做什麼？想喝冰鎮牛奶直接加冰塊就解決了，沒必要像這樣大費周章。

少女還想追問這件事，但在說出口前打住。因為她還有更加根本性的疑問要問。

「博士，我可以請教一個問題嗎？」

「馬上就問問題啊。無妨，儘管說吧——啊，不好意思，你們能到遠一點的地方搖嗎？」

正在發出喀鏘喀鏘的噪音搖鐵鍋的伊庫塔等人依言移動到房間深處。側眼看著他們，雅特麗希諾發問。

「那我便不客氣了——話說科學是什麼？」

收到這直率的問題，阿納萊露出淺笑將雙手放在膝頭。

「妳知道製造彩虹的原理嗎？」

「不。剛才的彩虹令我大吃一驚。」

「唔。我以前也一樣。對於孩提時的我而言，無論看到多少次不知不覺間出現在天空上的七彩虹橋——都覺得非常不可思議，奔跑著試圖跑到彩虹盡頭的次數更不只一兩次。當然，這個願望連一次也沒實現過。

反覆這麼做的過程中，光是觀看變得不足以滿足我。我想知道彩虹為什麼、是怎麼樣出現的——如果是妳，這時候會怎麼做？」

「首先，我會問身邊的大人。」

「真聰明。可是，如果周遭的大人誰也答不出來呢？」

老人以柔和的聲調繼續問。少女思考一下後再度開口。

「……找機會請教神官。」

「我也這樣做過。」

阿納萊臉上浮現懷念的苦笑，輕輕哼了一聲。

「當時請教的對象是擅長街頭講道的神官，官位也頗高，深受本地人崇敬。每次遇見他都對我說教，對於當時的我而言是個難以應付的人。

總之，那名男子確實是在我交流範圍內知識最淵博的人沒錯。說到這個帝國的知識階級，指的便是學習阿爾德拉神學的神官，理應是最適合請教疑惑的對象。可是——」

老人說到此處暫時打住，嘆了口氣。

「──如果能在那階段得到可以接受的答案，事情就簡單了。面對我的問題，神官微笑著如此回答。『彩虹是神的祝福。是當主神心情平靜之際，對我們展現愛的形式』。」

阿納萊蘊含深邃理性的雙眸從正面注視著雅特麗希諾的臉龐。

「妳能夠接受這個說明嗎？」

炎髮少女思考半晌，極為含蓄但明確地搖搖頭。

「總覺得……這回答閃避了問題。」

「能將不對勁的地方化為言語說出來，妳比當時的我優秀得多。」

發出自嘲的低笑，阿納萊的視線投向天花板。

「童年時期的我做不到。雖然半點都無法接受神官的答覆，但問我哪邊有問題卻又指不出來。當然，就算如此我還是插嘴了。依照我當時的經驗，大多是在雨後背向太陽的情況下看見彩虹。有時候在清晰的彩虹外側還會見到另一道朦朧的彩虹。我還發現其他幾個可能是線索的共通點，通通告訴神官。我發問前先以自己的方式做好了準備。

但神官那傢伙聽完我說的話，又一次自信十足地斷然宣言，『那一切也全都是神昭顯愛的形式』。」

老人放在大腿上的拳頭顫抖起來，往日的焦躁漸漸自記憶深處鮮明地復甦。

「再也忍不下去的我終於放聲大叫──『那麼，你把神那傢伙帶過來啊！』」

沙啞的叫聲在室內迴盪。終於察覺自己情緒激動的老賢者清清喉嚨做掩飾，而雅特麗希諾緊張屏息地問他。

「……大叫以後怎麼樣了？」

「狠狠挨了一頓揍。後來我父母聽說之後，還加上不准吃晚飯的懲罰。」

阿納萊吐吐舌頭替往事作結，少女也輕笑出聲。

「結果，我透過這樁事發現──令人火大的是，用神官們的口頭禪『神的偉業』作為說明事物的解答效果簡直無敵。畢竟那傢伙好像無所不能，無論塞給他什麼不可能解決的問題都處理得來。哪怕太陽不從東邊升起、月亮不從天空下沉，隔壁的夫妻天天吵也吵不膩地吵架，只要說句那是神的偉業全部就能圓滿平息。真是叫人感激得眼淚都流出來了。」

老人指尖按著內眼角垂下頭，以低沉的聲調繼續道。

「可是……那樣有多少意義？」

「…………」

「一切皆為神的偉業，的確是很好的解釋。但在這之後有什麼發展？既然沒辦法帶最關鍵的神明過來，那豈非只是替『我什麼都不知道』換種說法罷了？接受這種停止思考的行動，到底能得到什麼答案？又怎能親手製造出那道彩虹！

當我清楚地察覺自己對神學產生的憤慨時，便對自己下了一個要求。在說明任何現象時都不用神來說明──簡單地說，『依靠神太難看了』。可以說，這件事在我心中直接成為『科學』的開端。」

緩緩地從椅子上起身，阿納萊環顧在室內走動的弟子們。

「我們科學家向世上存在的所有謎題發出挑戰信。不依靠神這個萬能解答，相對的則運用此外一切手段來追尋真理。儘管在這個過程中衍生出許多技術，但追根究柢來說連那些都是副產品，只不過是通往下一個真理的墊腳石。利用方法由局外人隨意決定即可。

科學家的雙眼僅僅直視『真理』兩字。無止境的探究正是我等的悲願！那正是我和這些傢伙，『阿納萊的弟子』的存在方式──嗚喔？」

「喂，博士你很擋路耶！這裡空間很窄，別攤開手臂！」

一名抱著實驗用材料的科學家推開老師的肩膀走了過去。招牌台詞被搞砸的老賢者一臉鬱悶地看著她。

「我說奈茲納……現在到了最帥的場面啊……」

「是是是。博士你愈自以為帥氣地說話的時候，聽眾就愈是被你拋在一邊。現在也一樣。你有仔細考慮過對方的年齡來發言嗎？」

喚作奈茲納的女子毫無顧忌地教訓遠比她年長的老師。阿納萊回過神目光轉回交談對象身上，只見炎髮少女搖搖頭表明無須在意。

「……雖然有幾個不認識的詞彙，我大致理解了您所說的內容。其中也許有誤解之處，但科學這門學問就是──試圖以其他方法嚴密地解析神學中用『神的偉業』一句話說明帶過的事物，對嗎？」

雅特麗希諾謹慎地斟酌字句，以自己的方式陳述科學的簡略定義。周遭的科學家們全都瞪大雙眼。

「我真是服了……這孩子真聰明。」

「唔，我也吃了一驚。」

談話期間，移動到房間深處的三人走了回來。他們發揮最後的謹慎將鐵鍋放在地板上，幾乎癱倒似的坐了下來。

「呼～呼～……我看差不多、好了……」

「喔喔，辛苦了。不過巴靖，你再怎麼說也喘得太厲害了吧。」

「半途開溜還敢嫌我！我加起來可是搖了超過三十分鐘耶！」

「巴靖哥只要一累就會露出一臉怪相的毛病不能改改嗎？每次一看到就沒力。」

「伊庫塔，連你都說這種話？我最後也是會哭的喔？」

黑髮少年一邊調侃師兄，一邊逐一取下密封鐵鍋的油紙和繩子打開鍋蓋，鍋內的冰塊大約溶化了六成，鹽水中漂浮著一個遠比鍋子小的金屬製圓桶。伊庫塔以雙手舉起圓筒。

「……嗯，裡面沒有流動感。這樣子大概……」

少年鬆開開口部分的別扣，抓住圓筒邊緣的指尖猛然使力。緊接著，蓋子伴隨啪匡一聲打開，筒內的情況微微落入在一旁觀看的雅特麗希諾視野之中。奇怪的是裡面完全不見液體，取而代之的是某種不知為何的乳白色物體厚厚地覆蓋住圓筒內壁。

「做得很成功嘛！來，準備盤子和湯匙！快點快點！」

奈茲納應要求從旁邊的櫥櫃裡拿出餐具。伊庫塔接過她遞上的小盤子，用湯匙刮取圓筒裡的乳白色物體堆在盤子上。

「這樣就完成了！來，從妳開始試吃！」

最後配上一隻小湯匙，伊庫塔笑容滿面地遞出小盤子。雅特麗希諾保持接過來的姿勢，直盯著盤子上奇異的物體。

「這是……一種冰點心嗎？」

「比起用問的，還是用吃得更快。先嚐一口！」

當少年再度催促，她似乎也下定決心，拿起湯匙插入眼前那堆乳白色物體。伴隨比粥略硬的觸感，湯匙輕易地杓起一口分量。

「……我開動了。」

在科學家們的關注下，雅特麗希諾終於將物體送入口中。冰點心特有的冰涼觸感在上顎擴散——下一瞬間，濃郁無比的甘甜在緊張地等待著的舌頭上融化。

「…………？」

從未體驗過的衝擊蹂躪少女的口腔。從鼻孔竄出的牛奶與肉桂風味。在盡情強調那香甜滋味並徹底融化之後，這次又如同愛撫般清涼地滑落咽喉。

「——！——」

炎髮少女有好一陣子連聲音也發不出來。至今為止的她甚至無法想像，吃某種食物的行為竟會帶來如此強烈的感動。

花費長長的時間徹底品嚐完第一口，她的目光悄悄轉回盤子，湯匙再度插進那驚人的物體。第二口一落在舌頭上，那股滋味配上先前的記憶漸漸變得更加鮮明。

接著，她再也停不下來。在甜美的喜悅洪流中，時間如光一般迅速流逝。恍然回神時，雅特麗希諾在已經掃空的小盤子前收住湯匙，半陷入茫然自失中。

「——要再來一盤嗎？」

將湯匙插進圓筒，少年帶著燦爛的笑容問。白衣老賢者像贏得勝利般得意洋洋地挺起胸膛仰望上方。

「怎麼樣啊，叫神的傢伙！你的專攻領域裡沒有這種滋味吧！」

伴隨許多驚喜的基地導覽接著繼續，晚上則舉辦歡迎會，大家在戶外圍著烤全豬痛飲高歌狂歡大鬧一場。除了科學家們還有約四十名士兵參加，儘管軍階和年齡各不相同，每位士兵都秀了一手炒熱氣氛的「拿手特技」——聽說他們是按照點子的有趣程度從想參加宴會者裡選拔出來的。

等所有節目結束後，雅特麗希諾被帶往宿舍，一個人待在熄燈的房間裡，她忍不住認真思考——所謂的遊學，或許和她預想的完全不同。

第二天清晨。她在天色還沒全亮的早上五點醒來，迅速穿好衣服，找回昨天一整天被全盤打亂的日常步調。

雅特麗希諾背起皮囊，在不吵醒其他女兵的情況下走出房間，一路來到宿舍之外。尚未被太陽烤熱的清涼空氣撫上臉頰，各種建築物依機能性配置各處的基地在寬敞的視野中展開。

「哎呀，早安。」「妳起得真早。昨晚睡得好嗎？」

「早安。託各位的福，我睡得很香。」

與站哨的兩名女兵互相問候，少女以客氣的口吻提問。

「如果不會造成麻煩的話，我想進行晨練。請問這附近有人跡較少的空地嗎？」

「我想想……宿舍背面應該可以吧？」「嗯，我覺得不錯。如果有同伴要過去我們會叫住他。」

雅特麗希諾向兩人道謝後繞到宿舍後方，迅速環顧周遭地形，站在空地中央解開皮囊封口拿出兩把木劍。右手握住軍刀，左手握住短劍，她保持自然姿勢倏然閉上眼睛。

「……屋外、混戰。敵方有七人——」

雅特麗希諾自言自語，集中意識——令空間認識中像點亮蠟燭般顯現出複數的敵影。有些持劍、有些持長槍、有些則拿著弩弓。那些敵人布陣包圍少女，散發毫不留情的殺氣。

沒有實體的敵人共有七名。忽然間，拿長槍的人朝少女發動攻勢。少女扭腰閃過那記瞄準胸膛的刺擊，早晨的混戰就此開幕。

「疾——！」

這是伊格塞姆相傳的修練技法之一，稱作「想戰」。正如字面意思一般，是與自身想像力創造出的無實體敵人對戰。這種作法本身只不過是其他眾多流派也採用的意象訓練，但她實踐的等級卻有不同。

「想戰」是伊格塞姆的劍術基礎，同時也是令他們成為最強戰士不可或缺的祕訣。其意義在於超越純粹的精神準備，將常在戰場的概念化為現實這一點上。完美習得此技法的人，無論有沒有練習對手都能不斷累積實戰經驗，說是通往成為身經百戰戰士之途徑也不為過。

「呼……！」

當然，光是如此還沒超出胡言亂語的範圍。透過「想戰」實現常在戰場理念的大前提，是自身創造出的架空敵人必須具備迫真的威脅性。不管打倒多少個湊巧削弱得如稻草人般的對手，也沒有任何意義可言。

形塑優秀想像所需的基礎要素大致有兩項。其一是親身到場觀察許多武人戰鬥的經驗，在這一點上她沒有不足之處。在伊格塞姆家出生長大的她，與父親招聘到家裡的武人較量的機會不計其數。這些累積的經驗今後也會繼續增加，使想像中的敵人變得更加精細。

其二——則是絕不寬待自己的鋼鐵自制心。

「喝啊啊！」

以短劍接下橫掃過來的長劍，在錯肩而過時剜斷敵人大腿的動脈。自背後襲來的長槍突刺同時擦過腹側，燃燒般的熾熱從傷口竄上神經。雅特麗希諾用力嚥下痛苦繼續行動——連自身的疼痛與創傷，她也理所當然地加以重現沒有刪減。

為了避免遭到包圍，她的腳步始終不斷移動，雅特麗希諾留意著一露出破綻就射箭的弩弓手，同時砍倒一個又一個對手。敵人的強度設定得比她現有實力能夠擊退的程度略高，只要有一個行動做錯下個瞬間便會陷入死局。

「——呼——！」

第六人趁著她砍倒第五人的空檔襲擊過來。近乎同歸於盡的反擊成功後，雅特麗希諾感覺到鮮血從負傷的腹側與小腿肚滴落，目標轉向十幾公尺外舉著弩弓的最後一名敵人。

在狂奔而去準備一決勝負的途中，敵方射手的殺氣貫穿少女全身。直覺領悟到帶著腿傷躲不過那一箭，她霎時間以左手的短劍護住心臟。知道這一箭落空自己必將被撂倒的射手必然地將修正弩弓射擊軌道，瞄準目標轉向另一處致命要害——頭部。

雅特麗希諾瞬間將軍刀打橫擋下敵人受到誘導的一箭。雖然還未習得「彈開箭矢」絕技，在知道敵人瞄準特定部位時，她可以模仿得有模有樣。感受著被彈開的箭簇掠過臉頰飛遠，少女踏進一擊必殺的距離一刀斬去。

「喝啊啊啊！」

她先一刀斬斷敵人手腕，再迴轉刀鋒割破頸子。按照父親的指導，雅特麗希諾毫不大意地對準失去力量癱倒的敵人頸部補上致命刺擊。完全切斷頸椎的觸感傳來，確信勝負已分的她終於停止動作——然而，她的意識裡突然浮現第八個敵影。

「……？」

由於在嚴酷的自我暗示下進入相當於實戰的臨戰狀態，少女並未立刻察覺矛盾的狀況。她單純地判斷為還有敵人尚未解決，毫不猶豫地揮刀斬向那股氣息。

「咦——？」

對方沒有一點反抗的跡象，相對的傻乎乎地喊了一聲。

雅特麗希諾在那一瞬間察覺決定性的異樣感，煞住全身的驅動力。經過幾乎扭斷肌肉的衝擊，軍刀在觸及對方脖子之前停了下來。

「不——對不起。我不擅長玩鬥劍。」

戰場的氣息如霧氣散去般消失，她的深紅雙眸重新映出現實的景象——昨天剛認識的少年，像為性命求饒的俘虜般舉起雙手站在那裡。

「——非常抱歉。」

領悟到自己的過失，炎髮少女馬上將木劍插到腰際立正深深低頭道歉。面對她的反應，伊庫塔瞪大雙眼納悶地問。

「咦？呃，妳是為了什麼事道歉？」

「我太過專注於修練，差點害你受傷。」

「修練……啊，對喔。聽說妳家以劍術很強聞名。那應該是我妨礙到妳才對。」

少年難為情地搔搔頭，再度望向少女時愣住了。

「……我說！妳的手臂啊肚子啊才是受傷了嘛！」

見他指出身體各處浮現的暗紅色斑紋，雅特麗希諾輕輕搖頭。

「啊，這沒什麼大不了的。跟瘀青類似，過段時間就會消失。」

那是想戰中受的傷留下的痕跡。由於少女模擬意象的水準太高，連身體也產生受傷的錯覺。伊庫塔疑惑不解地說。

「是嗎……？不過看起來好痛，還是擦藥吧，來。」

少年說完後從口袋裡掏出一個圓形小木盒，打開蓋子遞給少女。

「這是我們團裡特製的軟膏，藥效我打包票喔。像我從樹上摔下來之類的經常用到。」

「這樣嗎？那麼，承蒙厚贈。」

雅特麗希諾坦率地接受他的好意，用指頭挖起膏藥擦在身體的瘀青上。雖然很感興趣地看著她，伊庫塔撇撇嘴呻吟道。

「妳說話的措辭不能改一改嗎……妳和我同年吧？」

聽他這麼一說，炎髮少女倏然停下塗藥膏的手，目光筆直地回望伊庫塔。

「我的措辭很奇怪？」

「不奇怪，但是硬梆梆的。比起磚頭還要硬。不管妳再怎麼端正有禮，面對立場相近的人說話口氣不是應該更隨意嗎？」

被少年問起，雅特麗希諾霎時間沉下臉色垂下頭。

「……其實在這次機會之前，我都沒見過立場和年齡與我相近的人。」

「妳不跟朋友玩嗎？話說，妳平常都過著怎樣的生活？」

「除了修習從劍術算起的各種白刃技術，也不分日夜學習軍事領域的知識。」

「揮劍、用功……除此之外呢？」

「當然，在鍛鍊和學習之間也有效率地穿插了進食與睡眠時間。」

雅特麗希諾一派理所當然地回答，令伊庫塔沉吟著抱起雙臂。

「……儘管完全無法想像那種生活，我明白妳不是在開玩笑。」

「我只會說出事實。」

「我也這麼想。這樣的話……簡單的說，妳不知道怎麼玩耍。」

如此解讀對方的性格，少年咧嘴一笑注視著少女。

「總之，先和我一起玩吧。」

「那是包含在『遊學』之內的行為嗎？」

「我認為……包含在內，大概吧。裡面有個『遊』字嘛。」

「那麼，我贊同此一提案。不過，具體來說該怎麼做？」

「嗯，關於這一點，其實老爸給了我這個。」

伊庫塔從懷中掏出折成四折的文件攤開，皺起眉頭。

「也許是妳來了的關係，今天的工作很多都相當棘手。」

「……這究竟是要做什麼？」

「按照指令書寫的去做。任務一，『讓古伊漢少校掉進洞裡』。」

在少年帶路下，雅特麗希諾跟著他不知為何躲進路旁的草叢裡。

「……掉進洞裡，是指什麼——」

「噓！少校來了！」

他以尖銳的聲調打斷少女的問題。兩人目光所及之處，一名中年男子正走出看似軍官宿舍的建築物。他在門口大大伸個懶腰，朝著兩人的方向走來。

「他是個一板一眼的人，每到這個時間一定會出來活動筋骨。少校脫下衣服可是有六塊腹肌喔，很厲害吧？」

好了～少年摻雜著笑意說明完畢後，眼神為之一變。

「陷阱我布置好了，這次妳就當成示範來看吧……有點緊張呢。」

雅特麗希諾聽到後一本正經地調回目光，正好看見古伊漢少校察覺地面的異狀停下腳步。

「……唔？這是……」

少校在土壤變色的部分前方停下來，沉吟一聲。

「……伊庫塔那小子，學不乖又來惡作劇了吧。」

少校居然一眼便看穿陷阱。從學不乖這句話判斷，看來他以前做過很多次類似的把戲。雅特麗希諾斜眼偷瞄少年心想。

「不過土被翻動過的痕跡顯而易見，表示只要避開這裡就安全——」

古伊漢少校再度邁步從左側繞過去，第一步卻沒往下踩，直接踹起了眼前的地面。

「——偽裝成這樣，其實真陷阱在這邊吧！」

覆蓋表面的泥土飛起，露出底下以樹枝和樹葉布置的機關。看穿雙重陷阱的快感，令少校雙手叉腰放聲大笑。

「哈哈哈，正如我所料！別以為我會中兩次同樣的計！——喂，你正在偷看吧！快死了那條心現身！」

少校朝周遭拉高嗓門大喊。躲在草叢裡的伊庫塔老實地站起身來。

「——唉～被看穿了嗎？我還以為今天也行得通～」

「躲在那邊嗎！哈哈哈，少瞧不起年長者！」

伊庫塔噘起嘴巴走向勝利後洋洋自得的對手，因為他腳步緩慢，古伊漢少校也一邊沒有意義的展示肌肉一邊走了過來。

「好啦，做好覺悟了沒？既然我看穿陷阱，今天的晨間運動你可得扎扎實實地和我一起咕喔！」

話說到一半，他的身軀沉入地面直到腰際。少年高舉拳頭。

「好，跟我計算的一樣！」

「什……什？什麼～！」

「今天也是我贏了！雙重不管用，那改成設下三重陷阱就行了。別以為同一種陷阱我會用第二次！」

伊庫塔說完後自豪地挺起胸膛，這次蹲下來從懷裡掏出紙筆交給對方。

「來，少校，快點簽名。都已經第四次，你應該很習慣了。」

「可惡……！」

儘管不甘心得咬牙切齒，輸家的服從心促使少校照辦。收下簽名的紙，少年簡短地說了句「謝謝！」後掉頭回到雅特麗希諾身旁。

「所以呢，第一項任務完成。唉～幸好很順利。要是一開始就失手那可不像樣。」

即使他這麼說，炎髮少女也不知道該用什麼評語回應。無視於她的困惑，伊庫塔越發得意忘形地繼續道。

「類似這樣的任務還有四個。大概明白情況了嗎？從下一個開始妳也要幫忙！」

「話說在前頭，這個任務風險很大。」

接下來雅特麗希諾被帶往位於基地中央附近，廚房與餐廳並設的建築物。當兩人繞到房屋後方，伊庫塔立刻壓低音量開口。

「任務內容很簡單，只是從廚房裡偷出指定的食材……可是，這裡有位可怕的守護神。」

少年仰望位於高處的窗戶告訴她。站上周邊靠牆堆積的木箱，他們探頭注視屋內。一名體格粗壯的老婦人，正帶著一臉彷彿在狠瞪殺父仇人的表情攪拌大鍋。

「看得見吧。她是炊事長瑪莉班·蘇沙，通稱瑪莉婆婆，在本團危險人物排行榜上大約名列第三名。對搗亂她廚房的傢伙毫不留情，光是抓到有人偷吃，處以來回搧耳光加跪坐兩小時的刑罰那是理所當然。更何況是偷拿食材，萬一漏餡的話——」

伊庫塔說到此處暫時打住，豎起拇指比出割喉的動作。

「——我們很可能變成早餐的材料。」

那口吻太過逼真，聽得雅特麗希諾忍不住倒抽一口氣。將目光轉回廚房內，她也提出疑問。

「……話說回來，擅自拿走這裡保管的物資沒關係嗎？」

「當然ＯＫ。要追溯起來，本來是我老爸在惡作劇。」

「既然是團長的命令，那堂堂正正地要求對方提供食材不就可以了？」

「這妳就不懂了。聽著，只要行動直到離開廚房為止都沒露餡就沒問題。不過，在途中露餡是不行的。如果沒被發現就算任務成功，一旦被發現的話等於從一開始就沒有任務這一回事。必須在對所有人保密的情況下達成，確實有這樣的工作吧？我記得在軍隊中也有，叫內查……不對，內訪，也不對——」

「內部諜報任務？」

「沒錯，就是這個，這種感覺。總之我們必須竊取食材。不是享用美味的早餐，就是變成早餐供人享用——我們的命運只有這兩條路。」

看見瑪莉婆婆的視線往他們的方向轉來，兩人慌忙把頭縮到窗戶下。保持這種姿勢，伊庫塔繼續和身旁的少女交談。

「……難得有機會，就活用妳剛來到團裡還沒激起對方戒心的立場吧。妳找個想參觀之類的藉口進入廚房，吸引瑪莉婆婆的注意力一陣子，我會趁這段時間偷出食材。」

「負責聲東擊西嗎。作戰計畫我明白了。但是……失敗時的挽回方案呢？」

「到時候嘛，我會說服瑪莉婆婆主犯是我，妳是硬被我拖下水的。如果只有妳一個，她應該不會追究……大概。」

伊庫塔沒有自信地保證，然而炎髮少女靜靜地搖頭。

「那是投降被俘後的程序。我問的是，當作戰沒有照預定計畫發展時，該如何支援你。」

少女直視著對方訂正他的誤解。少年愣愣地回望著她。

「……第一次有人問起這種事。」

「拋棄同伴的判斷本身即為一種失敗，父親是這樣教導我的。」

雅特麗希諾毫不猶豫地告訴他。接下少女毅然的主張，少年也露出認真的神色點點頭。

「嗯，抱歉，妳說的沒錯……不過該怎麼做才好？假設我被發現那就當場出局無從支援起，可是還要考慮到有幾項目標食材沒成功運出去的情況。」

「如果面臨這種情況，剩餘的食材由我來運送。你則迅速脫離敵人的巡哨範圍。」

「巡哨範圍是什麼？」

「逃到敵人的……這裡是指瑪莉婆婆此人看不見的地方。事後的集合地點也先決定好吧。我還不熟悉基地內的地理環境，由你指定比較妥當。」

「嗯，我知道了。那就在從這裡往東望去最深處的那棟房子——背面集合。」

伊庫塔指著集合用的房子，面露憂慮之色。

「……可是，真的不要緊嗎？雖然說要運送我沒成功帶走的食材，但妳必須先在不引發瑪莉婆婆戒心的情況下吸引她的注意力，不能帶著手提包或袋子進廚房。帶那些東西進去等於宣告妳想偷食物。兩手空空進去是最好的，可是這麼一來……」

嗯～少年看看雅特麗希諾的服裝歪歪腦袋。長度只到肚臍上方的上衣，和貼身材質製成的膝上褲。這身衣著方便在屋外到處活動，相對的卻幾乎沒有任何藏東西的空間，無論怎麼看都不是適合竊盜任務的服裝。

將抱起雙臂沉吟的伊庫塔拋在一邊，炎髮少女環顧周遭開口。

「——這附近有馬廄嗎？」

「馬廄？在那邊有一座大型的。畢竟是基地嘛。」

「那麼，來往這棟建築物周邊的人接下來會變多嗎？」

「嗯……這裡是廚房背面，和餐廳是反方向。距離早餐時段還有一段時間，我想沒有人會經過。」

確認這些必要訊息後，少女輕盈地跳下木箱。

「那我們到馬廄籌措稻草吧。數量盡可能愈多愈好。」

「——嗯？妳來做什麼？」

「早安。我是有幸獲得前來此基地遊學的榮譽，昨天抵達的雅特麗希諾．伊格塞姆。」

老婦人沙啞的嗓音和少女嘹亮的音色在冒著熱氣的房間裡迴響——前往馬廄做好準備之後，雅特麗希諾依照計畫踏入廚房，毫不膽怯地面對廚房霸主瑪莉婆婆。

「喔，傳聞裡的客人嗎。阿納萊老爺子從昨天起就很興奮……那妳來廚房有什麼事？」

「我想參觀進行炊事的過程。我會注意不妨礙到您，能請您同意嗎？」

「嗯？想看人煮飯，真是奇怪的孩子。」

儘管對稀客來訪感到納悶，瑪莉婆婆不怎麼介意她的存在，以熟練的動作剁著雞肉。確定她的注意力回到手頭的活計上之後，伊庫塔踮著腳從廚房門口侵入。作戰計畫已經展開。

「廚房裡沒什麼有趣的喔。那些飢餓的士兵很快就會過來了，我只是迅速、大量地做出供那些傢伙吃的料理，味道也要好。如果想看這種事的話妳就隨意看吧，只不過——」

瑪莉婆婆咚地一聲拿厚刃菜刀斬斷雞頭。舉起被血與脂肪染得油亮的刀身，廚房霸主低聲警告。

「——不准偷吃。」

老婦人宛如獄卒般的壓迫感，使得雅特麗希諾提心吊膽地點點頭。她偷偷瞄向背後，只見侵入廚房的伊庫塔早已開始行動。她也立刻展開支援。

「今天的早餐是雞肉料理嗎？」

「看上去不像豬或魚吧。不過這些是士官吃的，至於小兵們的伙食，喏，在那邊的鍋子裡。如果妳答應我不偷吃，可以打開蓋子瞧瞧。」

趁著雅特麗希諾和瑪莉婆婆交談引開她的注意力，伊庫塔在廚房裡俐落地四處移動，一一回收指定的食材。一邊側眼追逐他的身影，炎髮少女一邊探頭看向正咕嘟咕嘟烹煮的大鍋。

「是燉菜呢。看起來放了很多種部位。」

「我連內臟也放下去一起燉。儘管賣相不好看，這道菜很好吃喔。」

瑪莉婆婆露出笑容說明，說話的同時手頭的作業也毫不停頓。

「祕訣在食材要用現宰活雞的新鮮內臟，還有辛香料的用法，不是把所有東西扔進鍋裡就行了。一開始得先用油炒出香氣。」

她邊說邊把剁好的雞肉重新堆在砧板上，形成一座小山。

「光是這樣味道太強烈，這時候就該蔬菜登場了。我會將洋蔥充分炒過……哎呀，鹽巴用完了。」

停下正要調味的手，瑪莉婆婆探頭注視裝鹽的小壺。那一瞬間，從對話內容察覺危機的伊庫塔躲進調理台底下。緊接著，廚房霸主緩緩地轉過身。

「我居然忘了補充。備用的鹽巴在……」

「我去拿。在正面那座櫥櫃裡嗎？」

如果讓瑪莉婆婆在廚房內走動就會發現伊庫塔。為了使她停留在同個地點，炎髮少女主動相助。

「嗯，對，就是那裡。有一包表面寫著『鹽』的袋子吧？」

「鹽……有的，是這個對嗎？」

雅特麗希諾一路走到廚房另一側，從櫥櫃一角取出鹽袋。在折返途中，受她的支援搭救的伊庫塔從調理台下豎起大拇指。

「謝啦。妳的動作乾脆俐落，看了就很爽快！」

瑪莉婆婆向她道謝，拿起袋子往小壺裡倒鹽，並像忽然想起似的開口。

「對了，這座基地裡還有另一個年紀正好和妳相當的小孩，是叫伊庫塔的搗蛋鬼，妳已經認識他了嗎？」

「是桑克雷上將的公子吧。昨天，我見到上將時也和他見過面。」

「沒錯，就是那傢伙。他的動作與其說乾脆俐落更接近匆匆忙忙，一個不注意就會使壞，大意不得。」

老婦人從鼻子哼了一聲，將手裡的鹽摻進雞肉裡。

「明明是小孩子卻比大人還懂得臨機應變，所以才惡質，都是遺傳自他父親啊。妳也要多注意，一不留神就會上他的當。」

正當雅特麗希諾不知該如何回答，剛才那鍋燉菜在她身旁開始沸騰湧出鍋外。

「哎呀！爐灶的火太旺了點，得抽幾根木柴出來。」

瑪莉婆婆彎下腰拿起火鉗探進爐灶裡。趁著她專心調整火力，伊庫塔正想繼續湊齊食材，不幸的是他的意圖全泡了湯。一名士兵在此時闖進廚房。

「瑪莉婆婆，拔雞毛和替蔬菜削皮的工作總算都做完了！」

「到底得花多少時間啊！快進來幫忙！」

是是是～拿著食材的士兵走了過來。他是剛剛在別的房間埋首於簡單作業的輪值伙房兵。人口密度上升的廚房熱鬧起來，也許是感覺到已達到繼續躲藏的極限，伊庫塔踮腳出了廚房。

「…………」

炎髮少女沒有錯過，少年在逃離前一刻指向自己先前藏身之處。她以不經意的動作接近那裡，果然發現他留下了一張紙條。雅特麗希諾拿起來一看，那是目標食材清單，已拿到的部分用指甲做了記號。

確認還剩下三樣尚未取得的食材，雅特麗希諾的眼神變得像老鷹般銳利。

「再怎麼說也太慢了，你該不會把所有的活都丟給搭檔去做了？」

首先是洋蔥。少女不動聲色地走到食材旁，從籃子裡拿起一顆洋蔥避開兩人的目光扔出窗外，然後以同樣方式再投擲兩顆。

「那怎麼可能，純粹是菜刀太鈍了。再不送去磨利不行啊。」

再來是芒果乾。要找出這樣食材花了一番功夫，不過在剛才找到鹽巴的櫥櫃內發現存放果乾的角落後，她立刻從中發現橙色的果肉。由於芒果乾切成薄片，要投擲令人有點不放心。雅特麗希諾考慮數秒之後，明知很粗魯還是把好幾片芒果乾摺疊在一起，一整團扔出窗外。

「這樣嗎？那你在中午之前把太鈍的菜刀都整理在一塊。」

最後是南瓜。儘管馬上在櫥櫃最下方發現南瓜，奈何體積太大。就算挑出最小顆的也有兒童頭顱大小，而且重量沉甸甸的。

雖然如此，炎髮少女還是毫不遲疑，看準瑪莉婆婆和當值伙房兵同時背對她的瞬間展開行動。她右手抱住南瓜，按照擲鐵餅的訣竅身體迴轉兩圈將它順勢擲出窗外。

咚！外頭傳來沉重的聲響。「嗯？」聽見聲音的兩人轉過頭來，雅特麗希諾早已若無其事地望著調理器具。

食材全部取得，接下來只剩撤退而已。少女走向瑪莉婆婆開口。

「這裡的炊事情形非常值得參考。現在廚房變得有些擁擠，我就先告退了。」

「喔，辛苦啦。隨時歡迎妳過來。」

面對難以取悅的老婦人和藹的笑容，罪惡感刺痛雅特麗希諾的心。另一方面，達成這個像小偷般的「任務」，也讓少女心中產生不可思議的興奮感。

「…………？」

對從未體驗過的心境感到納悶，未能掌握那種情緒真面目的雅特麗希諾走出廚房。

由正面大門走出來後，她再度繞到建築物背面。離高處的窗戶一段距離外的地面上鋪著厚厚一層稻草，但上頭已經沒有任何東西。見少年已回收了食材，雅特麗希諾邁步奔向集合地點。

「看來很順利啊。」

在類似倉庫的建築物前找到對方，少女放慢腳步攀談。伊庫塔露出一臉感嘆之色回望著她。

「那是沒錯……不過妳真厲害～」

少年說著望向腳邊的大麻袋，裡頭滿滿都是食材。

「不管哪一樣都準確地落在稻草堆上。那些全是妳避開瑪莉婆婆的眼睛從廚房裡丟出來的吧？」

「沒什麼特別困難之處。柔軟的食材都由你優先拿出來了。」

「不，要我做同樣的事情那可辦不到，首先就會撞上窗框。即使成功丟出來，也不可能瞄準稻草堆的位置掉落。因為窗戶太高看不見另外一頭啊。」

「只要掌握食材的重量和形狀，在一定程度的距離內可以靠斟酌力道擲出特定的拋物線。我從外面觀看時確認過距離，接下來則是簡單的彈道學實踐。」

少女說明的口吻在連她也沒意識到之下帶了幾分自豪。伊庫塔有些焦慮地抱起雙臂。

「……唔唔唔。總覺得我多了一個很厲害的同伴。」

完成幾項類似的「任務」以後，在太陽高掛中天時，兩人走向位於基地中心的獨棟住家。

「這裡是我家。」

伊庫塔站在玄關前指著住家說道。雅特麗希諾不解地歪歪頭。那是棟由木材和泥磚建成的獨棟房屋，儘管整體建造得很堅固，但扣掉位於基地中央這一點，僅僅是隨處可見的民宅。

「……我可以進去嗎？」

「我要反問，為什麼不行？——媽，我回來了！」

少年打開家門活力十足地宣告他到家了。住家內傳來含蓄的迎接聲。

「伊庫塔，歡迎、回——咦？」

一目睹門後出現的女性，雅特麗希諾在感動中說不出話來。

女性有一頭宛如漆黑清流般滑順無瑕的披洩長髮，一雙足以比喻成縞瑪瑙的黑眸，白皙得令人炫目的冰肌玉骨則散發出正好相反的白。她穿著具異國風情的長上衣，光滑的薄布料貼身地包覆身軀。從衣襬伸出的手腳優美又纖細，光是望著她指尖圓潤的指甲就讓人不禁嘆息。

女子不管再怎麼年輕應該也接近三十歲，整個人卻沒有任何能感覺到年齡的要素。想到此處，不對——少女訂正。連這副絕世美貌大概也僅不過是表面。這名女子的美麗在於本質，討論年齡沒有意義。

經過漫長的沉默後，少女察覺自己失禮了，慌忙擺出敬禮動作。

「我——我是雅特麗希諾．伊格塞姆。奉桑克雷上將指示，與他的公子共同行動。」

「——是嗎。我是優嘉，伊庫塔的母親……謝謝妳陪我兒子玩。」

優嘉嘴角揚起微笑，配合少女的作風敬禮。光是一個動作便能感受到她溫柔的性格，雅特麗希諾心中一片暖意。

「我們按照老爸的要求，帶各種食材回來囉。幸好有雅特麗在，今天東西好重。」

伊庫塔邊說邊從麻袋裡掏出食材放在桌上。優嘉高興地拿起來看了看。

「有好多、吃的……」

「午餐多煮一點吧。我和雅特麗都從一大早起四處跑，肚子餓扁了。」

「不，請容我謝絕。這樣太過叨擾府上……」

當雅特麗希諾反射性地回答，少年打從心底感到驚訝地回過頭。

「咦？妳不吃？為什麼，怎麼可能有這種事？是我媽做的菜耶？美味程度可是全世界第一名喔？」

伊庫塔以全身強調這個選擇有多愚蠢，他的母親也在一旁悲傷地低下頭。

「雅特麗、不肯吃嗎……？」

「……不，那就多謝招待。」

面對她揚起濕潤的眼眸傾訴，任誰也不可能拒絕得了。當炎髮少女死心地點點頭，優嘉臉上迸出欣喜光彩。

「我馬上、做飯……做好之前，妳先和伊庫塔玩。」

留下這句話，她踩著小碎步跑向廚房。眼見事情決定了，伊庫塔從客廳櫥櫃裡拿來將棋盤放到雅特麗希諾面前。

「妳會下將棋嗎？」

「嗯，家裡教導過我，說這是軍官的休閒活動。」

「那我們下一盤。不讓子可以嗎？我想和妳公正地較量。」

少女沒有異議，雙方排好棋子後擲硬幣決定先後順序。

「嗯，是我先手——好，我上了。」

「——久等了，飯、煮好了……嗯？」

大約一小時過去，準備好午餐的優嘉過來叫兩個孩子吃飯。然而，伊庫塔和雅特麗希諾在客廳裡隔著將棋盤相對，神情認真至極地沉思著。

——派出6—3風槍兵，6—7燒擊兵攻擊，然後戰力在右翼會合……不，要殲滅敵人還少一步棋……那就派3—8醫護兵絆住敵方腳步……在這個情況下，和現有棋子的聯合行動——

——無視前線由8—2展開奇襲……不行，有5—5的燒擊兵阻擋著……用來進攻的棋子不足……乾脆解除圍陣？可是，要慮到對手從6—3發動攻勢的情形……

在沉默之中幾乎可以聽見兩人的思路。優嘉猶豫著該不該呼喚太過關注的兩個孩子，但捨不得做好的餐點冷掉，她終於下定決心開口。

「孩子們，午飯、煮好了……喔？」

「…………」「…………」

別說回應，兩個孩子甚至連看都沒看她一眼。接著連續呼喚四次也都沒得到搭理，女子的肩膀開始微微顫抖。

「……飯、煮好了……」

當優嘉眼角泛淚，稍微加大音量強調，兩人投入棋盤的意識終於被拉回現實。

「啊……？對、對不起，媽，我剛剛在專心分析棋局……！我這就過去，不要哭！」

「非、非常抱歉！我馬上過去。」

他們分別道歉，慌忙到餐桌就座。這時候，另一個人穿越玄關進了家門。是巴達・桑克雷。

「呼～今天也順利溜出來了。我回來了～」

「歡迎回家，巴達。午飯剛剛、煮好。」

「啊～餓壞了——喔，妳來啦，小雅特麗希諾。兒子啊，今天的任務辦妥了嗎？」

「做完是做完了，可是過程很驚險。這是雅特麗第一次出任務，內容應該弄簡單點啊，笨老爸。」

也許平常總是和父親這樣相處，伊庫塔說起話來毫無顧忌。巴達聳聳肩。

「太簡單的話她大概會覺得無聊——啊，桌上有將棋盤。你們下了棋？」

「因為午飯做好了暫停中，現在停在第一百二十二手。」

「我瞧瞧……啊～這可厲害了，矢倉戰陣打得難分難解。看樣子還有得下。」

巴達以佩服的語氣說道，和妻子一同入座。四人到齊後開始用餐，但放在眼前的筷子馬上令雅特麗希諾不知所措。優嘉發現之後，連忙站了起來。

「雅特麗，抱歉。這個叉子、給妳用。」

炎髮少女感激地接過熟悉的餐具，目光仍回到眼前的筷子上。

「各位都用這兩根棒子……吃東西嗎？」

「要夾在手指之間，妳看，像這樣。用習慣之後意外地方便喔。」

伊庫塔將筷子開開合合展示給她看。未知的文化讓雅特麗希諾瞪大雙眼，再望向擺在餐桌上的料理，看來也十分新奇。好幾個小碗分別盛放一人份的料理，主食似乎也不是烤麵包，而是裝在器皿裡的雜糧粥。

煩惱了一會，她首先試著品嚐眼前的清湯。琥珀色湯汁進入口中，淡淡的海鮮風味竄過鼻子，鮮美的滋味在口腔內緩緩擴散開來。

「……這個……」

「清湯、怎麼樣？味道可能、有點淡。」

「不……很好喝。明明沒放辛香料，味道卻感覺很有深度……請問這是魚湯……嗎？」

一聽到這番感想，優嘉合起手掌表達歡喜之情。

「……真開心。雅特麗，吃得出來。明明第一次吃到，就發現了小魚乾高湯、有多好。」

「高湯……？小魚乾是什麼？」

「熬煮成乾的、魚。可以直接當保存食品，不過泡在水裡，滋味會慢慢沁開。那就是高湯……做成湯品，就像這樣。」

優嘉起身到廚房拿來小魚乾實物。打開麻袋一看，只見裡面塞滿了乾燥的小魚。雅特麗希諾拿起一條，很感興趣地觀察著。

「真虧妳喝第一口就發現了～小雅特麗。我可是一頭霧水。」

「……沒錯，我還記得第一次做的時候、巴達的反應。巴達、喝了一口後馬上說──『這湯忘了加鹽啊』。」

「老爸的舌頭笨得很。我看就算說肥皂是起司遞給他，八成也會吃下肚？」

「那句話是我要說的，兒子。只要是優嘉做的菜，哪怕知道是肥皂你也照吃不誤吧。」

「吃啊。那可是媽媽做的菜，給我一大盤我也會大快朵頤。」

「小雅特麗、小雅特麗，戀母情結很噁心吧。」

巴達向坐在斜對面的少女低聲呢喃。被他們的互動逗得泛起微笑，趁著餐桌上氣氛和睦，雅特麗希諾問起好奇的事來。

「桑克雷上將和家人一起住在這裡嗎？」

「嗯，我不喜歡拋下家人一再調任。我們部隊是全域鎮台，有需要的時候無論在帝國哪個地方都必須趕過去。所以我想，那乾脆帶著妻兒一起走。結果就過著這樣的生活。」

「有我在媽媽就不要緊，儘管放心上哪兒去都可以啊，老爸。別老是派席巴叔叔和利坎叔叔在全國到處奔走。」

「你不懂啊，兒子。當頭頭的非得在大本營裡坐鎮才行。不然的話，庫巴和哈薩都會找不到歸處。何況要說真心話，其實爸爸我不在了你也會寂寞吧？沒錯吧？嗯？」

父子彼此牙尖嘴利地互相挖苦，而母親在一旁欣慰地注視著。受到他們醞釀出的溫暖氣氛包圍，雅特麗希諾感到心情十分安寧。

「吃完飯之後……大家一起做南瓜金鍔餅。你們兩個拿了、很多食材，得給瑪莉班回禮才行。」

聽著優嘉慢慢說出口的話語，雅特麗希諾露出笑容點點頭。不只外表美麗，這名女子渾身還散發著讓第一次見面的人也感覺親近的不可思議氣息。

來遊學真好。少女啜飲清湯坦率地想——

幸福的美夢到此中斷。雅特麗在昏暗的帳篷裡迎來與舒適相去甚遠的清醒。

「向雅特麗希諾中校報告！約倫札夫上將的部隊已返回！」

士兵的聲音傳遍四周。她立刻從床位上起身穿好衣服，將搭檔火精靈西亞收進腰包，走到帳篷之外。

看見雅特麗出現，野營的士兵們紛紛站起來敬禮。以微笑作回應，她冷靜地看出部下們的狀況。儘管在指揮官面前展現剛強的態度，接連的行軍確實耗損了他們的體力。考慮到還看不到軍事政變解決點的現狀，在兵力的運用上必須謹慎。

穿越士兵集團，雅特麗沒多久便碰見熟悉的獨臂老將領。帝國陸軍名譽上將約倫札夫．伊格塞姆站在那裡，正由醫護兵替右手包紮繃帶。

「對不起，我搞砸了。」

老將領神情苦澀地說道，舉起負傷的獨臂。

「我上了雷米翁家小子的當，在前線被擊退，皇帝很可能已經落入旭日那夥人手中。說來丟臉，這趟我帶去的騎兵部隊也幾乎全軍覆沒。」

「這樣嗎……您生還是最重要的。可否告訴我詳細經過？」

當雅特麗如此要求，約倫札夫頷首開始說明。炎髮少女嚴肅地傾聽著在達夫瑪州南側發生的三股勢力之爭——關係到皇帝藏身處情報的來龍去脈。

「……假設陛下真的在那座隔離休養設施裡，應當視為旭日團搜索隊找到了他。不過，宣告贏家是誰的玉音放送至今仍未響起。」

「那邊撲空的可能性也不是沒有。這樣一來就沒有進展，不過狐狸也可能在緊要關頭使事情變得更加複雜化，比方說拿皇帝當人質死守不出等等。」

「有進行確認的必要。雖然可以派遣精力充沛的士兵先行過去偵查……」

「算啦算啦。那麼小一個村落，周邊肯定早就給包圍得密不透風。企圖潛入也只會被敵方發現俘虜而已。命令斥候們拉開距離監視吧。」

「我有同感。如此一來——為了察知內情，只有我等直接前往一途。」

雅特麗毅然說道。看出對方沒有異議，她轉換話題。

「我這邊也有兩件事報告。前幾天，我和雷米翁派露西卡・庫爾滋庫中校率領的部隊交戰並將之擊破，保護了與該部隊同行的第一皇子殿下。」

「喔～把人要回來了？真不賴。站在體制這一方的伊格塞姆派，終於能脫離皇族缺席的狀態像模像樣了。」

「是。第二件事——則是雷米翁派搜索隊在後方的本隊行動遲緩。主因應該是擔任總指揮的庫爾滋庫中校戰死，但我派士兵探查，發現除此之外還有別的混亂起因。據說是內部有人叛離。」

「叛離？那群下定重大決心掀起軍事政變的傢伙，到了這個田地還鬧內鬨，如果是真的簡直馬虎到極點……儘管不是啥稀奇事，總覺得有點可疑啊。」

約倫札夫皺起眉頭。這對他們而言可能是有利情報，但比起坦率地為此高興，他更覺得難以理解。雅特麗也抱著相同的想法，視線轉往南方。

「無論如何，現在只能南下。我預計在一小時候後結束大休息出發。上將的部隊要如何安排？要重組的話，我來調派士兵。」

聽到她做確認，獨臂老將領從鼻孔裡哼了一聲轉過臉去。

「雖然很想這麼幹，但只剩一隻的手臂成了這副慘狀，實在擔當不了前線指揮。不必重組部隊，剩餘的騎兵也由妳接收吧。」

「我知道了，就這麼辦——那麼，關於我等今後的行動方針，您有什麼意見？」

「我的意見只有一個——代替我擔任總指揮，雅特麗希諾。如今的我沒法揮劍也沒法騎馬，就算揮舞旗幟也鼓舞不了士兵們的士氣。妳剛立下找回皇子的功勞，時機也正適合。戰敗生還的老頭要隱退啦，在這裡交接吧。」

約倫札夫語帶嘆息地告訴她。雅特麗一瞬間雙眼圓睜，但察覺對方的認真，她挺直背脊鄭重地頷首。

「……遵命。不過有點吃驚呢，沒想到竟會聽到叔公說出這樣的話來。」

「不好意思，別看我這個樣子，我也是有點兒沮喪啊……我至今為止不是沒吃過敗仗，但還是頭一回遇上這種情況。怎麼說，感覺像一口氣老了三十歲似的。」

老將領以判若兩人般缺乏雄心壯志的口氣抱怨。面對看來比平常瘦小的叔公，雅特麗下定決心問道。

「托爾威·雷米翁的部隊很強嗎？」

「嗯。託他們的福，我沒死成。」

他回答的語氣帶著幾分怨恨。雅特麗感到心情複雜，不知是否察覺她的想法，約倫札夫主動換了話題。

「妳殺掉的露西卡·庫爾滋庫，我記得是雷米翁家的教育負責人，對那小子來說應該是關係很深的人物。聽說她的死訊，說不定會激起他一股狠勁。要交手的話最好小心點。」

「…………是。」

「我要說的話只有這些。正式的交接等以後再辦就好，管理士兵的事交給梅格那傢伙處理，妳在出發前歇會吧。對不住，把妳從睡夢中叫醒。」

最後留下關心雅特麗的台詞，約倫札夫轉身自她眼前離去。敬禮目送老將領的背影離開，炎髮少女仰望烏雲籠罩的天空……從幾天前起絲毫沒變過，就連雲隙也看不見。

*

在追查皇帝下落的三股勢力蜂擁而至的達夫瑪州南方，悄悄坐落在森林深處，無人看顧的偏遠村落。

在堪稱村落最深處的淤積黑暗底層，伊庫塔與夏米優殿下正與帝國史上最糟的佞臣對峙。

「真虧你能實現如此愚蠢的企圖。」

少年聳聳肩說道。在他目光所及之處，狐狸轉了轉雙眼眼珠。

「——哎呀，你到底是指什麼？」

托里斯奈樣板化的裝傻，伊庫塔淡淡地往下說。

「……伊格塞姆派、雷米翁派以及我們旭日團。自帝國軍分裂出的三股勢力為了皇帝發生衝突，形成三方對峙戰況。如今回頭想想，構成這局勢的經過，豈非充滿了刺鼻的蓄意人為的氣息？

第一，發出奪回希歐雷德礦山敕令的人——是你吧，托里斯奈。結果導致帝國在北域動亂受到的創傷還沒恢復就展開下一場戰爭。以舊東域鎮台的軍隊為中心組成攻略軍，我們『騎士團』再度被派往戰場……光是這樣明明就夠令人厭煩了。」

少年暫時打住話頭，輕輕轉動在公主另一側的手臂，想放鬆不必要地使勁繃緊的肌肉。

「站在當時高階軍官的立場，利用我們來提升士兵士氣的判斷本身可以理解。我們打從一開始便是為了這個目的被放上『帝國騎士』的位置，儘管並非情願，在北域的表現也打響我們的名號。用來當成激發戰意的素材再好不過。

但進一步縮小範圍，以伊格塞姆元帥及雷米翁上將所做的判斷來說又如何？——這麼思考時，有許多地方令我難以釋懷。首先，姑且不提我們，元帥不會將公主調往前線。使皇族面臨危險是他最想避免的事情，即使編入軍隊應該也會安排成後援人員。不如說，要處理像我們這種比起實力更看重參戰名義的部隊，這麼做可說才是常規方法。

再來是雷米翁上將。既然我們成員裡有托爾威在，他下這種決定很明顯更加不對勁。軍事政變爆發前，他本來想將兒子召回身旁。作為派閥首領，同志自然愈多愈好，而出自父母心的考慮更是不用多說。」

伊庫塔感覺到思緒正隨著一一陳述分析與推測開始運轉。首先要營造自己的步調，流利的口才直接關係到獲得談話的主導權。

「根據上述理由，能夠看出我們在希歐雷德礦山攻略軍編組中所受的待遇並非出自伊格塞姆元帥及雷米翁上將的意思。那麼，為何兩人被迫接受事與願違的選擇？這個問題換句話說更容易了解——足以歪曲世上無人能比的帝國軍兩大首腦判斷的權威是什麼？」

將所有不對勁之處集中到一個問題上，伊庫塔向對方拋出回答。

「答案只有一個，皇帝。只可能是狐假虎威的狐狸搞的鬼——吶，托里斯奈。你發出的奪回希歐雷德礦山勅令裡，以相當直接的措辭將對於『騎士團』和公主的安排也包含在內吧？」

就算少年指出這一點，他如面具般的笑容依然沒有變化。佞臣摩擦著雙手開口。

「這般出言干預，對我有何好處？」

「既然你衡量事物的標準並不正常，討論有利與否沒有意義。我指出的只是那道敕令製造了現今這種可笑狀況的事實。」

伊庫塔迅速截斷對手的發言，繼續闡述。

「奪回希歐雷德礦山的命令是你下的。礦山攻略戰展開後沒多久，雷米翁上將發動軍事政變。帝國內的伊格塞姆派兵力因出兵至礦山減少，他大概判斷這是個好時機吧——跳進你籌畫好的局裡。」

少年憑藉論述深入探索現實，他所揮舞的分析之刃正逐漸釐清托里斯奈企圖的全貌。

「期望與下令軍隊出兵的人都是你，而且從你在叛亂爆發後難以對付的行動來看，軍事政變的發生顯然從一開始就在你的計畫之中。到了這個地步已經確然無疑——雷米翁上將這次起義是你有把握地誘導下的產物。」

伊庫塔根據累積的推論導出第一個結論。見對方沒有如意料般反應，他著手準備第二點。

「……何況，事情還不只如此。

現在想想，把我們交給海軍的判斷，應該是伊格塞姆元帥在不違背敕命界線內能做的最大安排。若你的指示是『將騎士團投入最前線』，那只要走陸路，我們在路途中非得參加戰鬥不可。可是走海路的話，至少在部隊轉移期間必然會得到『賓客』待遇。在名義上置身前線的同時，不管是好是壞皆可遠離危險。」

少年從鼻子裡哼了一聲，摀住額頭。

「唉，一方面是我們自己愛多管閒事，那個安排結果適得其反……無論如何，我們得以平安地抵達礦山。當時敵陣包圍網早已布置完畢，交派給我們的任務也沒有顯著的風險。回想起北域的遭遇，情況要好得多。我一邊這麼想，一邊和齊歐卡的白毛小白臉互相試探起對方的想法……就在此時，得知軍事政變爆發的消息。」

他的發言漸漸語帶苦澀，狐狸微微加深笑意。

「如果知道軍事政變有一天會發生，我也會多少做些準備。但那終究只限於我力所能及的範圍，從大局上來說不得不以守勢因應——可是當事情實際發生，狀況好得過頭。作為權威層面後盾的第三公主在我身旁，攻略軍司令官是舊識席巴少將，其部下大都為具備舊『旭日團』背景的軍官。哎呀，這簡直就像在要求我創設獨立勢力。

我決定性的缺乏信仰心，無法將這一切當成純粹的巧合或幸運看待。」

伊庫塔以帶著明確敵意的目光直視眼前的元凶。

「我在此斷言。和雷米翁上將的軍事政變一樣，我重新召集『旭日團』也是你期望並籌畫的結果——你操縱了我，狐狸。」

感受著在腹部深處灼燒的憤怒，黑髮少年出示第二個結論。一會之後，托里斯奈摩擦雙手的動作轉變成鼓掌。

「呵、呵呵、呵呵呵呵……！很好、很好，這才像話……！」

低笑聲在黑暗中迴響。狐狸如面具般的笑容在此刻有了血色，顯得更加毛骨悚然。夏米優殿下的顫抖透過相握的右手傳向少年。伊庫塔的手像要消除她的恐懼般使勁握了一下，接著他再度開口說道：

「……自從在薩費達中將的軍事審判打過照面以來，我便有所覺悟會被你看穿身分。儘管拿薩扎路夫少校當掩護，我身處的立場也醒目到沒辦法徹底隱身其後。」

「沒錯、沒錯——從那名少校提出戰後處理提案開始我便聞到了，聞到那個令人懷念的男子的味道。唯獨這個我是不會錯過的……和現在的你發出的味道完全相同。」

「我是不是噴點香水比較好？很可惜，我一點也不想為了你而盛裝打扮。想捏住鼻子的人可是我。」

少年邊說邊真的捏起了鼻子。即使面對這樣的反應，托里斯奈也只是十分愉快地笑著看著他。感覺好像我正在和某種妖魔鬼怪交談——雖然知道不科學，伊庫塔還是不由得那麼想。

「無論如何……帝國軍如你的企圖般陷入分裂為三方勢力互相衝突的窘境。再加上又發現皇帝失蹤，從那一刻起任何人都難以預測事態的未來發展。我們率先抵達此地的可能性絕不算高。所以即便是你，也別想說你看透了現在這個局面。」

當他指出這一點，托里斯奈輕鬆地點點頭。

「沒錯，我沒看透。我只是不斷期望著。只是邊攪拌戰場這口大鍋邊期待著。如果是你，說不定有機會。如果是巴達·桑克雷的遺子，也許——就像這樣。」

一說出已故英雄之名，托里斯奈的神情流露出莫名其妙的執著。連去分析那種情緒都嫌毛骨悚然，伊庫塔像要掃去那股惡寒般開口。

「這就是你不負責任的烹調造成的結果。看著我們在燉湯裡痛苦掙扎，滿意了嗎？」

「呵呵呵……！的確，食材比想像中更加新鮮有力，要是跳出鍋子也很傷腦筋，我正想著是不是該把火力加大點。」

這段對話完畢後，兩人彼此瞪著對方不再發話。見兩人的唇槍舌戰結束，夏米優殿下鼓起勇氣插口。

「……你依然是個一流的小丑。但事已至此，這樣的表演早已不剩多少意義。別再隱藏，表明本意吧。你的願望是什麼？」

被她一問，托里斯奈細長的眼眸骨碌碌地轉向公主，彷彿為發現新獵物感到欣喜。

「呵呵……？這個問題別問我，您捫心自問更適合吧？夏米優・奇朵拉・卡托沃瑪尼尼克第三公主殿下。」

「……什麼意思？」

「不可以裝傻啊。我是說面對此一局面，應該得償夙願的人是您。您也明白才是？為此所需的條件都在眼前齊備了。」

托里斯奈說著展開雙臂。那露骨的誘惑令夏米優殿下皺起雙眉。

「……眼前被逼到絕境，這次轉而試圖籠絡我？儘管我自認理解你腐敗至極的本性，你可真沒節操——我的叔父大人。」

聽見那個詞彙的瞬間，伊庫塔瞥了公主一眼。少女的目光依舊瞪視著托里斯奈，並淡淡地開始說明：

「這個傳聞在宮中常常有人提及……托里斯奈・伊桑馬雖然生於中階貴族之家，但確實追溯他的經歷，會發現他母親年過五十才生下他。我不會說那是毫無可能成真的高齡生產——但收集當時的證詞，我不認為這名男子名義上的母親哈塔莉法・伊桑馬有過懷孕跡象。」

狐狸默默地聽著公主說的每一句話。縱使話題觸及他的出生，游刃有餘的態度也沒有一絲動搖。

「再加上他關於如何攀上皇帝，也有未解之處。作為文官明明沒有立下顯著功勞的紀錄，托里斯奈和當今皇帝的交流卻從他本人官位遠低於目前地位時就延續至今。這靠賄賂金額的多寡難以說明。當時的伊桑馬家財力即使高估也不過算是中上，財力在他們家之上的貴族多的是。」

夏米優殿下說到此處暫停一下，目光投向在托里斯奈身旁——渾身纏滿繃帶躺在床上的本國皇帝。

「……在他還未登基為帝，只是眾多皇子之一的時候。從周遭沒有任何人能夠打從心底信賴這一點來說，倒在那邊昏睡的人——年輕時的阿爾夏庫爾特・奇朵拉・卡托沃瑪尼尼克應該很孤獨。這可以說是所有皇族的共通點，能夠拋開爾虞我詐來往的人極其罕見。市井小民還有家人，但對皇族而言，愈是血脈相通的兄弟姊妹愈不能放鬆戒心。在皇宮裡的生活，代表著手足之間爭奪皇位繼承權——經常發展到互相殘殺的地步。」

身為當事人的少女懷著真實感情訴說道。她本身比任何人都清楚，皇族生存的環境到底有多扭曲。

「持續生活在這種進退兩難的環境裡，那個人的孤獨感想必是不由分說地愈來愈強烈。在猜疑心無邊無際地擴大的同時，想將得以交心的人物放在身旁的衝動應該也會無止境地加劇。然後——如果此時有一個例外出現的話？和自己繼承相同血統，立場卻只是沒有後盾的一介低階官員，背負著絕對無法參與皇位之爭的命運。如果遇見這樣的人，產生想將他留在身旁的念頭不是很自然嗎？」

孤獨也等於可趁之機。在掌握她所說內容的前提上，伊庫塔靜靜地插嘴。

「……那麼，那個例外繼承了永靈樹（卡托沃瑪尼尼克）的血統卻不是皇族？」

「皇帝必須是完美的存在。血統也必須毫無瑕疵。那是貴種幻想從一開始便蘊含的矛盾，索羅克。被判定牴觸這道戒律的人會有什麼下場，生來就具備一目了然缺陷的皇族將面臨什麼遭遇，你應該也想像得到。」

以冰冷的聲調說完前提，公主明確地指向眼前的對手。

「抹消其存在。像這個人一樣。」

托里斯奈瞇起眼皮。他十分歡喜，宛如一個目睹孩子成長的父親。

「這份聰慧，正是您繼承了尊貴血統的鐵證。聰明的夏米優——我可愛的姪女。」

在匯集的目光注視之下，狐狸毫不猶豫地一把掀起卡其色的上衣和內衣，一看見底下的身軀，少年和公主同時倒抽一口氣。骨骼畸形。從胸部到腹部的肋骨有好幾根都扭曲或欠缺，在胸口中央部位形成特別大的凹陷。

最嚴重的是心臟。本該被層層保護在胸骨深處的心臟，緊貼著薄薄一層皮肉撲通跳動著。

「我打從一開始便無意隱瞞。這是皇室一味想掩蓋的祕密，對我本人來說不構成任何弱點。既然是得到您承認血緣關係，我甚至覺得很高興。」

「繼承這個血統覺得高興嗎……我果然無法和你互相理解。」

將公主的感想當成耳邊風，托里斯奈放下衣服。這麼一來，骨骼的怪異感便完全被藏了起來。

為了填補體型的輪廓，他的上衣裡似乎有填充物。

面對暴露的真相，夏米優殿下深深嘆口氣。

「過去只限於推論範圍，但現在得到了證實。他出生時是先皇的次子——亦即當今皇帝的大皇弟……話雖如此，如今絕對無法再取回身分。」

「意思是不可能恢復皇籍？」

「無論用什麼手段都不可能。皇室典範規定所有皇族在誕生後一個月內要和皇帝的貼身精靈相見，經由這道手續賦予皇籍，不容哪怕晚上一天。然而托里斯奈並未得到這個機會，不同於對發生醜聞的皇族所做的剝奪皇籍處分，從一開始就沒算進去的人，不可能恢復權利。」

公主憑藉記憶力斷言。伊庫塔也點點頭望著狐狸。

「也就是說……帝國宰相地位便是你出人頭地的極限嗎？托里斯奈。不願接受的話只有自己另行建立王朝一條路，但你總不會說那是你的目的吧？」

少年半諷刺半認真的發言，在此刻引起重大異變。托里斯奈皺起了眉頭。他的表情確然無遺的表滿了毫無虛假的遺憾之意。

「真是出言不遜啊，桑克雷。為何要這麼說？無論在何人眼中看來這豈非都是自明之理？即使放眼世界，除了永靈樹之外別無其他堪稱正統的王朝。這個世界上除了帝國以外的所有國家，明明都微不足道。」

聽到托里斯奈這番熱烈的主張，這次輪到少年皺起眉頭。

「……你要談論統治權力的正統性？親手使皇帝淪為傀儡，靠著狐假虎威的權威把國家搞得亂七八糟的你來談這個？」

「這麼批評我實在遺憾。絕非虛言，再也沒有比我更深愛帝國的人。」

「喂，你想講什麼都行，起碼用我能夠理解的語言講吧？」

就像表明已經束手無策一般，伊庫塔從鼻子裡哼了一聲。兩人的談話告一段落，狐狸的視線轉向公主。

「夏米優殿下，剛才您指著我稱我是存在被抹消的皇族——但您可知道，您也險些有同樣下場？」

他細長雙眼裡的兩個瞳孔發出不祥的光芒。公主下意識地後退，同時反問。

「……你說什麼？」

「那是在殿下誕生的時候。作為當今陛下第十四子出生之際，您論排行是第五公主。您應該也知道，後來不到三年之內上面有兩位皇姊去世，您的地位也隨之晉升至第三公主。您不認為非常可怕嗎？」

「……我聽說爭奪皇位的手足之爭從當時便很激烈。除了肖像畫，我和已故的兩位皇姊未曾謀面。不過……聽說過兩人是都死於非命的傳聞。」

「年紀較長的那位在臥房內遭人勒斃。較小的那位則是食物被下毒，痛苦掙扎後死去。同一時期還有一位皇子失蹤。毫不誇張，當時的皇宮就是這樣的地方。沒有皇族不是活在畏懼遭到謀殺的危險之中。」

「想來也是。那麼，我也無法否定自己曾面臨走上同樣命運的危險。」

「不不，不是這個意思。對您而言最初的危機甚至不是皇宮的生活，而是更早——在您剛剛生下來時便發生了。」

托里斯奈的口吻帶著陰鬱的氣勢。明知道不應該聽，公主還是不由得側耳傾聽。

「當時，陛下對親生子女越發熾烈的鬥爭感到痛心憂慮。後繼之爭與作為後盾的有力貴族利權密切相關，即便以皇帝的立場要他們住手也無法阻止。皇子們早已失去接受父親諫言的度量，連看見有血緣關係的他們的臉都覺得厭煩——在陛下的心理陷入如此悽慘狀態的時期，您卻出生了。」

托里斯奈摻雜著哀嘆說道。苦澀地看著他那副裝腔作勢的舉止，伊庫塔領悟。在此人目睹的過去，昔日在皇宮中發生過的無數悲喜劇中，也包含夏米優殿下的出生。

「再也不想要更多皇子或公主。抱持這番想法卻又沒停止每晚召女人進寢宮，實在很像陛下的風格。因為唯有隨心所欲控制玩弄後宮佳麗的時候，陛下才能切身感受到自己的絕對性。換句話說，陛下追求的全部只限於和女子交歡——對於行為帶來的結果毫不關心。不，反倒覺得厭惡。」

在半途中直覺領悟到接下來的內容將不堪入耳，伊庫塔繞到公主背後摀住她的雙耳。托里斯奈看見後露出淺笑，加大了音量。

「正因為如此，當我向陛下報告您出生消息的瞬間，他面露怒容這麼交代——」

狐狸雙手抵著脖子吐出舌頭，傾注所有的惡意說出那句話。

「『我不要了。勒死扔掉！』」

衝擊貫穿少年摀住她耳朵的雙手竄過夏米優殿下全身。不等她恢復正常思考，托里斯奈繼續拷問。

「說出那句話時，陛下確實是認真的。按理來說，陛下的意志應該在您洗完新生兒的初浴前實行——不過，正如從殿下活著站在此地這一點可以明顯看出的，事實上並未發生。吶，您認為這是何故？」

伊庫塔緊抱住公主的頭大喊「住口！」。連那聲斥罵都當成喝采，狐狸高聲吟詠。

「是我向陛下進言。我拚命說服急性子發作的陛下息怒，冷靜接受公主的誕生——明白了嗎？因為有我搭救，您才得以站在這裡！」

難以接受的情報接二連三湧入公主超越恐慌變得一片空白的腦海。

「可愛的夏米優、聰明的夏米優。我救您的次數不只這一回。否則的話，為何連父親都厭惡的幼兒能夠在那地獄般的環境裡存活下來？為了不讓您遭手足所害，不淪落為貴族們的傀儡，當時我用盡了一切手段。將您交給齊歐卡也是其中一環。賦予您作為政略人質的存在價值，同時使您遠離皇位之爭。」

托里斯奈一個勁地大談自己的奉獻，以熱烈的眼神注視公主，雙眼中甚至蘊含著某種類似慈愛的感情。

「您應該理解了？我沒有籠絡您的意思。不必做出那種事，我也是您獨一無二的監護人，您也應當體察回應我的願望。這是當然的，因為我為您如此鞠躬盡瘁！」

夏米優殿下的身體開始陣陣發抖。伊庫塔用力擁抱住她，憤怒得咬牙切齒。

「……不管哪個傢伙……為什麼都想湊上來詛咒這孩子？」

手臂依然緊抱著公主不放，他僅將雙眼轉向敵人宣言。

「喂，狐狸。儘管覺得講也是白費力氣，我告訴你一個常識吧——只要眼前有小孩遇到危險，伸出援手對成人來說是理所當然的。進一步來說，對於援助不該要求任何代價。從你搞錯這一點開始，你的論調就不具任何分量——還有……」

伊庫塔愈說愈壓抑不住情緒。想到有多少蠻不講理的事情持續折磨著懷中少女，他出自肺腑斬釘截鐵地喊。

「……只能讓這孩子保住一命，卻坐視她的心靈創傷化膿不管，哪來的顏面自認監護人！」

那聲咆哮撼動室內淤積的黑暗——以此為分界，公主的顫抖慢慢地平息。狐狸企圖侵入她內心的話語，被更加強而有力的溫暖驅散。

臉上首度收起笑容，托里斯奈直盯著兩人。

「——原來如此。現在你是她的監護人嗎？伊庫塔．桑克雷。」

「我很清楚我作為監護人資質不夠完備，但遠比你好得多。」

「……呵呵呵呵！哎呀，我還真是惹人厭。」

瞬間恢復小丑的態度，狐狸忽然為難地以手指點著眉間。

「……不行、不行。和你們交談太過刺激，再繼續聊下去我恐怕會忘了時間。在那之前，讓我們回到正題。」

伊庫塔緊張起來。就連直至目前為止的言語交鋒，實質上都只不過是單純的牽制。

「在奉現任皇帝阿爾夏庫爾特・奇朵拉・卡托沃瑪尼尼克委託的宰相托里斯奈・伊桑馬號令之下，宣言從本日此時起召開皇室會議。出席的皇族只有一位——第三公主夏米優・奇朵拉・卡托沃瑪尼尼克。」

托里斯奈以陶醉的神情這麼宣告，恭敬地當場跪下俯首。

「恭喜您，夏米優殿下。如今您的的確確離皇位只有一步之遙。忍受漫長的雌伏時期，夙願得償的時刻近在眼前。」

宰相喜悅地說道。不願落入對手步調，少年打斷他的話頭。

「別衝過頭，狐狸。除了她以外還有其他皇族在世，更何況在這裡談論即位沒有意義……為了預防那邊的皇帝突然暴卒，將公主的皇位繼承權升至最高順位。以保險來說，這麼做就夠了。現任皇帝在世期間不必走到讓位那一步，在實務上只要設置攝政者便足以應付。」

伊庫塔一點也不打算讓懷中的少女背負皇位這種重擔。儘管當現任皇帝暴斃時不得不暫時即位，但假使真的發生，也只需等到情勢安定後讓位給其他皇族。像這樣去守護公主的心靈，正是他和炎髮少女的約定。

「聽懂了就快點做。你好歹裝作是皇帝的代理人，起碼有變更皇位繼承順位的權限吧？」

「關於這一點自不消說，既然抵達此地的只有夏米優殿下一人，我絕無將皇位讓給其他任何人的意思。明明已公平地給予機會，他們卻未顯露出永靈樹的血統。多麼不像樣、多麼愚蠢……！這種不完美的人，必須立刻自皇統中排除！必須被抹消存在！」

吶喊聲滲出怨恨。連那股恨意都在轉瞬之間平息下來，托里斯奈笑容滿面地轉向公主。

「因此，有資格承擔下個世代的只有一人。夏米優殿下──身為帝國宰相的我，準備授予您至尊地位。雖然我想進言先擔任攝政者這種繞遠路的做法沒有用處，但您本人堅持的話那也無妨。無論如何結果都大同小異。

距離雲端霧靄籠罩的山巔只剩一步──為了登上顛峰，不管過去或將來，我提出的條件都只有一個。」

他加深龜裂般的笑容。顯露出藏在面具背後的魔性，托里斯奈告訴他們：

「消滅伊格塞姆。在敕令支援下集合雷米翁派勢力，將冒充帝國軍正統的炎髮元帥一干人打為叛賊蹂躪至體無完膚。您就以這一戰所流的鮮血作為最後的祓禊，登上顛峰成為完美無缺的絕對者吧！」

「什──」

彷彿被一隻冰冷的手抓住心臟，夏米優殿下停止呼吸。狐狸那一句消滅伊格塞姆，在她耳中聽來只像是在說——殺了雅特麗。

「你鬧過頭了，狐狸。」

少年發出冰冷的聲音，以眼神示意背後待命的風槍兵將槍口對準佞臣。

「饒你一命的理由已徹底消失。什麼也不必再說了，你就要死在這裡。」

不帶感情地說完後，伊庫塔用雙臂緊緊環抱住公主的頭。這次不只耳朵，連她的雙眼也牢牢摀住，好讓她的心不再受更多不必要的傷害。

做好一肩扛起所有責任的覺悟，少年正要下令開火——就在此刻。

『——察覺對權限者的攻擊行為。警告侵害者。權限者的死亡在施加於該AE系列的人類援助規定內，被設定為現存統一國家單位「卡托瓦納帝國」相關項目的初始化開關。』

一個精靈在床鋪上開口。是作為皇帝搭檔的貼身精靈？

『實行此行為，將使所屬同國家單位的全體人類生存成本上升十倍以上。審慎考慮過法律與倫理以及成本效益後，勸告侵害者中止攻擊行為。重複警告侵害者。權限者的死亡在施加於該AE系列的人類援助規定內——』

伊庫塔在此時感受到足以令全身寒毛倒豎的凶兆，不等腦袋理解便反射性地大喊：

「——把槍放下！」

手指就要扣下扳機的士兵們聽到指令後慌忙放下風槍。感覺到冷汗流過背脊，黑髮少年沙啞地問。

「……那是什麼？托里斯奈。」

明明險些被射殺卻連眉頭也不動一下，帝國宰相輕輕將手放在床舖邊緣。

「如同剛才所聽見的，那是精靈們對你們下達的最後通牒。雖然摻雜了不認識的詞彙，還是能掌握大意吧？」

「……你的死將對卡托瓦納帝國的全體居民帶來重大負面影響。如果我的耳朵沒突然出毛病，聽起來是如此。」

「果然厲害，理解得真快。是的，這麼解釋沒錯。並非比喻或誇大——只要殺了我，或做出相當於殺害的行為，這個國家將永久失去四大精靈的恩惠。」

托里斯奈攤開雙臂這麼回答。雖然感覺到惡寒加劇，伊庫塔仍努力保持平靜發問。

「真愛吹牛。這究竟是從哪裡冒出來的胡說八道？」

「拉·賽亞·阿爾德拉民。」

狐狸說出一個人盡皆知的國名，以此為信號開始說明。

「你在北域交手過的軍隊的大本營。自那一戰以來，他們似乎在軍事方面暫時止步，和齊歐卡合作並在大阿拉法特拉山脈伺機而動。說歸這麼說——如果以為連國家之間的外交都完全斷絕，那可是你們貿然斷定。」

狐狸嘲諷地說。伊庫塔歪歪嘴角。就算找遍全帝國。也找不到任何人能夠準確掌握這隻狐狸暗中活動的全貌。

「你們或許忘了，我乃文官首長帝國宰相。政治領域才是原本屬於我的戰場。正因為如此，凡是我有出征的機會，絕不容露出沒帶回任何戰果的醜態。」

托里斯奈有力的口吻說完前言，手輕輕貼上胸口。

「而我贏得的戰果是這個。大司教神官職──僅次於教皇的神職者地位。現在的我有四大精靈及主神庇佑。明白的話，就該知道對我槍口相向是何等罪孽深重！」

托里斯奈盛氣凌人地嚴厲斥喝。毫不畏懼他的態度，少年搖搖頭。

「因為你是大司教，一旦你死亡精靈將會放棄帝國？──簡直一派胡言。高階神官的地位如果真那麼靈驗，阿爾德拉總部國老早就制伏了帝國。」

「正如你所言，那個國家並不具備這種權限。由於作為國家母體的阿爾德拉教團也沒有，因此這是當然的。話說，誰也無法命令精靈『放棄人類』。因為協助人類的生活，是他們在所有時代中堅定不移的本能。」

「你的說詞互相矛盾。那為什麼，你一人的死會導致人們失去精靈的恩惠？」

「最大多數的最大幸福──我基於此理念擴張貼身精靈的權限。貼身精靈是皇帝的搭檔，例如玉音放送的發信，原本便被賦予更多特殊權能。不過，其權能在真正意義上能夠做到何種地步──沒有一個人確實知曉。我在這裡找到應該探究的主題。也就是，貼身精靈作為發信源對其他精靈的干涉可以進行到什麼程度？

我這就說出答案吧。只要對象是帝國內的精靈，依照發動條件而定，甚至可能強制停止所有個體是我的結論。明白了嗎？失去精靈的恩惠，具體來說便是這麼回事。」

即使是伊庫塔也無法馬上回應，為了分析內容陷入沉默。這段期間，狐狸十分自豪地繼續往下說：

「現在的我是擔任皇帝代理人的帝國宰相，謀害我會對帝國整體不利。我的死亡將導致更多人的死亡——姑且不論事實，在場的貼身精靈這麼認為，因此對我的死設下懲罰好避免你們行凶，在結果上使更多人類過著幸福的生活！」

「…………！」

「就算回顧歷史，特定個人的死亡伴隨這麼嚴重懲罰的例子恐怕也只有我一個。當然要說服貼身精靈費了一番力氣，特意搶來大司教神官職，也是為了增加我的存在對這個國家的分量。為了帝國的未來，無論如何都不能讓我喪命，有必要設定極大的懲罰作為殺害我的抑制力——實際上我花了超過一個月的時間，才使精靈接受這個邏輯。」

聽到這段話的瞬間，少年終於想通帝國宰相作為的本質。

「……利用邏輯矛盾誘導精靈的思考嗎……！」

「沒錯。原理和你們誘使火精靈發出『揚氣』時所用的手法相同。你應該知道，精靈的思維與我們相比有些笨拙，但又無法放下眼前的問題不管，努力想在人所提出的條件中找出通融方法。不是很堅強又惹人憐愛嗎？那種獻身的態度而今正保護著我的安全，就更加可愛了。」

帝國宰相從床鋪上抱起貼身精靈高高舉起，發出嘲笑。

「聽完這些，如果你還打算殺我——沒關係，儘管動手。就像你們方才所見，要一劍刺進我的胸膛容易至極。不過動手時……得做好將帝國境內兩千萬臣民全數虐殺的覺悟喔？」

面對他的恐嚇，伊庫塔和夏米優殿下都忍不住戰慄起來。如果真的失去四大精靈的恩惠，產生的損失不計其數。帝國居民大半都過著仰賴精靈的生活。

人們得以安心開拓降雨量稀少的土地，是因為有水精靈保障乾淨的飲用水。活動時間得以延伸至日落之後，是因為有光精靈提供燈光。不必每次烹飪時從頭開始生火，是因為有火精靈準備火種。帝國和齊歐卡之間的戰爭得以成立，是因為風精靈願意納入槍身。如果這一切全都被收回，帝國人民的生活水準好一點也會倒退回數百年前。

問題不僅限於實用層面。精靈已在人們的生活中紮根，再加上阿爾德拉教給予的定位，等於是國民的精神支柱。精靈的消失勢必替帝國社會帶來嚴重的混亂，作為被神拋棄的國家，皇室權威也將一落千丈。

萬一這樣的情況成真——在未來等待著他們的只有毀滅一途。

「……談判之後再從頭開始。」

看出情勢不利，伊庫塔牽著夏米優殿下的手轉過身準備快步離去，背後傳來托里斯奈嚴厲的呼喚。

「皇室會議已經開幕。難道你以為這場肅穆的集會允許人半途離席嗎？」

少年暫時停下腳步，斜眼淩厲地回瞪對手。

「不允許又怎樣？剝奪公主的繼承權作為中途離席的懲罰？——怎麼可能。我很清楚那樣對你來說結果是本末倒置，連恐嚇也算不上。」

這個反擊令狐狸無法立刻回應，閉口不語。伊庫塔哼了一聲繼續往前走。

「你沒辦法當場提出其他懲罰，代表你手中的牌也沒多到綽綽有餘——廢話少說老實等著，不必那麼著急，我也會確實把你從你自豪的保護罩裡揪出來。」

自昏暗的半地下建築物重返地面，和在外等候的同伴們一起前往設於村落外圍的野營地。所有人首先依照哈洛的指示更衣、洗手及漱口完畢，再用沾上消毒水的毛巾擦拭全身。

等全身打理得煥然一新，伊庫塔再度召集「騎士團」成員。當大家在軍官用帳篷裡到齊，他第一句話便向同伴們做確認。

「大家有仔細消毒吧？好好漱口、洗手過了嗎？」

「都確實做過了，阿伊。」「你都再三交代過了。」

「我當然不用說，更是替殿下特別仔細地清潔過了。請放心！」

聽到他們的回答，伊庫塔微笑著點點頭。然而馬修面帶憂慮。

「……不過，靠這些步驟足以防治傳染病嗎？只要有一個人被傳染問題就麻煩囉？」

「大部分士兵都在村落外待命，我命令進入村內的士兵都要和我們一樣做清潔。為防有人隨便應付，分成兩人一組執行。不接近和不讓本地居民接近自不用說，我還徹底要求他們不靠近嘔吐物及排泄物，盡可能不站在兩者的下風處。當然，即使如此並非就毫無風險也是事實。只是……」

伊庫塔的話聲一頓，猶豫半晌之後露出複雜的表情開口。

「……因為不希望大家鬆懈，我猶豫過該不該說。在現階段，這個村落裡多半沒有可怕傳染病的患者。哈洛，妳有發現類似的病患嗎？」

哈洛正往數量與人數相同茶杯裡倒茶，聽到後搖搖頭。

「……雖然沒靠近診治不能打包票，據我所知的範圍內，那些在外頭走動的村民的症狀並非特殊的傳染病。還有……如果有那類疾病蔓延，村落裡的狀況應該會糟糕得多。」

「是、是嗎？那麼，那些一看就不健康的人……」

「不是傳染病病患。硬要說的話，他們得的是人們害怕會傳染的病。」

伊庫塔語帶嘆息地說到這裡，冒著熱氣的茶杯擱到眼前。少年喝了一口茶休息一下後繼續訴說：

「前提是這五十年來，達夫瑪州都沒有重大傳染病的報告。我向公主確認過，不會有錯。唉，以常識推論，接近帝都的州若有疫情蔓延，沒引發大騷動反倒奇怪。」

相對於聽見這番話後露出安心之色的同伴們，伊庫塔卻表情低落。

「……接下來我要講的不是什麼愉快的話題。儘管傳染病並不會頻繁地出現大流行，不再送人進這類隔離村落去的一天卻不可能到來。不如說，只要周遭的人認為『我不想被傳染那種病』，便足以作為隔離患者的理由。大多數情況下，疾病是否真的會傳染並非問題所在。

明明不會輕易傳染給人，一旦罹患後將遭到孤立的疾病——大都有肉眼可見的特徵症狀。代表性的病名，我想你們也知道幾個。」

四人表情沉重地陷入沉默。望著他們的反應，黑髮少年靜靜頷首。

「總之，平常這裡並非傳染病患迎接臨終之地，而是收容罹患難治疾病被歧視棄民的隔離村落。這個村落能長期維持下來的事實本身，顯示不等傳染病流行，各地就以不低的頻率持續供應居民到這裡來……那隻狐狸也是料到這方面才選為藏身處吧。這裡沒有危險的病人，正適合用來藏身。」

伊庫塔一臉苦澀地說完後輕輕甩頭。

「抱歉，我扯太遠了——雖然感染流行病的風險不高，往後也一定要徹底進行漱口、洗手與消毒。依照目前的狀況，光是得個感冒也很麻煩這點是不變的。」

看到所有人點頭回應，黑髮少年改變話題。

「那差不多該回到正題上，談談托里斯奈・伊桑馬與皇帝。」

只去掉關於夏米優殿下過去的部分，少年淡淡地說明他們在黑暗底層的交談內容。現場氣氛立刻變得緊張起來。

「……這算什麼？意思是說那個宰相拿帝國全體精靈和國民當人質？」

馬修滿臉難以置信地說。對他的心情產生共鳴之餘，伊庫塔撇撇嘴角。

「如果照單全收就是這麼回事，不過首先有九成是虛張聲勢。」

少年有力地斷言，令哈洛瞪大雙眼。

「是、是嗎？」

「當然了。強制停止在帝國內的所有精靈——如果真的辦得到，他應該會小規模實行一次示眾，比方說先停止我的庫斯。明明只需這麼做便可大幅增添真實性，那傢伙卻只做理論上的說明，什麼也沒實際操作。在這個階段便事有蹊蹺。」

當他指出可疑之處，托爾威也點點頭表示同意。

「嗯，那部分我也覺得不自然。主張自己做得到和實際做出來之間有天壤之別，既然沒動手，那懷疑他是紙老虎很合理。」

「沒錯。總而言之，那套說詞和大聲嚷嚷『殺了我會遭天譴！』沒什麼差別。如果一字不差的話嗤之以鼻就行了——但麻煩的是，不像十分令人懷疑是否真實存在的天上神明，精靈的確存在於我們眼前。」

除了夏米優殿下以外的四人分別注視著摟在膝頭上的精靈。

「他們體內具備的機能之多，對我們而言是巨大的未知術理。在日常生活中受惠於那些機能的同時，我們卻對於精靈們是如何實現這些的理論大都不得而知。庫斯製造光的機制、沙菲和圖召喚風的機制、米爾憑空生出水的機制——無論哪一點都是尚未去解開的謎團。甚至在連『阿納萊的盒子』內也沒超出假說範圍。」

伊庫塔甚至是抱著敬畏地點明這個事實，以指尖撫摸庫斯的頭。

「更何況是皇帝的貼身精靈，神祕性更加強烈。那個個體掌握的權能和其他精靈有明顯區別是確切的事實。發送玉音放送、賦予皇籍、關於皇統部分知識的普及化——這一切都是真實存在的超常特權。」

「這麼說來，也無法斷言強制停止所有精靈的神蹟不包含在其中……是這麼回事吧。」

少年頷首同意公主的補充。馬修抱起雙臂沉吟。

「雖然知道有九成是虛張聲勢。可是只有間接證據能夠佐證……嗎？」

「要在知道這一點的前提下豁出去，負擔的風險太大。沒有精靈，人們的生活無法成立。」

伊庫塔面帶苦澀地說道。哈洛露出鑽牛角尖的表情咬著指甲。

「……怎麼辦？宰相說殿下就任攝政者的條件是『消滅伊格塞姆』吧？那種事絕對、絕對辦不到。我們是來調停軍事政變……再說，那邊有雅特麗小姐在……」

現場的氣氛愈來愈沉重。對此感到憂慮的托爾威率先開口。

「各位，沮喪也無濟於事，先來整理狀況。」

皇帝陛下和宰相已在我們手中。我方本來打算運用這個權限調停軍事政變，但托里斯奈在緊要關頭提出不可能實行的條件胡攪蠻纏。正準備除掉他時，這次他又宣稱帝國境內所有精靈和國民都是他的人質。雖然知道他的說詞有九成是虛張聲勢，卻只有間接證據無法全面否定……我們的現狀約是這般。」

聽完青年的狀況說明，黑髮少年點點頭。

「嗯，描述恰到好處……不過，這樣嗎。你也終於會主動出面擔任協調人啦。」

「啊……抱歉，是不是太愛出風頭了。」

「笨蛋，這樣才好。你不出風頭誰來出風頭？難不成你忘了，在這場軍事政變後雷米翁的時代將會來臨？」

托爾威有力地頷首回應伊庫塔帶著告誡之意的台詞。對兩人的互動反射性地燃起對抗心態，微胖少年猛力舉起手。

「我、我有個提案！呃～那個……暫時無視托里斯奈，總之先和雷米翁派會合怎麼樣？聽起來或許像擱置問題，可是仔細想想，現在不理會他也沒關係吧？單是掌握了皇帝，應該就足以在跟其他勢力交涉時占上風。」

當馬修這麼說的瞬間，伊庫塔錯愕地轉向他，使他一陣焦慮。

「咦、咦……？我說得不妥當嗎？」

他回顧起自己的言行，但面前的黑髮少年緩緩地搖頭。

「……你說的完全正確無誤。正如你所說的一樣，吾友馬修！」

以沒有抑揚頓挫的聲調說完後，伊庫塔右手握拳戳了戳頭。

「不行啊……看樣子我比自己想像中更加欠缺冷靜。滿腦子只顧著思考必須馬上處理那隻狐狸，把大局觀給忘得一乾二淨。」

眾人關懷的目光全投注到分析自己狀況不佳的少年身上。馬修意會地開口。

「你累了。從希歐雷德礦山出發到這裡，你作為最高司令官一直拚命工作吧？做出每一個指示所背負的壓力也與過去相差懸殊。突然從基層中尉身分扛下重任，任誰都會出狀況。」

說出來就發現，這真是理所當然的情況。哈洛也同意這個意見。

「……是呀。我覺得我們把伊庫塔先生逼得太緊了。雖然我知道情勢無法預測，即使如此——不，正因為如此，現在先休息一會如何？」

「我也贊成。使阿伊保持最佳狀態，是達成目標的捷徑。好好睡一覺恢復精神，阿伊。休息期間事情都交由我們處理。」

托爾威以堅定的口吻承諾，拍拍胸口。黑髮少年帶著苦笑點點頭。

「……沒有因素能否認啊。我明白了，那我就接受大家的好意。從現在起休息半天。」

「別說半天，至少好好睡上一天。你這傢伙本來不比旁人多偷懶幾倍就會沒法呼吸吧？……既然決定，那就快點出去。」

在馬修驅趕之下，伊庫塔老實地從椅子上起身，並牽起鄰座的夏米優殿下的手。她困惑地望向少年。

「啊——索羅克？」

「妳當然也要一起。我們一樣都沒睡多少，妳可別說妳不累。」

伊庫塔不由分說地要公主站起來，牽著她的手邁開步伐。

「好，我頭轉到那一邊。行李在那裡，換好睡衣後請隨意。」

「咦——？」

夏米優殿下被帶往另一個帳篷，東張西望地環顧四周，沒多久便察覺一個重大事實。這個空間中不管怎麼看都只有一張床。

「一、一起——我們要一起睡？要我在這裡和你同床？」

「這動搖反應早了三年。好了，快點換衣服。」

「不、不，可是……！」

「啊啊～在我們說話的時候正在不斷減少～我寶貴的休假～無可取代的安息時間～」

被慢吞吞的嘆息聲催促，公主許多次來回望著睡衣和床鋪。經過一番激烈的掙扎，她吞了口口水，輕輕觸碰衣服鈕釦。

自己發出的衣物摩擦聲，在少女耳中聽來格外響亮。她好幾次回頭確認背後的情況，花上幾乎比平常多一倍的時間，終於換好睡衣。

「……換、換好了。」

「那麼，妳先請。」

伊庫塔回過頭指著床鋪。回應他的指示，對少女來說需要非比尋常的勇氣。猶豫許久之後，夏米優殿下在床鋪邊邊拘謹地躺下來。

「……這床鋪以兩、兩人用來說，不、不不會太小嗎？」

「我習慣了。既然是跟公主一起，我反倒覺得寬敞。」

「爛透了！你剛剛的發言在兩層意義上都糟糕透頂！是我可想到的範圍中最卑劣無恥的！」

「啊～真是的，好吵。」

少年脫下上衣掛在旁邊椅子上，豪無顧慮地躺到床上。

「我身上或許會有汗臭味，請忍著點。現在不是有餘裕要求沖澡的情況。」

「不要提！我、我也一樣……所以，不必同榻而睡也……」

「妳說笑了。在發生那種可笑的事情之後，我怎麼可能丟下妳足足一天不管？」

伊庫塔用強硬的口吻告訴對方，不由分說地將她拉過來。他把夏米優殿下只要翻個身很可能就會摔下床的身體移往床中央，手指溫柔地梳著那頭金髮。少年在心跳劇烈到快要抵達臨界點的公主耳畔悄悄呢喃。

「落入睡夢中，忘掉一切。妳什麼也不需要懷抱，什麼也不需要背負。無論怎樣的過去，都束縛不了妳的未來。」

「————」

「晚安，公主。盡可能作個好夢。直到妳入睡為止，我會在一旁看顧妳。」

公主的雙眼浮現淚光。僵硬的身體從少年指尖碰觸到的部分開始放鬆。

「妳知道嗎？——所有的孩子，都有作夢的權利。」

第二章

Alderamin on the Sky

二者為一

一艘小船漂浮在拂曉時分的水面上，船上載著兩個手握釣竿的孩子。

「…………」「————」

伊庫塔和雅特麗瞪著綠色的濁水，連一動也不動。要說變化頂多只有偶爾傳遞水壺喝水，就連喝水的時候視線也直盯著釣線前方不放。令人傻眼的是，他們保持這種狀態已超過一小時以上。

忽然間——伊庫塔手中的釣竿垂在水面的浮標有一瞬間下沉。

「…………！」

釣竿前端連續彎曲了兩、三次。感受到他的緊張，雅特麗也在小船上轉過身。沒多久後，少年兩手承受的負荷一口氣加劇。

「上鉤了——！」

和某個東西相連的釣線迅速劃過水面。一眼看出那個情形，雅特麗當場拋下自己的釣竿站起來。

「喂、怎麼回事、力道好強勁！真的是魚？身體快被拉走了！」

「用力沉下腰！只要拉高到附近的水面就對付得了！」

少女揪住少年的皮帶，將他快從小船上浮起的腰際拉回原位。雖然為了預防這種狀況，釣針、釣線和釣竿都挑選特別牢靠的，但唯有體重沒辦法增加。他們兩人合力對抗一個人應付不來的獵物。

「咕咕咕咕……！」

伊庫塔使盡渾身力氣舉起釣竿。不久之後，一道巨大的影子自眼前的水面浮現。少年的臉因為使力過度脹得通紅，從顫抖的雙臂就能明顯看出，他的奮鬥支撐不了太久。

「再十秒鐘就好，挺住！」

說完之後，雅特麗拿起一旁的割線用小刀毫不猶豫地跳進水中。魚身滑溜的觸感緊接著落水的衝擊後傳到手臂上，她擒住了水中的獵物。

獵物拚命掙扎想甩掉她，儘管被猛烈的反抗甩得全身搖晃，少女堅持不放鬆手臂的力道。不只如此，她還抓準對手動作遲緩的短暫破綻將右手小刀插進魚頭，刀尖穿入刺中骨骼的觸感，深深扎進魚體內。

「——噗哈！」

趁著還有氣，雅特麗輕鬆地浮出水面。運用浮力和上半身的彈性輕鬆地回到位於她視野中較高位置的小船上。

「我肯定給了牠一記重創！手感怎麼樣？」

少年氣喘吁吁地拉釣竿，發現手上傳來的抵抗感遠比剛才的勁道弱得多。

「抓到了抓到了！抓到了～！」

勝利的歡呼聲傳遍基地。背後拉著放獵物的手推車，黑髮少年得意洋洋地挺起胸膛，他身旁的雅特麗也面露喜色。沒多久之後，聽到歡呼的士兵們紛紛聚集過來。

「怎麼啦，伊庫塔小弟？——哇！這到底是啥玩意！」

「嗚喔，好大！和我們身高差不多喔。」

「這是你們兩個人抓到的？幹得好～」

士兵們佩服地說。跟在後頭過來查看情況的瑪莉婆婆也驚訝得瞪大眼睛。

「唉呀，我還想說是什麼，這不是雀鱔嗎？真虧你們能抓到這種活像怪物的東西。」

「瑪莉婆婆，妳知道這種魚？」

「就是雀鱔啊。棲息在大河或湖泊之類水流緩慢的地方，活得久會長得很大。偶爾會抓到這樣的大傢伙，我年輕時見過幾回。」

老婦人懷念地說。聽到這番話，周遭的士兵們面面相覷。

「說到瑪莉婆婆年輕的時候……」「應該是數代前的皇帝陛下的朝代吧？」「肯定比軍閥時代更早。」「叫更多人過來，聽時代活生生的見證人談論寶貴的經驗喔。」

「哈哈哈！——我看你們是活膩了！」

開玩笑的士兵們慌張地四散奔逃。給那些沒規矩的傢伙重重打個栗暴後，瑪莉婆婆邊弄響雙手的骨結邊走了回來。

「話說回來，這魚要怎麼辦？就算個頭大也沒法用啊。」

「咦！不能吃嗎？」

「好歹也是魚，沒有什麼不能吃的，但我沒自信做得好吃。這種魚的身體構造有點特別。你們用手摸摸鱗片試試。」

兩人依言觸摸雀鱔的體表，立刻察覺不對勁。

「鱗片剝不下來……？」「真的耶，緊緊黏在身上。」

「與其說魚，更像鱷魚的皮對吧？嘴巴也像鯊魚一樣特別大，不管看多少次都是種古怪的生物。」

瑪莉婆婆聳肩說道。也許是聽見騷動聲，這次換成大批白袍科學家朝巨魚前交談的三人一擁而上。

「聽說你們釣到了沼澤霸王？」「哇！是這個嗎！這可是條大傢伙！」

走在前頭的年輕男女開口。他們是奈茲納和巴靖——在阿納萊為數眾多的弟子中，和伊庫塔相識特別久的兩個人。

「抓到是很好，但該用來做什麼就傷腦筋了。奈茲納姊、巴靖哥，有什麼好點子嗎？」

「用不到？那由我們接手如何。大型魚類的進食習慣還有很多不明之處，我想趁這個機會解剖觀察內臟。」

奈茲納眼中閃爍著好奇的光芒。伊庫塔聽到之後，看向身旁的少女。

「雅特麗也接受嗎？」

「沒關係。抓到的獵物能派上用場是我的榮幸。」

天生的果斷使炎髮少女乾脆地點頭同意——這一個月內，雅特麗參考從奈茲納算起的女研究者們如何用詞遣字，將日常生活中的說話口氣全面更新。用硬梆梆軍隊口吻說話的時期，如今已成為懷念的回憶。

「好，那麼『釣到沼澤霸王！』任務到此結束。馬上進入下一個——」

「等等。」

瑪莉婆婆揪著衣襟留下正想立刻切換至下一個行動的兩人。

「你們兩個把那大傢伙拉上水面時很拚吧，不但弄得渾身濕透，還透著泥巴味。」

「嗯……會嗎？這點水曬曬太陽很快就乾了。」

「只有你一個這樣或許也可以，但別忘了，今天你帶著淑女當搭檔。以後如果想當個夠格的男人，就不能把身旁的女人弄得髒兮兮的還滿不在乎。」

老婦人直視著少年仔細地囑咐。唔唔～伊庫塔沉吟著抱起雙臂。

「……說得也對。」

「明白的話就去沖澡……不，乾脆泡澡吧。這樣正好。伊庫塔，你家不是有裝浴池嗎？」

「雖然有可是很小耶？我更喜歡大家用的大澡堂。」

「大澡堂用的是溫泉，要灌水調節到適當溫度很費工夫。總不能單單為你們兩個給許多士兵添麻煩。」

若無其事地教導他們輕重有別，瑪莉婆婆在兩人背上往桑克雷家的方向推了一把。

「總之快去吧。還有，幫我轉告優嘉夫人。前陣子送來的點心——叫金鍔餅來著？我和廚房的人一起分享了，很好吃。」

「嗯，我會轉告！」

伊庫塔活力十足地答應，和雅特麗一起奔向基地中央方向。老婦人嘆口氣，手叉著腰目送兩個小小背影離去。

「……濕答答。」

看見從玄關進屋的孩子們，優嘉簡短地說。她一眼看出他們此刻需要什麼，立刻著手行動。

「我去向鄰居、借風精靈。雅特麗的搭檔、也可以幫忙嗎？」

「當然。西亞，麻煩你了。」

「謝謝。先在浴池放水好嗎？幫浦的用法、和我以前教你的、一樣。」

從兩人的對話也看得出，隨著經常往返桑克雷家，雅特麗已對這裡相當熟悉。兩人按照優嘉的吩咐打井水注滿浴池，燒熱洗澡水的火力由風精靈和火精靈控制，他們的任務只有提水。在客廳邊下將棋邊等待數十分鐘後，浴室傳來呼喚聲。

「洗澡水燒好了。我去準備替換衣物，你們慢慢洗。」

將濕透的衣服放進優嘉準備的籃子，伊庫塔和雅特麗踏進充滿蒸氣的浴室。他們先沖水洗去泥濘，然後再把腳跨進浴池裡。

「「…………呼——！…………」」

當兩人並肩坐在狹窄的浴池，整個人泡進熱水裡直到肩膀深的那一刻，他們都鬆了一口氣。

「……沒想到這棟房子裡有浴池。」

「……啊～嗯，這麼小的尺寸，在別處不常見吧。」

少年臉上浮現苦笑。手放在浴池邊緣，他說明這間浴室的由來。

「這裡是老爸為媽媽蓋的。媽媽很愛泡澡，但是不習慣待在人多的地方，在大澡堂總是一副坐立不安的樣子。所以老爸和阿納萊博士商量過後，弄出這樣的迷你浴池。當時媽媽可是心花怒放。」

伊庫塔像忽然想起什麼似的仰望天花板喃喃地說。

「對了——自從妳來到這裡，感覺媽媽變得比平常更開朗。」

「是嗎？」

「嗯。她好像很高興我和妳一起玩。我平常很少和年齡相近的人玩耍，也許是這個緣故。」

「這麼說來，至今為止你雖然介紹過很多人給我認識，卻沒有其他同齡的人。」

「一方面因為這裡是軍事基地……我自己也覺得和博士他們玩起來更開心。雖然也認識一些年齡相近的孩子，但該怎麼說，每當要深入的時候對方就不肯跟上來。當我開始覺得有趣的時候，對方大都目瞪口呆地愣住了。」

少年不滿地吐露，撇撇嘴角。但他的心情又在下一瞬間好轉，望向身旁的雅特麗。

「原本擔心和妳也會這樣，結果卻是令人驚喜的意外。豈止跟上我，一不小心我都快被妳拋在後頭了。」

聽到這段評語，炎髮少女微微挺起胸膛。

「秉持自主性來努力處理任務是理所當然的。光是聽令行事，不管經過多久也無法成為獨當一面的指揮官。」

「指揮官嗎……那樣也不錯，不過妳乾脆當個科學家如何？」

伊庫塔沒頭沒腦地提議。雅特麗愣愣地回望他。

「……當科學家？」

「沒錯，當科學家，和我們一起分析辨明全世界不可思議的事物。由妳和我搭檔挑戰，肯定一輩子都不會無聊。」

「具體來說要做什麼？」

「什麼都做。到北方新大陸尋找未知生物、尋找傳說沉沒在東方海洋裡的太古遺跡，這個世界上充滿了數也數不清的謎團，妳有辦法置之不理嗎？不，我辦不到！」

少年熱烈地說明，從洗澡水裡高舉雙臂。少女皺起眉頭沉思。

「……總覺得想像不太出來。」

「是嗎？我想像得到。比方說在調查洞窟時遇到巨大怪物襲擊，被我和妳合力擊退。弓箭射不穿牠堅硬的身軀，但我們看穿光源是棲息在暗處的那傢伙的弱點。先用光精靈的遠光燈使怪物退縮，再引誘牠到出口受陽光照射！」

「哪來的光精靈？你沒有精靈，我的搭檔則是火精靈。」

「在那個時刻到來之前訂下契約就行了。還有呢，例如有令人毛骨悚然的怪物襲擊航向東海的船隻，被我和妳合力趕跑。妳揮劍斬斷怪物纏住船身的觸手，趁著怪物畏縮時。用珍藏的那發砲彈轟炸牠。在運用了揚氣爆發力的砲擊威力下，怪物簡直不堪一擊！」

「不管去哪裡怎麼老是被怪物襲擊？沒有其他模式嗎？」

「其他的？嗯……如果對手是巨人或龍，在我看來感覺不太科學……」

「來襲的敵人夠多了。我不是指這些，既然躍入未知的世界，應該有更多各式各樣的發現才對。像是穿著不可思議的服裝、語言無法相通的人，造型前所未見的房屋……」

雅特麗回憶著剛來到這座基地時的經歷一一舉例。聽到這番話，伊庫塔的臉上也迸出光彩。

「妳瞧，妳不也想像得到嗎？怎麼樣，想不想親眼看看這些東西？」

被少年一問，少女幾乎要在腦海中描繪起尚未見過的景象。然而——自制力在前一秒發揮作用，她強行打斷思緒。

「……去思考這些也沒有意義。打從一開始，我就注定走上軍人之路。」

「咦～？那樣太奇怪了。重要的不是妳想不想當嗎？」

「並不奇怪。就像龍生龍、鳳生鳳，我從一開始便知道，生而為伊格塞姆的我該怎麼生活。只是如此而已。」

雅特麗以淡然卻堅定不移的口吻斬釘截鐵地說。伊庫塔在洗澡水中噗嚕嚕地吐著氣泡，以動作表露對這番說詞的不滿。

「……我無法接受。」

「你不必接受。」

「非常有必要。沒有妳同行，我說不定會被怪物吃掉。」

少年這麼抱怨，鬧脾氣地嘟起嘴巴。他身旁的少女微微一笑。

「怪物有那麼容易遇上嗎？——我先出去洗身體了。」

雅特麗在渾身泡暖和後跨出浴池，拿起毛巾和肥皂清洗身體。伊庫塔在浴池裡沉默了一陣子，目光投向在沖洗區的她——就在那一瞬間，他像被落雷劈中般瞪大雙眼。

「……雅特麗。該怎麼說，妳的體型非常漂亮。」

極為勻稱地互相連結的骨骼和肌肉，薄薄的脂肪層，在水珠迸散下閃閃發光的光滑肌膚——沒使用任何修辭，少年直接將目睹這一切產生的感想說出口。炎髮少女停下清洗身體的手愣愣地回望他。

「……第一次有人對我這麼說。因為還在成長期，我想我在女性化體型這方面遠遠比不上優嘉阿姨。」

「當然，媽媽是全世界最美的人……不過妳給人完全不同的印象。明明從頭到腳全都經過鍛鍊，卻找不到一點僵硬緊繃的感覺，柔韌又有力，該怎麼說……」

為了尋找下一句台詞，少年猶豫許久。他苦思良久後，總算挑出一個比喻輕輕說出口。

「……像一把精心砥礪過的劍。看著妳，我總覺得——快要流淚。」

「要是你哭了，我也很傷腦筋啊。來，你也出浴池吧。我幫你洗背。」

無從得知對方的感動，雅特麗向少年招招手，讓他坐在眼前。邊接受她用沾著肥皂泡的毛巾擦背，伊庫塔邊悄然低語。

「……妳知道嗎？純粹的鐵很脆弱，摻入雜質會變得更加強韌。」

「你在說什麼？」

「如果是說妳的事就好了。如果我也包含在內，那就更好了。」

伊庫塔難為情地垂下眼眸，閉上嘴巴不再說話。雅特麗難以理解他想說些什麼——無關於她的困惑，他心中的感情或許便是在此刻第一次明確成形。

當天下午，基地內開設了供軍人和科學家交換意見的會場。依照總司令的方針，旭日團經常召開這類活動。雅特麗一派當然地表明參加意願，獲得首肯後和常客伊庫塔並肩就坐參加討論會。

「今天的主題是考察古戰場，發生在風槍兵加入戰爭初期的加修那克之戰。以這一戰為對象，重新評估帝國軍的兵力運用。」

擔任主持的阿納萊在黑板上喀喀地畫出戰場分布圖，吸引與會者們的目光。

「這是一場證明從中距離展開戰鬥時，風槍兵對當時的主力兵種槍兵占有優勢的遭遇戰。相對於帝國的千人槍兵部隊，當時的敵國・加倫姆王國的風槍兵為半數五百人。地形是全長八百公尺，寬度五十公尺的平坦直路。雙方在近兩百公尺外確認敵軍存在，同時展開攻擊。結果為帝國方慘敗。相對於加倫姆只損失了整體的兩成兵力，帝國軍部隊實際上有超過五成戰死——受到在軍事上足以判斷為全滅的重創。」

博士停下書寫數字的手，轉向與會者們。

「為什麼加倫姆的風槍兵獲得勝利，帝國槍兵戰敗？有沒有扭轉勝負的方法？反過來看，這一戰在戰史上具有何種意義？希望你們討論這些議題。」

一聽博士催促，雅特麗率先舉手。當阿納萊點頭回應，她也站起身開口。

「我認為帝國方部隊在加修那克之戰吃了敗仗有兩大原因。其一是缺乏與風槍兵對戰的經驗，其二是槍兵部隊缺乏士氣。」

「唔？」

「有沒有遭遇橫排散開的風槍兵齊射的經驗，將使指揮官與士兵們的應對截然不同。他們沒有切身感受過戰列風槍兵的威脅——當然，戰敗的原因不能去掉這一點。

根據紀錄，這一戰槍兵部隊的指揮者是李爾金・卡迪上尉。據說他在子彈射不中的最後方不斷對遭遇射擊裹足不前的前排士兵們下達衝鋒命令。作為軍官這樣的態度並不算錯，但他表現出的立場恐怕導致在劣勢戰局中成了眾矢之的的部下們士氣低落。」

「喔~我懂。」「長官躲在安全的地方下令，士氣當然會下滑。」「讓人很想說『那你先上啊』。」科學家之間傳出特別直率的感想。軍人們有些頷首同意，有些反倒搖搖頭彷彿在說「你們不明白」。儘管對這種融為一體的氣氛感到困惑，炎髮少女還是繼續道。

「不必衝上最前線，起碼努力前進到戰列中段，士兵們的戰鬥意志應該也會恢復不少。關於缺乏士氣的問題，不要只限於現場指揮，說不定可以追溯到更早之前的實戰——或是士兵們的訓練課程來尋找原因。

就結論而言，他們缺乏足夠的勇氣。沒有足夠的勇氣在迎面而來的槍林彈雨中衝刺完兩百公尺。身為後世的軍人，我認為沒有讓士兵們培養出這種勇氣，是從加修那克之戰的戰敗中看出的應當反省之處。」

雅特麗如此歸納替發言作結。正等著其他與會者的反應，她身旁出乎意料冒出聲音。

「我不這麼認為。」

伊庫塔．桑克雷迎面針對少女的意見提出異議，在阿納萊以眼神示意他發言之下，少年在眾多成人環繞中堂堂地說出看法。

「因為缺乏足夠的勇氣戰敗——這或許是事實，但反省之處應該選其他部分。話說，這單純是帝國方沒有風槍才會輸掉吧？雖然在因為缺乏某些事物導致戰敗的意義上是不變的。」

雅特麗趁著少年說到一個段落再度舉手，徵得博士的同意反駁道。

「等一下，這說法太過穿鑿附會。加修那克之戰是在帝國槍兵對決加倫姆風槍兵條件下開戰的。

既然是考察古戰場，那豈非應該去摸索在此一框架中可能實現的應對？」

「意思是指，討論『因為這樣才會輸』、『如果這麼做就獲勝』對吧？我從這層面開始就有不同意見。因為，這是一場幸好輸掉的戰鬥吧？」

面對他根本性的異質意見，少女皺起眉頭。伊庫塔進一步說明。

「因為我的知識不足，下面的說法包含了部分推測。這一戰發生在風槍兵加入戰場初期，可以視為帝國引進風槍兵的時間比加倫姆晚了一步吧。以這一場敗仗為契機，帝國內也開始將風槍看成重要的軍備之一。到這裡為止有錯誤嗎？」

「……多半是這樣。既然這一戰被當成槍兵輸給風槍兵的象徵性一役，將其視為重新評估軍備的契機十分自然。」

「那麼，我試著反過來思考。如果這一仗打贏了，帝國引進風槍兵的時間點大概就會延遲很多了。」

少年這麼主張，目光轉回黑板上描繪的戰場分布圖。

「李爾金上尉在加修那克之戰中輸得很慘。幸虧他慘敗了。假設結果是壓倒性勝利或、險勝或者——呃……」

伊庫塔講不出模模糊糊記得的詞彙，阿納萊小聲地幫忙解圍。

「是惜敗？」

「沒錯，大概是那個。是惜敗的話，這場仗應該都不會變成徹底重新評估軍備的契機。直到下一次被別人打得潰不成軍前，從結果來看說不定會造成更多的損害。難道不能說，他在應該戰敗的時期戰敗了嗎？」

少年說著再度轉向身旁的雅特麗。她毫不猶豫地搖搖頭。

「儘管不會斷言這並非一方面的事實，但我絕對無法贊同。這純粹是結果論。大體上在所有戰爭中，扣掉策略性假裝敗退的案例，沒有應該戰敗的局面存在。這是軍事的大原則。至少身分為一介前線指揮官的李爾金上尉，沒有權利關注勝利以外的目標。」

「妳說的或許沒錯。就算如此，應該只責怪現場指揮官李爾金上尉嗎？假設他是一員猛將，贏下這一仗得到的也不過是空虛的勝利，絕對無法邁向正式導入風槍兵的未來。如果必須反省這一點，應該檢討的不是當時權位更高的人嗎？」

「權位更高的……等一下。你打算追訴到多遠來做批判？」

「無止境往上追溯。我可是每天都在向現任的帝國陸軍上將抱怨喔。」

伊庫塔不滿意地斷然說道。那倨傲的態度令炎髮少女發出嘆息。

「……在長官下達的命令中完成任務，是世間普遍要求全體軍人表現出的態度。無視這一點只顧著批判長官的判斷，因怠慢遭受懲處也無可奈何。」

聽到雅特麗嚴厲的批判，少年不高興地撇撇嘴角。

「很可惜，我是科學家而非軍人。話說妳也不必受到這種規範束縛吧。妳還沒成為軍人，也還沒確定會是啊。」

「確定會是。我先前也說明過，生而為伊格塞姆就是這麼回事。」

「我才不知道什麼伊格塞姆。我在跟雅特麗說話。」

他反駁的內容變得更孩子氣，雅特麗生氣地也加重語氣。

「話說，你把軍人當成什麼了？考慮到前線指揮官的立場，『幸好輸掉』這種話應該死也說不出口。不管在戰史上被怎麼定位。士兵們在戰鬥中受傷流血的事實都沒有改變。如果結果戰敗，沒有一個指揮官不會對自己力有未逮感到懊悔。」

「我沒說這種態度是錯的。不過，讓最必須反省的傢伙藏在那份真誠背後放過他們太奇怪了。缺乏足夠的勇氣這種論調，如果要說一直待在戰列後方的李爾金上尉很膽小，那從戰線後方不斷下達專斷命令的大人物就不膽小嗎？為什麼不責備他們？」

「前線指揮官和高級軍官所需的資質不相同是理所當然的！你所指責的高階軍人，過去必然有過擔任低階士官上前線的經歷，因為在前線立下的戰果得到肯定才被提拔為高階軍官。只拿擔任司令官的立場指責他們缺乏勇氣並不恰當！」

「表面上是這樣！可是一爬上高階軍官位置，我看那些人不會輕易把地位讓給部下吧？接二連三陣亡替換掉的總是低階軍官，就這麼倚靠他們的努力，結果帝國軍這個組織愈來愈演變成靠底層彌補高層無能的軍隊！」

愈是爭辯，雙方的情緒就愈激動。面對兩個堅持各自的主張一步也不肯退讓的孩子，半是化為觀眾的其他與會者小聲交談。

「好厲害，火花四散的激辯耶。」「我們完全被撂在一旁。」「太難介入啦～光是看著他們就被青春光芒烤焦啦～」「多麼高水準的小孩子吵架啊。」「要不要賭輸贏？我賭小雅特麗五百。」「有意思，我賭伊庫塔五百。」「議論的勝敗怎麼判定？駁倒對手的人算贏？」「我看賭誰先喘不過氣比較好吧。」「不然先咬到舌頭的人算輸。」

科學家們甚至開始拋出輕率的提案。這些閒話當然都進不了兩個當事者耳中，他們臉湊著臉，額頭幾乎撞在一塊。

「明明連組織內情也沒掌握多少，說得像你很懂似的……！」

「妳的立場明明也和我差不了多少，卻總是說些看破紅塵的話！」

雖然雙方都怒氣沖天到很可能演變成打架卻決不至於動手，是他們自尊心的展現。在爭論途中動手等於主動認輸。雖然年紀還小也能夠明辨是非，伊庫塔和雅特麗僅僅用彼此的主張全力針鋒相對。

「──那個，嗯。總之，我明白我正遭到大力批判。」

一道悠哉的沙啞嗓音介入那亢奮的漩渦中。眾人的視線同時轉向門口，只見巴達‧桑克雷拉著拉門站在那裡。

「阿納萊老爺子，今天的講義內容是這樣子嗎？」

「原本應該討論加修那克之戰，但論點從那個主題展開飛躍性的發展，現在就變成了這個情況。」

「裝傻啊。反正你根本沒有修正討論走向的意思吧。」

「不先使他們對自己無法冷靜的部分產生自覺，便沒辦法冷靜的討論。」

老賢者故作不知地說，將原先站立的位置讓給巴達。代替阿納萊站上講台的旭日團總司令官沒規矩地將兩邊手肘搭在桌上，咧嘴一笑。

「既然被當成抓著地位不放的老賊，那我也要插嘴說幾句。以主張的內容來看，小雅特麗和我家笨兒子說的都有道裡。小雅特麗從前線指揮官的立場指出戰術層面的錯誤，我兒子則從連神明都不怕的科學家立場指出戰略層面的錯誤。姑且補充一下，大略來說，所謂戰術是在戰場的戰鬥方式，戰略是戰爭整體的進行方式。

兩個主張的差異可以說直接等同於你們所持觀點的差異——不過要論哪一個觀點才正確，那就令人苦惱了。」

巴達搔搔腦袋，看向炎髮少女。

「以軍人的角度思考，正確地毫無疑問是小雅特麗。畢竟基層隨時都得聽上面的命令行動。因為平日得執行有死亡危險的任務，一旦發號司令者與聽令者的上下關係動搖，組織本身便無法運轉。軍人不允許批判長官也是基於這個道理。無論今時往日，軍隊都是極端的直線領導組織。我家的笨兒子不清楚這些基本規則，真是盛氣凌人啊盛氣凌人。」

巴達接著望向兒子嘆息著聳聳肩。在少年回嘴之前，他迅速往下說。

「可是——在我擔任前線指揮官四處奔波的時候，最折磨我的也是這種屬下不能對長官有任何意見的軍隊組織體質。

在這個系統中，一旦長官無能，下頭的人全部會跟著遭殃，而且要一直持續到長官承認錯誤為止，那大多是在戰場上的士兵傷亡慘重之後。關於這一點正如我兒子所說的，高階軍官往往不願承認自己的錯誤。雖然制定作戰方案負起相對的責任，但障礙在於成功與否難以判斷。特地呈上修正意見，卻被長官說『才不需要這些，戰況接下來會逆轉』駁回的次數多得很……說真的，那個蠢上校要是早點摔下樓梯該有多好。」

巴達忍不住吐露怨言。他清清喉嚨當成沒發生過，再往下說。

「這話是到了現在才能說出來，成天都在製造藉口以便無視長官指示的戰爭也不少。真的很麻煩啊～老實說我很想放聲大喊：『夠了，閉嘴把事情全交給前線的人處理吧！』然而，奇怪的命令要來的時候還是會來。比方說要求在儲備糧草只剩三天份的狀況下保衛要塞一個月，而且不提供補給……這算什麼？土？要我們吃土嗎？是白痴嗎？想死嗎？」

他的措詞聽得軍人們不由得帶著幾分苦澀發笑。回顧從前被迫面對的苦戰，巴達深深地嘆了口氣。

「如果說一直回應長官拋出的難題是基層軍人的工作，那也沒什麼好說的。不過我打從心底討厭那樣的身分，也不希望自己的部下經歷同樣遭遇。因此我決定，擁有自己的軍團後要隨心所欲放手去做。舉辦這場集會也是出於這個理由——瞧，一眼就看得出來，這夥人簡直毫無節操到神清氣爽的地步吧？」

巴達指向室內坐成一排的眾人說道。這句話沒有說錯，在場的軍人從士官到高級軍官都沒有隔閡，連軍人都不是的白衣科學家們也堂堂包含在內。這一幕象徵了旭日團的現有狀態。

「這並非軍事會議，而是意見交流會，舉辦目的是為了讓處於任何立場的人都能從他的角度毫無顧忌地表達意見。所以小雅特麗和我兒子的意見也一樣可以存在。只要遵守討論禮儀，唯獨在這個場合對長官做出批判並不受限制。」

巴達說完後笑了。無法立刻釋懷的炎髮少女開口。

「……允許這種侵權行為，軍隊組織真的還能成立嗎？」

「雖然不是沒有負面影響，直到今天為止都是成立的。而且今後我也想努力繼續維持下去。這便是我期望中『溝通通暢』軍隊的理想狀態。」

用感覺不出意氣昂揚的口吻做結論，巴達越發揚起嘴角。

「不過——小雅特麗和兒子都還太年輕，沒辦法在我這樣的成年人過問後就停戰吧。」

一雙漆黑眼眸迎面注視著兩個孩子，他緩緩地宣言：

「你們一決勝負吧。不必有所顧慮，無論如何不辯出是非好歹就不甘心，是可愛年輕人的天性。」

「你們討論的是關於現場指揮官及司令官執行職務能力的問題——一言以蔽之，就是如何運用部下。要了解實際情況，嘗試親自運作一個集團是最好的方法。」

巴達將伊庫塔和雅特麗帶出意見交流會會場，拋出前題之後在廣場上召集士兵。看來他事先已安排好，轉眼間人數就湊齊了。

「所以，我借給你們一營人馬，往後的『任務』就運用他們來完成。」

兩個孩子站在整然列隊的六百人前茫然地呆立不動。雅特麗在數秒鐘後回過神。有些焦慮地開口。

「這……再怎麼說，應該會妨礙到軍團營運吧？」

「這些士兵都是從後備人員中募集的志願者，妳不必擔心這方面的問題。再說，全力回應孩子的需求可是成人的志氣啊。」

巴達乾脆地宣言。炎髮少女面有難色地陷入沉思。

「……現階段我的運用經驗只到步兵排而已。」

「不會吧～伊格塞姆家都要求實地學習到這種程度？……就算如此，在這次的事情上我準備的玩具大小可是更勝一籌。呼呼呼，下次我要向索爾誇耀一番。」

這次換成兒子對笑得像個壞孩子的父親提問。

「借我們六百人，是要我和雅特麗各指揮三百人嗎？」

「不，不是的。剛才我也說過，你們應該認識的是現場指揮官及司令官在各自立場上需要具備的能力及差異所在。你們的職務就隨每次任務交替來指揮這六百人。」

「像是今天的任務由我當司令官，明天的任務由雅特麗當司令官？」

「正是如此。不過任務未必都能一天之內完成，有時候要擔任相同職務好幾天。當然機會是公平輪流的。」

少年聽到說明後思索地沉吟起來。雅特麗也接著發問：

「司令官的職責是針對要求的任務來擬定作戰計畫、編組部隊、整備軍需，這麼理解正確嗎？」

「大致上是如此，但你們不必太逞強。不起眼又麻煩的例行公事部分由我們來處理，在基地內的生活還是像之前一樣，把實質負起指揮工作的期間看成自任務開始後從據點出發直到歸返為止即可。」

「等部隊按照擬好的作戰計畫出發後，擔任司令官的人要留在基地內等候？那不是有點無聊？」

「沒那麼便宜。擔任司令官的人也要跟隨前往現場，但運用部隊的權限要全部交給現場指揮官。也就是說——無論眼前發生什麼情況，都不准插手或過問。」

一聽見這番話，伊庫塔和雅特麗同時陷入沉默。看穿兩人心情的巴達默默地笑起來。

「喔，你們都想像到了？沒錯——你們將鉅細靡遺地在特等座上目睹擬定的作戰計畫有何優缺點、自己下的命令造成哪些結果。即使在現場察覺失誤也為時已晚，除了看著滿腹牢騷的士兵們縮起身子以外無計可施。看著多達六百人因為自己的責任流淚或歡笑。那可是痛得很喔。」

用挑釁的口吻斷然說完，他依序探頭注視兩個孩子的臉龐。

「哎呀，難不成你們怕了？到了這節骨眼才嚇到？那要取消嗎？」

巴達瞧不起人地笑笑，伊庫塔和雅特麗雙眼炯炯有神的回瞪著他。

「那怎麼——」「——可能！」

滿意地收下他們默契十足的回答，巴達再度大大頷首。

「這才像年輕人。那麼我馬上給你們第一個任務——做好覺悟了嗎？」

從那一刻起，伊庫塔和雅特麗之間漫長的決勝賽揭開序幕。

事情從開頭就不輕鬆。兩人一開始別說每天，而是每小時甚至每分鐘都遇到問題，藉此得知作戰很難按照預定計畫進行的事實。行軍速度會受天候的一點變化左右，企圖追回半天的延誤時間而勉強士兵們，累積的疲憊又持續影響數天之久。

「咦？我記得這次的任務只是前往二十公里外再折返而已吧？為什麼士兵們卻累癱了～？」

第一天結束後，巴達望向士兵們歸來後大口喘氣的模樣嘻皮笑臉地問。擔任司令官構思行軍計畫的伊庫塔和擔任現場指揮官直接指揮的雅特麗一起咬牙切齒地垂下頭。

「……我的計畫有難以辦到的地方。沒好好考慮地形變化及高低差，幾乎只依照距離來估算所需時間。遇到路寬變窄的地方不得不一一重組隊伍，為此浪費的時間比想像中更多……」

「不，是我的指揮能力不足。因應地形改變花費的時間過多，累積起來的延誤壓迫到整體行程……暴雨導致地面泥濘不堪及視野惡化的程度也超乎預期。半途中因為天氣惡劣迷路，使得士兵們身心的疲憊倍增。」

「哼～那麼，下次不能再重蹈覆轍喔。」

聽完雙方的說明，巴達僅僅裝糊塗地說，沒給什麼建議便發出第二個任務——隔天晚上，他在返抵基地的一營部隊前不解地歪歪腦袋。

「嗯～不但歸返時間比預定大幅延遲，士兵們全都餓得肚子咕嚕嚕叫……這是怎麼了？」

在他催促兩人公開失敗之處下，伊庫塔和雅特麗咬緊牙關回答。

「……路上的渡河點因昨日大雨水量增加，渡河時泡水的糧食有超過一半都無法食用……」

「……我指定了附近的橋梁作為迂迴路線，但我的計畫書裡設定的實行判斷基準是『當水量增加至判斷無法渡河時』……現實狀況則是『腰部以下都泡在水裡也不是渡不了河』，因此指揮官伊庫塔不得不強行渡河……」

「喔～所以糧食浸到水，結果害士兵們沒吃到多少東西？——啊哈哈！你們兩個真沒用。」

巴達的話深深刺痛兩人的心。無法忍耐繼續沉默，少年和少女同時開口：

「雅特麗的計畫沒有錯！如果我在渡河前機靈一點，將背包裡的糧食堆在最上面就好了！」

「責任不在伊庫塔的指揮上！追根究柢是我的錯，沒把糧食包含在渡河造成的損失內考慮進去！」

兩個說法在責任歸屬上正好相反。他們先是愣了一下，接著臉色大變地互瞪起來。

「我說了是我的錯！雅特麗妳住口！」

「你才應該住口！別連我該反省的部分都多管閒事！」

雙方堅持自己有錯互不相讓，爭執的樣子令巴達忍不住爆笑出聲。

「啊哈哈哈！——吶，兒子。對自己的立場抱持自信時，碰到這種情形很難責備對方吧？」

「…………！」

「吶，小雅特麗。妳性格直率，比起怪其他人，更忍不住想責怪自己身為司令官的缺失對吧。」

「…………！」

「真是的……兩個高尚的孩子。但儘管如此，也不能自己獨占該反省的部分。那是你們共通的財產，要好好均分共享。」

拍拍孩子們的肩膀，旭日團總司令官以沉穩的聲調勸誡。

「對方的失敗改天也可能發生在自己身上。好好地以這一點為依據挑戰下一個任務。」

伊庫塔與雅特麗再度沉默不語。巴達繞到他們背後，在背上推了一把。

「不如說——你們先去洗個澡。我老婆放好洗澡水了，快去泡泡。」

在充滿蒸氣的浴室裡，少年和少女並肩而坐整個人泡進熱水裡直到肩膀深，有好一段時間保持沉默。

「……昨天和今天，我們體驗了一輪彼此的職務。」

「……是啊。總之，來整理該反省的地方吧。」

他們彼此都沒有異議。為了找出第二次失敗的原因，兩人開始交換意見。

「首先是司令官這邊。我和你的共通點，就是沒有看現場下判斷。」

「雖然不甘心，但我有同感。在擬定計畫的階段明明自認為考慮得毫無破綻，到了實踐的時候卻發現是千瘡百孔。昨天一整天，有好幾個場面都讓我羞愧得臉上火辣辣的。」

「是啊。不過坦白說，想到我們缺乏經驗，計畫有破綻在某方面來說是無可奈何。即使想預測行軍中遭遇的困境，對既沒碰過也沒聽說過的狀況也無從設想起。」

「沒錯……結果也只能在往後一點一點慢慢提高計畫本身的精準度。」

伊庫塔在洗澡水裡抱著膝蓋得出結論．感覺到討論停滯不前，他迅速換個新題目。

「作為另一側的現場指揮官，妳有什麼看法？」

「我一樣也受經驗不足所苦。就連一個編組隊伍的方式，沒有士官提供建言處理起來都很吃力。」

「嗯，的確如此。不過——關於這個職務，我認為無論我或是妳，其實應該都能做得更好一點。」

見雅特麗以目光詢問這番話的意圖，少年立刻往下說。

「妳大概也發現了？今天和昨天——扮演司令官的人擬定的行程在兩邊任務的各種場面都變成拖累。」

「要討論行動計畫有許多缺失，不是又回到剛才的話題上了？」

「不，我不是這個意思。該怎麼說，就算計畫漏洞百出是無可奈何……不需要連酌情處理避開漏洞的自由都受計畫限制吧。」

說到此處暫時打住，伊庫塔思索著仰望天花板。

「舉例來說像昨天的任務，由於被迫遵守我設定的路線與時程表，妳行動起來綁手綁腳的。我自以為選擇了地圖上的最短路線，其實當中卻包含許多小路和高低差起伏很大的坡道，那樣反倒像是指定走費時費力的路線。妳也在半途中察覺這一點吧？」

「……是啊。一邊對照地圖和眼前的地形，一邊覺得比起指定路線或許有更適合的路徑可走──我不否認有好幾次這樣想過。」

「我想也是。今天的我也一樣，要是沒被計畫限制，我想老實地迂迴繞過那個渡河地點。」

「……嗯。當時我也對無法開口干預感到很不甘心。雖然水深及腰也渡得了河，但河水流速頗快，有可能發生預想不到的意外。即使扣掉糧食問題，為了慎重起見也該迂迴繞路才對。」

討論到這裡為止都意見一致的兩人得出相同的結論，面面相覷。

「沒錯。簡單的說……從昨天和今天兩個例子可以看出……」

「現場指揮官或許能夠做出正確判斷。」

呼～他們同時吐出一口氣。由於泡在熱水裡好一陣子，兩人的思緒都朦朧起來。他們趁著還沒真的泡暈前踏出浴池，分別清洗起身體。

「擔任司令官的人，與其去填補計畫的漏洞──或許放鬆對整體計畫的控制會更好。」

「我也有同感。世上不可能有完美的計畫，乾脆交給現場指揮官決定更好。『視狀況而定由現場判斷』——計畫書上應該增加這條指示。」

「那可是玩忽職守——我很想這麼說，不過這大概是正確解答。明明作為計畫者本就實力不足，還剝奪現場人員想方設法的餘地，那才叫本末倒置。」

用浴桶舀起熱水沖在彼此身體上，伊庫塔和雅特麗近距離四目相對。

「計畫的漏洞補也補不完。就算如此，對於可能出現漏洞的局面我們應該心中大致有數。」

「計畫書中故意留下餘裕，以交給現場判斷該如何彌補計畫漏洞就行了。」

決定方針的瞬間，兩人嘴角浮現大膽的笑容。

出於反省發揮效用，接下來兩天伊庫塔和雅特麗沒出現重大失敗便完成受派的行軍任務。應該在計畫書上做指示的部分及應該交由現場判斷的部分——儘管還嫌粗糙，他們開始思考兩者的平衡後得到好的結果。

「——原來如此，看樣子你們脫離了最初的沒用狀態。」

望著返回基地後還保有不少體力的士兵們，巴達承認兩人的進步，但還是照老樣子目中無人的攔住兩個孩子的去路。

「既然如此，我也要不客氣地提高任務等級了。呼呼呼，小鬼頭們跟得上嗎？」

正如他的宣言，隨著兩人能力的進步，每天發派的任務難度日漸上升，也可以說是更加刁鑽了。

有一個任務派伊庫塔一行人到單程一天路程的森林籌措建造瞭望台所需的木材。時限是必須趕上預定後天開始的工程。此時雅特麗是司令官，伊庫塔擔任現場指揮官，一路順利地抵達目的地

——但問題發生在伐木作業開始之後。

「伊庫塔小弟——不，營長！這種樹很麻煩啊！」

揮斧頭的士兵們陷入苦戰異口同聲地呻吟。斧頭鋒口無法照預期般砍進樹幹外皮裡。赫然驚覺的伊庫塔親手拿起斧頭嘗試，發現原因所在。

「這種樹纖維緊密，硬度很高……！這樣砍倒樹需要花費的時間會比預定計畫多得多！」

巴達命令他們採取的木材，是一種名為蚊母樹的硬木。這個樹種以高硬度和高密度著稱，是優秀的建材，但相對在採伐和加工上都很費工夫。

「而且還很重……要運輸這些木頭，大概也會影響到回程的速度。」

愈想愈覺得要按照預定計畫折返很困難。被迫修正計畫的伊庫塔當場回想計畫書內容，以眼神向在一段距離外觀看作業情況的雅特麗示意。

「……採伐、搬運樹木時的指揮全交由現場指揮官負責對吧？讓我來想辦法！」

伊庫塔做了決定之後，原本安排去休息的士兵立刻被動員為輪班人員，避免揮斧頭的工作因疲勞而中斷。一行人就這樣設法在日落前砍伐完木材，稍事休息三十分鐘後慌忙踏上歸途。

「真的可以嗎？小弟。靠現在的你帶路，即使勉強走夜路也會迷路喔。」

「一直走到快認不出路為止，然後在原地露營。我想這麼做比起等到天亮再出發能走更多距離。雖然說木材沉重速度快不起來，無論如何都得害大家受累……」

用夜間強行軍來彌補速度的遲緩，士兵們不斷邁步前進。然而──即使硬拚到這個地步，第二天的行進仍明顯大幅延誤，伊庫塔搔搔腦袋。

「真是的～不行。這樣子絕對趕不上預定時間！只能做好遲到的準備了嗎……！」

他不甘心地跺腳，忽然感覺到一股視線轉過身。

「雅特麗……」

鮮紅的眸子直視著少年。儘管處在完全不許插手或過問狀況的立場，雅特麗希諾．伊格塞姆也沒有流露出焦慮或煩躁之色，凜然地佇立著。

別放棄，還有辦法──感覺她的目光彷彿正這麼說，伊庫塔霎時從懷中扯出計畫書。

「……我有沒有忘掉什麼環節？有沒有……」

進軍路線、日程、目的──為了尋找突破現狀的方法，他逐一重新確認計畫書上記載的內容。當伊庫塔一路看到位於紙張中段的文章時，被先前不曾留意過的一句話吸引了目光。

──籌措之木材用途：在基地外圍建設三座新瞭望台所需的建材。自作戰結束預定時刻起同時動工，預計在施工期五天內全部完成。作戰日程是從指定施工期倒過來推算而出。

「……建造瞭望台。」

小聲的呢喃之後，伊庫塔腦海中浮現一個點子。

「——哎呀～？」

當天傍晚，旭日團司令官故意露出困惑的表情迎接幾乎在預定返回時刻同時抵達的伊庫塔一行人。

「籌措到的木材只有這一丁點？我要求的應該還多一倍。」

巴達指向二十餘輛手推車上載運的圓木，毫不客氣地挑毛病。從正面接下他的挑釁，黑髮少年走上前。

「……另一半留在途中的村落。全部一起搬運的話太重，很難在今天之內返回基地。」

「所以只帶一半回來？這個決定也不是不能理解，但頂多只有五十分喔。以這些建材的量可蓋不了三座瞭望台。就算接下來再回去搬運，肯定會延誤到施工期。」

面對辛辣的評語，伊庫塔毫不畏縮的筆直回望父親。

「我們當然會回去搬運。不過不會延誤施工期，老爸。」

「嗯？怎麼回事？」

「使用現有的建材立刻開工就行了，不必等候剩餘木材抵達。只要三座同時從基底部分開始建造，直到另一半木材運達前應該不會浪費時間。當然，我們也會在這裡的建材用完前將其餘部分搬回來。」

巴達沉吟著望向兒子。少年也加重語氣繼續說明。

「這次的任務老爸你一開始只講明了施工期。因此，雅特麗有權限在趕得上施工的範圍內決定作戰日程。你看，計畫書的備註欄也寫著──『只在目的為維護部下與自身安全及遵守施工期的情況下，允許現場指揮官在作戰計畫上有些誤差。』」

少年從包包裡拿出文件展示，放肆地從鼻子哼了一聲。

「……我說，讓我吐槽一下，剛砍下來還沒乾的木頭怎麼可能拿來當建材？我明白你想調高任務難度，但這次的設定有點欠缺真實性喔，老爸。」

聽他趁勝追擊的指出這點，巴達思索了一會後苦笑著聳聳肩。

「……就當我輸了一分吧。看來從擬定計畫的階段起，小雅特麗便看出後來的發展。」

他漆黑的眼眸瞥了少女一眼，雅特麗微笑著搖搖頭。

「沒這回事。我只是想到像推車損毀及遺失等等好幾種無法一次運送所有木材的情形，一一思考各種案例也沒完沒了，因此身為司令官的我，擬定了可以盡可能靠現場判斷對應更多狀況的計畫。」

「真是高見。話說回來，沒想到連工程的施工方法都會得到你們提意見……不過，我也找不出駁回那個提案的理由。畢竟內容很合理。姑且不論其他軍隊，下層對上層呈報有建設性的意見，在旭日團可是很常見啊。常見常見。」

聽到這番話，伊庫塔和雅特麗伸出右手一個擊掌。面帶笑容看著兩個孩子，巴達再度開口。

「好啦，在輸了一分之後差不多可以問問——你們覺得如何？在輪流體驗過司令官的立場和現場指揮官的立場後，整體來說是哪一方贏了？」

兩人被問到後面面相覷。最初的目的，早在許久之前便被他們拋出腦海。

「這麼說來，這是一場對決呢。」「由我們自己評分嗎？」

「那當然。你們無法接受的話就沒有意義可言。」

巴達一臉認真地抱起雙臂這麼催促。互看數秒鐘後，兩個孩子依序回答。

「……那我就照辦了。老實說，我們的水準沒有到足以爭勝敗的程度。不依靠士官什麼也辦不到。」

「我們互相指出彼此犯的錯誤仔細考慮，勉強撐起運用部隊的場面。在這段過程中，一點也沒有餘力競爭高下。」

兩人異口同聲地回答。回想起先前累積的錯誤數量，少女和少年同時苦笑。

「——我就知道。我也一樣。」

對孩子們的答覆揚起嘴角，巴達望向排在兩人背後的士兵們。

「不依靠部下司令官根本做不下去，如果司令官無能，部下也很難辦。你們能夠理解這一點，做得很好。總之，無論現場或後方，只要有以為自己是一個人在打仗的蠢蛋事情便很難處理。」

欣喜於讓孩子們體會到這重要的教訓，帝國首屈一指的名將背對夕陽微笑。

「記住。所謂戰爭不是軍師、猛將或天才在打的，而是大家一起打的。」

以完成前幾天的任務為一段落，兩人一天到晚忙著執行任務的日子暫時告終。但這陣子無暇他顧的反作用，導致兩人這回換成被基地各路人馬爭搶，完全沒時間覺得無聊。

這一天，伊庫塔和雅特麗也應巴靖和奈茲納等科學家之邀，前往附近做環境調查。年齡及性別各有不同的七人組，與馱行李的馬匹並排在荒野中前進。

「……總覺得，好久沒有不帶著一大隊士兵走動了。」

「是呀……百般忙碌過後，實在覺得負擔輕鬆許多。」

兩人對身邊環境的落差感到一絲困惑。為了修正那股異樣感，科學家們也帶頭攀談。

「你們兩個天天只顧著任務，我們也有點寂寞。」

「對呀。伊庫塔和小雅特麗突然約不出來，我還以為你們已經厭倦了。」

「不好意思，害你們擔心。」「所以說全都是老爸的錯嘛。」

聊著聊著，七人抵達作為調查基點的觀測站。儘管稱作觀測站，這裡只是間建在視野遼闊的山丘上的簡陋小屋。磨損的稻草屋頂、僅僅由幾片薄木板黏在一起組成的牆——無論從何處看來都簡樸至極，空間勉強足夠供七人躺臥，但除此之外連能不能遮風避雨都令人懷疑。

說歸這麼說，他們也預料到這一點準備了露營用具。這次調查原本就只有三天兩夜，不需要太過拘泥住宿地點。眾人確認過門的開關狀況後，陸續將行李搬進小屋——然而……

「……咦？沒看到測量用具。巴靖，外面還有行李嗎？」

奈茲納一邊檢查背包內容物一邊問。在後面喝水小憩的巴靖表情一瞬間「咦？」地僵住了。

「……這次的調查有包含地形方面？」

「那還用問，我一開始不就說過了——難道你！」

女科學家迅速板起臉孔。領悟到自己逃不過被追究責任，巴靖戰戰兢兢的重新轉向她——

「我、我忘在基地了——欸嘿！」

正因為加上多餘的動作，他的腦袋被同事手中五十公分長的圓規打個正著。

「——唉～托巴靖哥的福，要有一整天無事可做啦～」

伊庫塔越過格子窗向外望，語帶嘆息地抱怨。小屋裡只剩下他和雅特麗、火精靈西亞以及科學家們留下的光精靈、水精靈。其他人全都留下沉重的行李折返基地。「我們馬上回來，你們在這看東西。」——他們如此告訴兩個孩子。

「這次的主要目的是動植物生態調查吧？沒有我們兩個可以先著手的事情嗎？」

「倒不是沒有，先開始觀察就行了——只是，妳看看周遭就明白了。」

伊庫塔興致不高地回答，以眼神示意在窗外展開的景色。只有草木稀疏的荒野向外蔓延，無論何處生命氣息都很薄弱。

「最近這陣子久旱不雨，這次調查主要是為了確認這一帶的動植物『減少到什麼程度』。像一片一片清點乾涸樹葉之類的作業很多，對我來說不怎麼令人興奮。」

「既然是不情願做的工作，豈非更應該趁早完成才好？——來，到外頭去。你掌握了要調查的生物種類吧？也告訴我。」

「咦～」

雅特麗的行動力依舊不減。被她拉著的伊庫塔也無可奈何地出了小屋。

「等等、等等。外出調查是很好，但出發前先把今晚要用的木柴劈好再說。妳也不喜歡在四處跑半天之後再揮斧頭吧？」

「說得也對。木柴放在哪裡？」

「應該堆在小屋後頭。我先過去準備，妳拿斧頭過來。就掛在小屋入口右邊牆上。」

伊庫塔這麼告訴少女後，和她暫時分開走向小屋背面。他一繞過房屋立刻看見地上的柴堆，卻沒找到充作作業台的樹樁。

「奇怪，我以為這裡有樹樁的？」

少年邊走邊東張西望，腳趾突然碰上堅硬的物體。他低頭望向地面，一眼便看出被沙子掩埋的樹樁輪廓。

「怎麼，原來被蓋住了……不挖出來不好用啊。」

伊庫塔持續用手腳清掉樹樁周遭的沙子，忽然聽見背後傳來踩踏沙地的聲響。少年非常自然地心想是雅特麗來了，開口說道：

「等一下，樹樁被沙子蓋住了。我馬上——」

伊庫塔蹲在樹樁前回過頭——在高度相當處對上一雙眼睛。一頭自口腔露出銳利的長牙，渾身長著灰色體毛的四足動物。

「——把它挖出來。」

「這再怎麼說未免也生鏽得太厲害了。」

雅特麗看著被一層紅褐色鐵鏽覆蓋的斧頭鋒口發出嘆息。

「即使是專門用來砍柴，利器依然是利器，不保養一下的話……這裡有磨刀石嗎？」

將斧頭放在地上，雅特麗喀嚓喀嚓地在周遭翻找確認。小屋裡雜物特別多，八成在哪個地方有塊磨刀石——正當她想到此處，小屋背面傳來叫聲。

「有狼！」

少女在聽見的瞬間即刻起身衝出小屋，右手牢牢握著斧頭。從那聲調中所帶的緊張感判斷，這顯然並非單純的玩笑。

她快步繞到小屋背面，發現表情僵硬的伊庫塔正前方有一頭狼正狂烈地嘶吼著。少女倒抽一口氣。狼的後腿肌肉鼓起，正是撲向獵物前的動作。

「疾！」

雅特麗剎那間下決定擲出右手斧頭。她的奇襲令狼慌忙退後，伊庫塔也趁著狼分神的空檔脫逃。兩人直接以最快速度跑回小屋正面，滑進敞開的門扉。

「哈啊！哈啊……！嚇、嚇死我了～」

伊庫塔鎖上房門，試圖調整紊亂的呼吸。雅特麗在這時奔向格子窗，警惕地窺視屋外情況。

「我不知道這一帶有狼出沒。」

「我也沒聽說過。因為這裡距離基地才徒步半天路程啊。」

少年望著窗戶說道。那一瞬間，看著外頭的雅特麗臉色沉重起來。

「……果然嗎？雖然對手是狼，我認為只有一頭的可能性很低。」

聽到這不祥的說法，伊庫塔站起來自少女身旁窺視外面情景，倒抽一口氣——第二、第三、第四頭。光是在從窗戶可見的範圍內，就有四頭狼在小屋周遭徘徊。

「看來——事情有點不妙啊。」

少年嘴角抽搐地喃喃說道。他身旁的少女也緊緊抿住嘴唇。

兩小時多一點。自從兩人死守小屋以來過了那麼長的時間，然而包圍他們的狼群卻毫無離開的跡象。

「看樣子牠們不肯輕易放棄。」

站在窗邊的雅特麗低語。面臨緊急情況，她腰際已配上雙刀。她的心理早已進入備戰狀態，伊庫塔卻一臉難以接受。

「……真奇怪～狼應該不是會積極襲擊人類的動物才對。牠們基本不接近人類氣息的地方，偶爾發生攻擊事件，頂多也只有在人類侵入牠們地盤的時候……」

「無論哪一頭狼看上去都很瘦。最近這陣子久旱不雨，因過度飢餓跑到村落找獵物……我想大概是這麼回事。」

雅特麗根據可見範圍內的情報推測，轉向少年。

「總之，既然牠們不肯離開，我們必須思考因應對策。這棟小屋即使說客套話也稱不上多堅固，脆弱的地方被狼撞破也是很有可能的。而且，就算繼續死守下去……」

「……嗯，我知道。這麼一來明天回到小屋的巴靖哥他們就危險了。」

伊庫塔抱著至今以來最嚴重的危機感說道。雅特麗也表情僵硬地點點頭。

「巴靖哥那邊是五個人，到目前為止確認出的狼則有六頭。光看數量也是狼群更多。如果就這樣被我們堅持到明天，狼群或許會將剛出現的人類當成獵物。」

「我聽說狼狩獵時會追逐同一頭獵物長達數天之久。到了明天牠們便會放棄離開——應該拋棄這種樂觀的猜測。」

少女渾身的氣息變得越發凌厲。伊庫塔直盯著她嚴肅地問。

「雅特麗。我先問一聲，妳過去有跟狼戰鬥的經驗嗎？」

「沒有。父親了聘請許多武術家來到家中，但畢竟沒包括動物。如果對上一頭我還有自信應付得來，可是這次至少有六頭……何況。」

她的視線轉回窗外繼續道。

「在狼群中有一頭體格大上一圈的，大概是群體的首領——那頭狼顯得獨具一格。散發著像老練戰士般的風格，打起來應該不好對付。」

她以戰士的眼光分析敵方戰力，伊庫塔卻微微笑了笑。

「……感覺鬆了口氣。因為妳很有可能認真地說現在要去外面把狼殺得一頭也不留啊。」

「我對實力的自信可沒那麼高，不好意思辜負了你的期待。」

「所以我才說鬆了口氣。這代表我也能摻一腳吧？」

少年用輕鬆的口氣說著，重新環顧起雜亂的室內。

「我方的武器……首先是妳的雙刀及放在小屋裡的狩獵用弩弓一把——非軍用，沒裝短槍——與十七支弩弓箭。另外還有修補建築物用的木材、視情況而定有機會派上用場的日用品等等。」

伊庫塔掌握所持物資的種類及數量，簡單地想像了這些東西做得到與做不到哪些事情後重新轉向炎髮少女。

「『擊退所有包圍小屋的狼』是這次的任務，我想和妳一起完成。目的是確保巴靖哥一行人的安全。從自此處來回基地需要的時間倒推回來，達成期限為明天早上九點。以上內容妳可有異議？」

儘管對少年主動提起這個行動方針感到驚訝，雅特麗仍毫不猶豫地搖搖頭。

「——沒有。來安排作戰計畫吧。」

在彷彿擰絞著內臟的飢餓感折磨下，那群野獸包圍小屋。

狼群之間瀰漫緊張感。長時間停留在一看即知是人類領域的地方，對牠們而言本來並非上策。姑且不論不知恐懼為何物的年輕狼隻，擔任首領的年長公狼十分熟知人類這種生物的威脅性——熟知那沒有尖牙與利爪，卻運用一切手段追獵牠們的狡猾對手。

被從鐵筒飛出的鉛彈擊殺的兄長、吃下毒餌與兄弟一起斷氣的母親。回想起來令牠幾乎要全身寒毛倒豎的許多記憶，同時與使牠這頭野獸存活至今日的智慧息息相關。不可對人類及人類圈養的動物出手。否則日後將遭受慘痛的報應——這正是牠嚴格要求群體同伴遵守的戒律。

然而——無論對手是多麼可怕的生物，在沒有其他食物可吃的狀態下也無可奈何。

長期久旱不雨，導致牠們當作獵物的草食動物在這一帶土地上數量銳減。沒有降雨草木便會枯萎，吃植物維生的動物當然也面臨饑饉。位於食物鏈上層的狼同樣無法逃離這個因果關係。五天前抓到的一隻兔子，是牠們最後吃到的東西。

非得想辦法不可。群體首領需要的最低條件，是不讓同伴挨餓。

牠們甚至做好與其他群體起衝突的覺悟，前往廣闊的地盤之外。當發現這樣也得不到滿意的成果，便打破禁忌跑到村莊附近。帶頭的狼碰上人類小孩正是在這時候。

雖然結果未能立刻解決獵物，給他們逃進小屋，但這無可厚非。狼狩獵時本來便極為謹慎，整個群體一起追獵一頭獵物是常規方式。牠們追求的是基於團隊合作打下確實戰果，而非單槍匹馬面對敵手的無謀之勇。

牙齒磨得嘎吱作響，首領思考──牠們該如何驅趕出躲在殼裡的獵物？

對手是兩頭人類小孩。從屋裡傳出的聲響判斷，小屋內並未躲藏著年長者。但經過第一次撞上之後，獵物對牠們已警惕萬分。

牠不認為就此繼續包圍下去會得到成果。首領下了結論，發出嚎叫告誡沖昏頭的同伴們，要求包含自己在內的全部狼隻退離小屋周遭。無論如何進攻，都要先用上等待對手疏忽大意這一招。

夜晚在不久後來臨。在躲進周遭地形起伏及岩石陰影處窺視小屋情況的野獸們目光所及之處，忽然亮起燈光。首領知道──那是與人類共同行動的小生物發出的光芒。

人類夜間視物的能力沒有牠們來得好。取而代之的，人們依靠那種小生物提供光亮。另外，有時他們還會點燃火焰這種恐怖的東西。如果打算利用黑暗之便攻進去，不可以忘記這件事。

此時，在正提高警惕的首領視野中，小屋的一角透出白光。

──────！

首領以凌厲的眼神制止差點同時站起的同伴們抑制牠們的興奮，堅持不為所動——獵物或許總算露出破綻，現在太焦急將搞砸一切。

門打開了就算是事實，問題從這裡才開始。獵物要外出嗎？假使看見我方放棄離去，他們說不定會這麼做。那就等人類離開小屋時全體一擁而上收拾掉他們。

或者，現在也許還是透過門縫查看情況的階段。由於小屋的窗口很小，從屋內多半只能從有限的視野眺望屋外。人類說不定覺得在安全確認上還不充分，正打開一條門縫來獲得視野。

無論如何，獵物的戒心依然很重。現在還是打出等候牌的時候——牠正要下判斷的瞬間，躍入眼簾的燈光一口氣變得更為耀眼。

——？

推翻首領的預測，小屋的門完全敞開，還沒有再關上的跡象。一陣騷動在同伴們之間傳來，牠們的視線齊齊投向首領——這不是個絕佳良機嗎？

相對於興奮的同伴，首領對狀況的可疑之處抱著懷疑。因為這看起來只像在引誘牠們進去。然而，很難讓年輕的同伴們理解這份憂慮。在群體之中，親身體驗過人類有多狡猾的只有牠和妻子而已。

一直被按捺住不許行動的同伴們忍耐力差不多已接近極限，充血的眼睛在黑暗中閃閃發光。長時間過著有一頓沒一頓的日子，正在消耗牠們的理智。

要求現在的同伴們擁有放過眼前機會的冷靜十分困難——首領得出結論，不得不承擔風險下了決定。

「——狼的氣息接近了。」

進入備戰狀態的小屋內，背靠緊鄰門口左側牆壁的雅特麗小聲警告。蹲在另一邊右側的伊庫塔聽到後也一臉緊張地點點頭。

「加快腳步了——來了！」

衝在最前頭的狼保持疾馳的勁道衝進屋內，卻被門內堆起的路障擋住。被潑了一盆冷水的狼在障礙物前停下腳步。

「嘿咻！」

在那一瞬間，伊庫塔看準時機拉扯手邊的繩索。臨時設置的套索陷阱立刻發動，拉緊的套圈綁住後腿，一頭狼立刻被吊上半空。

「射擊靠近的傢伙，雅特麗！」「收到！」

雅特麗毫不留情地向其他衝過來想解救中陷阱同伴的狼發射弩弓。當痛苦的嚎叫聲在黑暗中迴盪，兩頭狼中箭之後，提高戒心的狼群不再從正面靠近。眼見第一波攻勢已退，炎髮少女報告戰果。

「兩頭狼各中了一箭！但不是致命傷！」

「首領呢？妳那邊看得見嗎？」

「確認範圍內有三頭，看起來沒有首領——」

雅特麗報告到一半，小屋背面的牆壁突然劇烈嘎吱作響。兩人臉色大變地回頭望去。

「要撞破那邊的牆殺進來了！」「難道正面的攻擊是聲東擊西？」

伊庫塔暫離崗位朝遭受攻擊的背面牆壁跑去。雅特麗正想跟上，卻在即將轉身的瞬間忽然察覺一股氣息再度注視門的方向。

「——」

她運用父親傳授的暗視法凝望黑暗深處。於是——在微弱的月光下，她看出一頭體格大上一圈的狼正從離小屋約十公尺遠的位置邁步飛奔。是那頭體格傲視群體的首領。

「——？那邊才是重頭戲——！」

首領一口氣飛奔到木門前，踏著前面同伴的背部縱身一躍。雅特麗在牠起跳前一瞬預料這次跳躍將超越路障高度，以腳踝將朝內開的門扉踹回原位。這可說是剎那間的英明決斷，關上的門勉強擋住了首領的入侵。

「好險……！伊庫塔，那邊的牆壁沒問題嗎？」

「雖然只是應急處理，我正在搶修加強牆壁！這棟小屋比預期的更不牢靠！」

少年邊揮鐵鎚邊喊。雅特麗的目光轉回正面，關上的門板另一頭忽然傳來重重的腳步聲。吊在半空的那頭狼似乎掙脫了束縛。由於她踹門時連帶打壞了套索陷阱，導致這個結果也無可奈何。

沒多久後，小屋外響起長嚎。從此刻起，野獸群包圍他們的壓力減弱。

「氣息漸漸遠去……牠們似乎暫時撤退了。」

雅特麗窺視著窗外開口。得知最初的難關已過，兩人大大地吐出一口氣——時間明明只有短短幾分鐘，這一戰的濃密程度卻遠遠超乎想像。

果然是陷阱。望著中箭的兩頭同伴，群體首領咬牙切齒。

由於明知有風險仍發動襲擊，牠也做好了遭受反擊的覺悟。然而，對方的手法卻超出預期的周密。不僅在門內建起另一道牆，設陷阱吊起停步的狼，還瞄準前往救援的同伴射箭——每次回顧這一連串的流程，牠就重新認識到人類這種生物的狡猾。

不過也有可惜之處，牠心想。獵物注意力吸引到門對側的牆壁上，趁機親自從正面衝進去——這個策略只差一步就能奏效。因為直到開始助跑的那一刻為止，小屋內的兩頭人類都沒發現牠的目的。

可是在邁步的瞬間，兩頭人類中炎髮的那一個迅速反應過來，一眼看出牠將踩著同伴飛撲進屋，毫不猶豫地踹上門。牠連想都沒想過，人類的動作居然能夠像風一樣敏捷。因為牠對人類的認識是——靠狡猾彌補遲鈍的生物。

獵物比預料中更加棘手。事已至此，牠不得不承認這個事實。認知到這一點，牠同時也得面對嚴苛的決定。是不是應該別再執著於這次的目標，放棄去尋找其他獵物？

背部中箭的同伴當中傷勢較輕的一頭幸運地成功拔出箭頭，但另一頭身上的箭矢依然深深扎在體內，或許到死也拔不出來。像牠的兄長一樣。即使並非如此，傷勢深及腸子也支撐不了多久。

即便解決了獵物，到時候可能會付出比現在更多的犧牲。那麼，在這裡放棄選擇尋找其他獵物是否更聰明——當首領的思路正要倒向安全的辦法時。

——嗚汪。

微弱的叫聲傳入耳中。牠彷彿全身被澆了一盆冷水般回過頭。

一頭體格比牠瘦小兩圈的狼，與又更瘦小許多的狼並排而立。兩頭狼都消瘦到極限的程度，自軀體明顯浮現的肋骨輪廓慘不忍睹。

那是牠育兒期才剛結束的妻子與剛剛斷奶的兒子。現在祂正迫使應該最優先保護的家人忍受極度的飢餓——作為一頭公狼，想起這個事實令首領感受到焚身般的痛苦。

兒子搖搖晃晃地走過來，像在撒嬌似的用鼻頭頂頂父親的前腳。首領溫柔地舔舔牠的臉，激烈地否決自己剛才想下的決定。

現在的群體中，只有這孩子繼承了牠的血統。其他孩子不是在成年前夭折，便是獨立出去率領其他群體。考慮到妻子已老，這孩子肯定是牠最後一個兒子。

必須讓這孩子活下去。否則牠的血統將在群體中斷絕，在牠死後領導群體的將不是牠及妻子的子孫。唯獨這個結局是首領無法接受的，那等於否定了牠大半的生涯。

牠忽然感覺到一股視線，轉向妻子。發現在牠眼中——也蘊含著同樣的感情。

兩頭狼共享的意志傳達給群體所有成員，牠們決定了自己的命運。

「妳認為狼群放棄了嗎？」

伊庫塔一邊揮動鐵鎚修補破損的路障，一邊問身旁的人。

「剛才那一戰，對方應該發現我們做了應戰準備，敢出手就得吃不完兜著走。接下來……得看狼群的性格及飢餓程度來決定。」

持續進行相同作業的雅特麗回答。少年哼了一聲，在木材上釘釘子。

「期待閣下做出英明決斷嗎？群體首領好像是頭非常聰明的狼。」

「正因為如此才不能大意。要是那樣還不肯放棄，下次不知道會使出什麼手段──」

當少女警惕地說出口的瞬間，兩人的肚子在稱不上寬敞的室內同時咕嚕嚕地大聲響了起來。

「……對了，我從中午起就沒吃過東西。」

「來吃飯吧。不必配合牠們一起挨餓。」

兩人彼此點點頭，從行李中取出食物。伊庫塔啃著薄餅捲灑上辛香料的烤肉，突然想到似的開口。

「……這棟小屋裡也有儲備物資，我們的食品很充足。」

「要想想怎麼利用到下一個陷阱上嗎？」

「這樣也行……但我總覺得有點不痛快。即使扣掉我們的份，食物明明也夠供狼群充飢。」

少年低頭看著擺在腳邊的食物說道。雅特麗毫不猶豫地搖搖頭。

「……就算分給牠們，反倒只會讓牠們得意忘形，使狼群篤定這棟小屋裡除了我們之外還有其他食物。」

「嗯，這我當然知道。不過——如果是語言相通的對手就可以溝通，進而避免不必要的流血衝突，尋找彼此的妥協點啊。」

「雖然我有同感，但要求野生動物溝通對話是緣木求魚。再說，如果對手是語言相通的人類那也很棘手。萬一碰上風槍攻擊或火攻，我們也沒辦法再悠哉地死守在木屋裡，大概早早便做好出擊的覺悟了吧？」

徹底保持冷靜的炎髮少女說出現實情況。伊庫塔也點頭表示接受。

「說得也對……到頭來，不管有沒有智慧，被飢餓逼到絕路的動物採取的行動都一樣嗎。」

「就連人與人的戰爭都是在雙方耗盡子彈箭矢後才終於開始對話交談，父親總是說，這個順序絕對無法顛倒過來。」

沉重地接受她的意見，少年輕輕抬起頭望向窗外。

「這一戰，也要持續到狼群的利牙折斷為止嗎？」

「若有其他結局，那只會出現在我們力氣耗盡的那一刻。」

雅特麗直率地回答。一聽到這句話，伊庫塔大口一咬手中的食物，用力咀嚼塞滿口腔的肉和麵餅後吞嚥下去，喉嚨發出響亮的咕嘟聲。

「唯獨這個下場我可不想要——沒辦法，打斷那些傢伙的牙齒吧。」

在東方天空開始泛白的清晨五點多，在那些野獸目光所及之處，小屋的燈光突然熄滅——同時，正面的門吱呀作響地打開。

與同伴們互看一眼，原本趴在地上的首領起身。如今畢竟不再有誰什麼也不想就企圖衝進去，將自上次失敗中得到的教訓牢記在心，狼群留下一頭年幼的狼，全體躡腳接近小屋。

由於小生物發出的燈光熄滅，透過窗戶及牆縫完全無法窺視屋內情景。遠處越過敞開的門探頭注視，也只見一片漆黑的黑暗。狼群在能夠藏匿蹤跡的最短距離外停步側耳聆聽，還是沒聽到一點聲響。

當然，沒有誰認為那兩頭人類睡著了。隨著黑暗與寂靜低垂，其中瀰漫的危險氣息反倒變得越發濃郁。

雖然感覺到渾身的毛在騷動，首領很快便下定決心，和同伴們一起縮小對小屋的包圍網。牠們正面門口處留下兩頭狼，另外兩頭繞到小屋背面，首領及妻子則停留在能夠瞭望兩組情形的位置上。兵分數路的手法和上次相同，過去曾用這個辦法多次狩獵成功，是牠們自信的來源。

只要有一頭侵入屋內，勝利就屬於我們。首領這麼認為。根據牠的經驗，人類的道具——弓箭及鐵筒從遠處使用時才是威脅，在狼的利牙攻擊範圍內不足為懼。只要第一擊咬碎腳踝拖倒人類，第二擊朝他們柔軟的脖子咬下去就解決了。更何況這次的獵物是人類的小孩。

或許，害怕的獵物將在牠們入侵時逃出小屋。那樣也無所謂，廣闊的大地才是牠們原本的領域。只要在沒有遮蔽物的地點一擁而上，收拾兩頭腳程緩慢的人類不需要多少時間。

首領正想像著邁向勝利的路徑，下一瞬間，視野中卻出現同伴額頭中箭的畫面。

——————！

第一個犧牲的，是繞到小屋背面那兩頭狼中的一頭。牠支撐體重的四足失去力氣，消瘦的身軀頹然倒在地上。

一目睹同伴嚥氣的景象，連極度的飢餓都猛然從首領的意識中消失。牠自腹部深處高聲咆哮——人與獸的決戰，在此刻點燃最後的戰火。

「——命中頭部。打死了一頭！」

「了解。還剩五頭！」

兩人緊張的聲音在黑暗的小屋裡迴響。透過穿牆小洞發射的弩箭射死了狼。

他們在拂曉到來的同時熄滅光精靈的周照燈，使屋內和屋外的明暗和夜間顛倒。狼群看不見小屋內部，伊庫塔和雅特麗卻將屋外的情況看得很清楚，正是從窺視窗狙擊敵人的絕佳條件。

「另一頭接近牆邊了。我正在裝弩箭，正面那兩頭的情況呢？」
「沒靠近門這邊！背上中箭的那頭正往牆壁飛奔過來……嗚哇！」
咚吱！整棟小屋隨著衝擊晃動。一屁股跌坐在地的伊庫塔慌忙站起身。
「牠衝向了牆壁！打算強行撞破牆闖進來！」
少年報告狀況，同時慌張地從窺孔查看情形。於是——正如他所料，那頭撞牆的狼被大量附鈎針的線纏住，在牆邊動彈不得。失去自由的野獸口中發出痛苦的呻吟。
那是他判斷狼群會攻擊牆壁薄弱之處，趁晚上布置的陷阱。伊庫塔看見陷阱的成果後哼了一聲，拿起由生鏽小刀和木棍組成的武器——臨時趕造的長槍。
「當然，我已經料到啦……！」
他將長槍插進窺孔，半是靠著摸索對準狼的軀體刺出槍尖。儘管落空好幾回，但重複嘗試第十幾次後傳來刺中的手感。肉體痙攣的觸感透過少年緊握的槍柄傳過來，震耳欲聾的吼叫聲穿透牆壁。
「……嗯咕……！」
想嘔吐的衝動突然湧上喉頭，伊庫塔勉強嚥回去忍住……他在基地裡多次看過屠宰雞或羊的場面，自己也曾挑戰過。然而，這是截然不同的體驗。
「……成為軍人之後……妳必須經常做這樣的事情嗎？」
少年忍不住向背後的少女脫口而出。為了生活而做的宰殺，與發生在互相殘殺中的殺害——他切身體會到兩者在性質上的種種差異。

「第二箭，落空！箭還剩九支！——你剛剛說什麼？」

「……沒什麼！我也解決了一頭，還剩四頭！」

甩開打亂思緒的感傷情緒，伊庫塔握住臨時趕造長槍的手加重力道。刺穿狼隻軀體的槍尖扎進地面，深深地埋進土壤中。當他再用繩索將槍柄和附近的柱子綁在一起固定住，那頭可悲的狼便只能在穿刺的狀態下等死。

目睹第二頭狼中陷阱後，首領立刻和妻子一同邁步飛奔。

難以坐視群體嚴重受創，趕去救援同伴——並非奔馳的目的。眼見獵物的注意力被正面和背面的攻勢吸引，牠們想要趁虛而入。唯有牠們在遠處等候，也是為了這個目標。

跑在前頭的妻子抵達小屋，以前腳壓著牆壁。但首領沒有停下來，而是用妻子的背部當踏板，如同昨夜那般，使盡全力跳躍起來。

與長年相伴的妻子聯手，使這次跳躍的飛躍距離、高度都比上次更遠。經過一瞬間的滯空，牠伸出的前腳爪子搆到了攀附處。首領藉此往上爬，整個身軀漂亮地站上小屋屋頂。

雜技才剛成功，牠馬上在簡陋的稻草屋頂上展開行動。找出破損嚴重的部位，鼻頭鑽進快腐爛的稻草束空隙間——昨夜那一戰裡，牠在越過門縫仰望小屋天花板的那一瞬間察覺，這棟房屋的屋頂是比起任何一面牆都更加脆弱的地方。

擠進稻草裡的鼻頭突然不再感覺到阻力——那一剎那，一陣惡寒竄上首領背脊。牠反射性地退後，一道箭矢幾乎同時從剛才牠一頭鑽進的位置飛了出來。

「狼爬上屋頂了！注意頭頂！」

弩弓依然瞄準天花板，雅特麗發出警告。要桌上的光精靈重新點起周照燈，在視野恢復的小屋中，伊庫塔這次終於驚訝得瞪大雙眼。

「不會吧？那可不是動物跳得上去的高度！」

「多半是群體首領搞的鬼。昨晚牠也做出過雜技似的動作！——伊庫塔，拿著弩弓！」

將弩弓塞給少年，雅特麗按住腰際的雙刀。在伊庫塔火速捲弓弦的時候，炎髮少女也直瞪著天花板。

「要進來了——！」

才推開厚實的稻草露出頭，一頭體型龐大的狼在下一瞬間跳進小屋內，還沒著地便撲向伊庫塔。

「疾——！」

雅特麗迅速曳倒少年，使他以毫釐之差躲開來襲的利牙。她瞬間拔出腰際的雙刀，從正面對上咆哮的狼。

「快站起來，但別亂動。如果離開我背後……你大概會死。」

「……嗯，我知道。」

從和炎髮少女近距離對峙的瞬間起，首領直覺領悟到——這傢伙很強。明明是人類卻有一口利牙。

這句評語指的並非對手雙手所握的軍刀和短劍。在更本質的部分，首領看出她小小的身體裡暗藏著深不可測的實力。

隨便挑戰她反而會被擊敗。儘管是不具備武術概念的野獸，牠對這個事實深信不疑。眼前的少女完全沒有破綻，足以令牠如此確信。

地點為狹窄的屋內，對牠來說也是不利因素。面對這種強敵，以敏捷的動作玩弄對手後再進攻是踏實的取勝之道，但這個受限的空間無法讓牠充分到處奔跑。少女似乎也一樣沒辦法隨便動手，雖然改變站立位置逐步逼近，戰況還是停留在互相怒目而視的局面。不過，首領並不對此感到焦急。因為牠知道，時間站在自己這一邊。

小屋正面和背面的牆傳來咬碎木材的啪擦啪擦聲。倖存的同伴們正試圖侵入屋內。

既然兩頭人類困在原地，牠們的目的大概不用多久即可實現。分出勝負的時刻近在眼前，首領在胸中發誓——我要把你們大卸八塊。只有你們的血肉、冒著熱氣的腸子才能平息這股飢火。

正迫不及待地等著同伴衝進屋內的瞬間到來，牠在視野一角瞥見——待在少女背後的少年拉扯了一條從頭頂垂下的繩索。

——？

霎時間，一根橫樑從天花板掉落下來。首領在橫樑眼看即將掉落前在猛然後退沒被打個正著，但兩頭人類趁隙拔腿就跑。

他們跑向一張靠牆放倒的大桌子，桌子側面與上方鋪著木板，是為了因應這種狀況而準備的緊急避難所。兩頭人類衝進唯一的小入口，迅速從裡面蓋上蓋子。

首領晚了一步也跑過去，但兩人或許是從裡頭支起了支撐棒，入口看來沒那麼容易橇開。儘管對獵物的頑強感到傻眼，牠仍冷靜地退後一步，等待同伴們過來會合。

「……幸、幸好做了準備。」

在狹窄的黑暗中，伊庫塔搗著心悸個不停的胸口喃喃地說。

「沒想到會被動物逼到這種境地……擔任首領的那頭狼該不會懂得人話？牠肯定有那麼聰明。博士說不定會想拿去當成樣本。」

「你在沒有餘力的時候就變得饒舌耶。」

「希望妳別冷靜地指出別人的毛病。我要哭了喔。」

「唉，我理解你的心情。老實說我也很害怕。」

少女嘆息吐露心聲，手指描摹擱在手邊的木板。

「剩下的計策只有一個……如果失敗了，真的要陷入絕境。」

「要做的事很簡單，卻需要很大的勇氣……」

「想寫遺書趁現在喔？」

「就算想寫也沒筆啊，而且又沒有紙。話說，我才不會死。萬一死掉也會跑到媽媽那邊顯靈，不需要留遺書。」

「為什麼回答得有點軟弱啊？最後還不經意地加入不科學的內容。」

「我和媽媽之間超越生死的科學性羈絆無庸置疑。以上，證明完畢。」

少年突然改變態度的說詞聽得雅特麗微微發笑——接著，她心中做好堅如鋼鐵的覺悟。

「……放心。哪怕豁出我的性命，我也絕對要讓你活著回去。我好歹是伊格塞姆的後裔。只要抱著同歸於盡的覺悟，四頭狼還解決得掉。」

作為在國家守護者伊格塞姆家族誕生的一人，她堅定不移地告訴少年。可是伊庫塔聽到之後，前所未有地沉下臉回望少女。

「——這算什麼，自殺式攻擊？作戰計畫裡可沒提到過。」

「我是說到了最後關頭，除此之外再也無計可施的時候。比起兩個人一起送命，至少有一人活下來更好。這種程度的道理，你應該明白吧？」

雅特麗以勸戒的口氣說道。這使得少年終於發火，情緒激動地拉高嗓門。

「——不對！目標是兩個人都平安地回去，除此之外的結果全都一樣糟糕透頂！妳連這麼簡單的事情也不懂？那妳就是個笨蛋！笨蛋中的大笨蛋！笨雅特麗！笨蛋～笨蛋～！」

「什——！笨蛋是你才對！為了使損害降到最低限度，有時不是必須做出殘酷的判斷嗎！」

「哈！到了緊要關頭說什麼只要犧牲自己就能解決，那不叫殘酷的判斷，是敷衍的判斷！話說，別擅自扮演起我的監護人！妳明明和我一樣大！」

「你才是像個小孩子在撒潑而已！你從先前的任務裡學到了什麼！」

「那還用說！我從老爸給的任務裡只學到一件事——」

伊庫塔在狹窄的黑暗中摸索著抓住少女的雙肩，傾注全心全意說出下一句話。

「——只要我和妳聯手，無論碰到任何狀況都解決得了，不是嗎！」

那強而有力的宣言，令炎髮少女霎時間啞口無言。沒有放鬆抓住她肩膀的力道，少年繼續強硬地愈說愈激昂。

「答應我，雅特麗。不管如何被逼到絕境，都別企圖獨自戰鬥。我們只有兩個人，想活著回去不可能分散戰力。」

「…………」

「坦白說，狼群非常難纏，我們分頭挑戰肯定也打不贏。所以要兩者合而為一來挑戰。像左手和右手，像左腳和右腳，像左腦和右腦——不是個別的生物，我們要變成在同一意志下行動的一對器官。」

他說著伸出手掌和她的手貼在一起，彷彿在訴說這份聯繫有多重要。

「所以，一方犧牲一方存活是絕不可能的。妳明白嗎。」

雅特麗想不出話反駁。

回過神時，她發現她也這麼期望——想要成為那樣。想相信他的話去戰鬥，一同奪下勝利。從浮現這種念頭的階段起，炎髮少女已同意參與少年指出的可能性。

「……既然話說到這個份上，應該做得出相應的結果吧。」

「那是當然。只要妳無論任何時候，都以有我這隻左手為前提行動就成了。」

伊庫塔信心十足地點點頭。那聲調之暢快，令雅特麗長長吐出一口氣。

「……我為以你監護人自居的態度道歉。現在想想，我和你打從一開始就屬於對等關係。」

這是有生以來第一次——炎髮少女小聲地補充，像要回應眼前的少年般揚起無畏的微笑。

「如果說我是右手，那左手也得做出相稱的動作喔。」

「包在我身上。當成我是慣用手也沒問題。」

縱然看不見彼此的面容，他們非常清楚對方正露出什麼表情。抱著所有懦弱一掃而空的心情，雅特麗希諾·伊格塞姆做好不同於幾分鐘前的覺悟。

「那就是雙手俱利囉——的確，這麼一來完全不覺得會輸啊。」

打破背面的牆壁，屋外的狼群陸續進入小屋。

牠們最初因為不見獵物蹤影感到困惑，但得知首領將獵物趕進眼前的箱子裡後便放心下來，立刻在室內物色起來。狼群在嗅到食物氣味的地方翻找，沒多久即發現儲存的肉乾，異口同聲地發出歡喜的咆哮。

牠們正要按照本能大口咬肉，卻因為太過疏忽被首領凌厲的吼叫聲告誡——好好確認過氣味再吃！受到警告，年輕的同伴們慌忙將鼻頭貼上肉乾。靠氣味區分東西是否是食物是牠們的本能，但人類使用的毒藥未必都散發容易辨別的惡臭。顧及這一點，首領要求同伴們小心為上。

謹慎地嗅過後，也沒聞到奇怪的氣味——當同伴們以眼神表示，首領終於同意。霎時間，狼群爭先恐後地大口撕咬肉乾。背對盡情填飽肚子的牠們，首領吞著口水不為所動。跟同伴們不同，在殺死躲在眼前箱子裡的獵物前，牠不打算疏於戒備。

直到剛才為止還從裡面傳出的說話聲和聲響如今徹底停歇，即使是那兩個頑強的傢伙，說不定也束手無策地認命了——正當首領開始這樣想，小屋外傳來微微的響動。

——？

就在牠錯愕地回過頭那一瞬間，貫穿小屋背面牆壁的破洞被外面豎起的木板堵住。怎麼可能，那兩頭人類明明在箱子裡——儘管陷入混亂，首領仍比其他狼隻更迅速地向堵住退路的木板衝撞過去。

儘管牠使出全力一頭撞上去，依然無法將木板推開。這也無可厚非。由於狼群是挖開土壤咬破木牆腐朽嚴重的部分，洞穴的位置本身便開得很低。外面的人類可以用上整個身體壓住木板，屋內的狼群卻因為姿勢難以使力，只能用前腳和頭部將木板頂回去，而且還只頂得到木板下半段，不管再怎使勁，向量大都轉移到地面上。

被徹底關在屋裡了——首領剛察覺這一點，背後又傳來響動。連小屋正面，狼群挖到一半擱置的牆洞，也被人類毫不疏忽地從外面豎起木板堵上。

看樣子外面最少也有兩頭人類。究竟是為什麼？難道是增援出現？在極度混亂之中，首領忽然想到什麼跑回靠牆擺放的箱子，耳朵貼到箱面上。

沒有聲音。連呼吸聲都聽不見。一確認這一點，牠完全理解了狀況——人類已從箱中打穿牆跑出去，牠們認定兩頭人類還在屋內的想法被利用了。連切下木板的聲響都沒聽到，代表他們昨天晚上就連逃脫路線都準備完畢。

如今內外的關係逆轉，四頭狼全部被關進小屋裡。儘管接二連三的屈辱使牠發出嘶吼，首領還是努力冷靜思考——將牠們關進屋內，獵物究竟有何用意？接下來將發生什麼事？

數秒鐘後，赤紅的火花落入等待著後續發展的首領眼簾。

「燒擊開始！」

向屋頂投擲火種後，雅特麗用整個身體壓住木板在小屋背面大喊。在小屋另一側的伊庫塔也同樣地以全身堵住牆洞。

鼻腔聞到燒焦味，兩人吞了口口水仰望頭頂。對準在久旱不雨期間曬得極度乾燥的稻草屋頂拋去的小火團——以令人莫名覺得可怕的速度延燒開來。

不到幾分鐘之內，屋頂很快地開始塌陷。狼群紛紛發出嚎叫。如今小屋沒有出口，室內卻充滿可供火焰吞噬的可燃物。不管腦筋多遲鈍的狼，都能輕易想像將由此展開的折磨。

野獸們在小屋內瘋狂的躁動越過牆壁傳向伊庫塔和雅特麗。胡亂抓牆的聲響、毫無意義地四處亂竄的腳步聲——兩頭年輕的狼或許連等候首領下判斷的理智都失去了。歇斯底里的嚎叫聲接連不斷地迴盪，不管由誰聽來都僅僅是慘叫。

「執行掃蕩——」

可是，慘劇只不過才剛揭開序幕。看準屋內狂亂狀態抵達頂點的時機，雅特麗取下木板。焦熱地獄唯一的通風口——狼群已經沒有餘力懷疑這是不是陷阱，朝著出口衝過來。

碰巧在附近的年輕狼隻首先抵達，但牆洞大小只夠勉強供一頭狼鑽過去。牠頂開後面趕到的同伴，爭先恐後地一頭鑽進洞口。

「疾——！」

少女手中軍刀的刀鋒刺進那不加防備伸出的頭顱。刺擊穿透眼窩直達腦部，別說反抗，連後退的機會也不給就奪走一頭狼的性命。

「剩下三頭！」

她嘹亮的聲音報告戰果。看見頭鑽在洞裡嚥氣的同伴，正想跟上的狼嚇得停步。既然看見鑽過牆洞者面臨怎樣的命運，牠再也無法往前進。

嗷嗚！自牆洞旁緩緩後退的那頭狼發出尖銳的哀鳴。牠的後腿被弩箭射中，那一箭是伊庫塔從小屋正面窺孔發射的。

「好，勉強射中了……！」

背部重新壓好木板，少年再度拉起弓弦——既然得知無法指望狼群撤退，他們想生還只剩將整群狼全數殲滅一條路走。既然是在了解這一點下投入戰鬥，兩人的行動變得毫不留情。

不久後小屋內煙霧瀰漫，兩人無法再從外頭窺視情況。因為熱流太旺盛，連壓住木板都漸漸變得困難。他們謹慎地不再背靠著牆，拉開約一公尺的距離繼續等候狼群。

「…………」「————」

然而，再怎麼等也沒有狼逃出小屋的跡象。或許已經被濃煙嗆得動彈不得了，伊庫塔心想。火勢從屋頂向下延燒至牆壁，小屋本身燒塌也只是時間的問題，屋內早已成為一片火海。

當兩人緩緩意識到戰鬥的終結之際——突如其來的破碎聲敲打鼓膜。

「「……？」」

既非伊庫塔監視的小屋正面也非雅特麗監視的背面，聲響自建築物正面看來右側的牆壁傳來。兩人立刻衝過去查看，正好發現首領帶頭和另一頭狼一起穿過破裂的牆壁。

兩頭狼毛皮處處燒焦的身影，令他們驚嘆不已——這兩頭野獸在窮途末路的狀況下並未奔向他們準備的假出口，靜靜地等待著火焰破壞小屋結構。愈接近燒塌的瞬間，建築物愈是脆弱。牠們大概忍受著高溫與濃煙直到極限等待機會來臨，看準時機衝撞小屋變形得最厲害的部分，然後漂亮地成功生還。

兩對蘊含極度憎恨的眼睛盯著人類的小孩。感覺到背脊因為那股殺氣泛起雞皮疙瘩，炎髮少女和黑髮少年分別舉起武器。

竟敢下手那麼狠——在千鈞一髮之際成功逃離灼熱地獄的首領滿懷憤怒瞪視眼前的敵人，接著注意力投向背後的小屋。

另一頭同伴——沒有跟在妻子之後逃出的跡象。沒頭沒腦地亂竄大概導致牠吸了更多濃煙，如今也無法再折返伸出援手。未能拯救同胞的悔恨，令首領顫動渾身低吼。

到此為止已有四頭同伴喪生，只剩下牠和妻子兩頭。要說悽慘，再也沒有比這更悽慘的狀況了。不過——牠同時想到。唯有一個幸運之處，便是犯下一切凶行的仇敵正在眼前。

牠們的殺機已超越最初充飢的目的，經過最大限度的純粹化。因此——兩頭狼甚至沒發出威嚇的咆哮就衝出去獵殺各自的獵物。

「哇哇……！」

妻子迅速地追向轉身逃跑的黑髮人類。側眼看著牠的背影，首領自己一動也不動地和紅髮人類對峙。既然不可能選擇背對這個強敵，夫妻的分工從一開始便決定了。

擺開架式的少女手中的雙刀刀鋒對準了牠。為了閃避刀鋒並咬中對手的脖子，首領四足猛踏地面。

「哈啊！哈啊……！很好，追過來了……！」

抱著弩弓逃跑的少年背後跟著一頭狼。儘管嚴重地感受到殺機的壓力，伊庫塔從口袋中掏出一個胡桃大小的物體放進口中，全速衝刺繞到熊熊燃燒的小屋背面。

若是打算擺脫追逐，這樣的抵抗太過脆弱。小孩和成年狼隻的腳程相差太遠，結果不出所料，跑不到十公尺雙方便拉近距離。

「……嗚哇！」

當少年感覺到狼的呼吸近在咫尺，猛然回頭的瞬間——狼飛撲而來，前腳轉瞬間就按倒他的身軀。面對野生的敏捷和力量，人類的小孩實在過於無力。

狼燃燒著殺機的雙眸俯望伊庫塔，緩緩張開嘴巴。在牠連同喪生同伴的遺憾一起張口咬下仇敵——的前一刻，少年咬破口中的容器，對準狼的鼻頭吹了過去。

「咕喔？」

制伏少年的狼宛如鼻子重重挨了一擊般猛然退後。趁這個空檔，同樣被刺激物嗆到的伊庫塔緩緩站起來。他剛才吹出了含在口中的辛香料粉末。對於嗅覺特別發達的狼而言，這種攻擊效果極佳。

「咳咳……！實、實在沒招數可用了……！」

爭取到的時間僅有短短數秒。伊庫塔沒錯過機會，撿起掉落的武器拔腿就跑。他穿越小屋背面，依反時針方向繞至建築物側面。

他繞過轉角後先行轉身，將弩弓瞄準繼續追來的對手做牽制。防備著射擊的狼慌忙退後。藉此又爭取到幾秒，他終於繞行小屋一圈抵達起跑地點。

「匯合戰力，雅特麗——！」

伊庫塔向正和首領對峙的炎髮少女爆出一聲大喊。

聽見少年自背後傳來迴響四周的吶喊，首領剎那間感到一陣如心臟凍結般的戰慄。為什麼那傢伙回來了！既然那傢伙沒事，那妻子怎麼樣了？難道、難道連牠也——！

「疾——！」

對峙中的少女沒有錯過恐懼與動搖產生的破綻，發動攻勢。分神擔憂妻子安危的首領反應慢了一拍——這一瞬間決定了牠的命運。

剛抽身躲避斬擊，牠的右前腳的關節掠過一股灼熱感，身體霎時間失去平衡歪倒——還來不及發現原因，炎髮少女已從牠身旁穿越而過。

——！

首領愕然地回過頭，只見兩頭人類像是事先約好一般背靠背站在一塊。目睹這一幕的瞬間，牠胸中充滿了難以表達的絕望。晚一步折返的妻子，面對敵人的威攝也不得不停步。

被兩頭人類所散發的堅定鬥志壓倒，首領戰戰兢兢地俯望身軀——右腳少了半截。牠失去了支撐體重的一條腿。鮮血不斷從傷口切面滴落，染紅乾涸的大地。

臉孔因劇痛而扭曲，首領調回目光，看見炎髮少女和黑髮少年依然兩個像是一對那般站在那裡。

……不，或許打從一開始便是這樣。很諷刺的，首領正確地理解到自己被砍下前腳的理由。

相對於企圖兩頭分開戰鬥的牠和妻子，這兩頭人類乍看之下像是分別行動，實際上卻以彼此的存在為前提聯手合作。在黑髮少年被妻子追著跑開後，炎髮少女依然相信另一半會回來，持續等著他。

不——首領訂正。如今想想，少年從一開始就沒逃跑過。只要甩開妻子繞行小屋一圈，那一瞬間將形成和牠二對一的狀況。少年為此而行動，少女則察覺他的意圖等待時機。想必是這樣吧。

首領沒辦法做到和他們相同的事。當原以為已經逃走的少年回來大喊時，牠剎那間擔心起妻子的安全。不是信任並等候她，而是想著要趕到她身邊。面對前所未有的強敵，牠卻犯下除了戰鬥之外心有旁騖的愚蠢錯誤。

沒有錯過破綻，炎髮少女奪走了牠一條腿。傷勢令牠光是勉強站立已很吃力，再也無法指望行動敏捷——然而，連這個傷都不是關鍵一擊。在不同層面上，牠的鬥志已然受挫。

相信另一半的他們，和無法完全信任的自己。兩頭人類的強大與堅定不移的羈絆，令首領絕望。牠不得不承認，那種存在方式更勝於牠和妻子的關係。

——我們打不贏這一對。

從認輸的瞬間起，首領再也支撐不下去，雙眼失去鬥志的光芒。

當繞過小屋一圈的伊庫塔成功和雅特麗會合，與兩頭狼的戰況再度陷入膠著時，出乎每一方意料的存在闖進戰場。

——汪！

那是一頭幼狼。年紀才剛剛斷奶，體型和中型犬差不多，多半是發現雙親有危險衝出來的。看著幼狼發出尖銳的叫聲果敢地威嚇他們，少年和少女皺起眉頭。

「……這應該視為增援嗎？」

「……的確，如果我單獨跟牠扭打，說不定會輸啦。」

無視於猶豫該如何判斷的兩人，失去一邊前腳的首領搖晃不穩地走向幼狼。牠挺身擋在愛子前方，以眼神向站在對側的妻子示意後，重新轉向兩個人類。

「————」

雅特麗與首領互相對望幾秒鐘——看出牠眼神裡的意思，少女嘆息一聲放下雙刀。

「好像結束了。」

「咦？」

伊庫塔還來不及愣住，首領便仰天嚎叫，幾頭狼以此為信號同時轉身。

母狼緊緊地依偎在斷腿的丈夫右側，孩子則用鼻頭磨蹭首領的左側胸口。三頭狼親暱關懷彼此，互相扶持著往西方而去。

——嗷喔喔喔。

首領的嚎叫聲在迎接清晨的熱帶大地上傳得很遠很遠。伊庫塔和雅特麗沉默地目送牠們的身影翻越山丘消失。兩人並肩而立，一直望著、一直望著——

「太好了。你們也平安無事。」

雅特麗抱起邁著小短腿搖搖擺擺走過來的水精靈和光精靈，安心地鬆了口氣。放火燒小屋之前，精靈已從事先鑿好的小逃生口逃到外頭。他們的「魂石」能夠承受相當高的溫度，但盼望精靈連肉體也平安無事是另一種問題。

「唉～雖然知道，但這樣子是沒法挽救了。」

伊庫塔在熊熊燃燒的小屋前聳聳肩說道。吞噬掉所有瀕臨腐朽的建材和屋內的可燃物，小屋竄起的火勢猛烈至極。沒有水和用具的狀態下，兩個小孩什麼也做不了。雅特麗也在他身旁輕輕頷首。

「雖說是不得已，我們燒掉了一座軍事設施……該怎麼向巴達上將和科學家們道歉才好？」

「我和妳明明都平安無事，沒什麼需要道歉的吧。這裡本來就是快變成廢墟的破爛小屋，剛好趁這個機會改建。」

少年以毫不愧疚的口吻斬釘截鐵地說，然後轉而望向黎明的地平線。

「——好了。我想巴靖哥他們也看見了這股煙，大概再過不久就會過來接我們。」

伊庫塔邊說邊摸索全身的口袋，掏出一片肉乾撕成兩半，一半遞給雅特麗。

「來，一人一半。其他全被燒掉了，這是最後一片。吃的時候好好品嚐。」

少女接過肉乾後，兩人不約而同地背靠背原地坐下，各自將肉乾送到嘴邊。

「……那幾頭狼往後會怎麼樣呢？」

「群體幾乎潰滅。首領也身受重傷，我看八成前途多難。」

伊庫塔坦率地說出想法，雅特麗聽到後直盯著手中的肉乾。

「感覺好像在吃牠們的肉。」

「嗯。我也有同樣的想法。」

少年說完後仔細地品嚐口中的肉乾，接著吞嚥下去。

「吶，雅特麗。我覺得妳既然能夠想像到這一點，果然還是有從軍之外的生活方式可選。」

「…………」

「不必急著回答，試著慢慢考慮吧。只是記住我今天曾說過這番話也可以。和如此強烈的回憶組合在一塊，以後絕對忘不了吧？」

伊庫塔斜眼看著熊熊燃燒的小屋笑著說。因為他的說法太可笑，炎髮少女環顧周遭一圈揚起嘴角。

「的確，看來再怎麼想遺忘也忘不了——」

後來，兩人和看見濃煙趕來的科學家一行人會合，斜眼對著燃燒殆盡的小屋殘骸說明事情經過。兩人的英勇事蹟令巴靖和奈茲納等人大吃一驚，但因為滯留當地所需的設備大都燒毀，他們完全沒達成一開始的環境調查目的就全體返回基地。

科學家們都對自己粗心大意的行動害得兩個孩子遇險的事實深感自責，巴達聽到報告後也說「是我思慮不周」，對自己太欠缺考慮感到慚愧。接下來有好一陣子，他們都在苦思如何設定放任和不負責任的界線。

然而成人們的道歉，反倒使伊庫塔和雅特麗憤慨不已。憑自力脫離絕境生還的事實，對他們來說是值得驕傲的勳章。「與其道歉，不如誇獎我們。」伊庫塔這麼說了出來，雅特麗也用表情傳達相同的心情。

結果，狼群襲擊事件成為雅特麗遊學的最高潮。接下來的日子沒發生什麼大風波平靜地過去，不久後，三個月的長住期限迎向終點。大家舉辦了一場充滿各種巧思，一點也不簡單的歡送會後，炎髮少女準備和許多人道別，由大家送行離開。

「今天我要回家了。感謝您長久以來的照顧。」

晨光自面向東方的窗戶射入屋內。在司令官辦公室裡，雅特麗站在握著畫筆而立的房間主人面前說道。巴達霎時間露出一臉訝異之色，目光從畫布轉向少女。

「回家……？小雅特麗，妳不是我家的孩子嗎？」

「再繼續待下去，我也快產生錯覺了，所以要趁現在回去。」

雅特麗已十分習慣對方裝傻的模式，毫不費勁地自然回應。巴達直盯著她，不禁大大地嘆息一聲。

「真可惜～……難得妳才變得柔軟靈活起來的。」

他打從心底感到遺憾地呢喃。炎髮少女回以微笑，目光投向對方眼前的畫布。

「您的興趣是繪畫嗎？」

「不熟練的業餘愛好罷了。本來以為能趕在今天畫完，可惜時限到了。」

他說著將畫筆放在旁邊的工作桌上。那幅四人站在一塊的人物畫，在現階段還分辨不出誰是誰。

直到完工為止，似乎還有許多工程要做。

雅特麗的視線自畫布轉回對方身上，猶豫一會後毅然開口。

「我可以問一個問題嗎？巴達叔叔想從這次的遊學得到什麼樣的意義？」

「嗯？那當然是想把索爾的女兒教成壞孩子，讓他看到回家後的妳驚訝得瞠目結舌啊。不過，妳是比我想像中更乖巧的好孩子，遠比預料中更加棘手，我的陰謀花費三個月的時間還只進行到一半。」

巴達聳聳肩嘆息。炎髮少女筆直地回望那雙黑眸，繼續問道。

「叔叔——發現了伊庫塔的才能吧。」

「有個自大的兒子真傷腦筋。年紀才那麼大，腦筋太好也是個問題。」

「您無意將他培養成軍人，繼承您的事業嗎？」

她拋出關鍵問題。聽到她如此發問，巴達錯愕地歪歪頭。

「為什麼？不必刻意進入這樣的世界，其他快樂的生活方式不是多得很嗎？無論科學家或冒險家，那孩子只要去做他想做的事就行了。這句話也完全可以套用在妳身上啊，小雅特麗。」

依序望著桌上的畫筆和眼前的畫布，男子自嘲地彎起嘴角。

「我沒能選擇那樣的生活方式。明明想拿著畫筆度日，回過神時卻不知從何時起握著武器生活了……既然要活，妳不覺得被才能和家世擺布的人生很無聊嗎？不受那些因素束縛，一心一意追求自己心之所向的目標，和重要的人一起生活——未來無論有什麼樣的結果等在前方，我認為這都是最棒的路。」

對自己未能獲得的自由懷抱的憧憬，便是他的回答。露出如太陽般強而有力的笑容，巴達・桑克雷賜予眼前的少女光芒。

「記住一件事吧，小雅特麗。在我的主張中，唯獨這一點絕不退讓。

——所有的孩子，都有作夢的權利。」

她走出建築物時，正好遇見一名女性要進門。那人擁有直順光滑黑髮與近乎透明的白皙肌膚，雙眸蘊含溫柔的光芒，一見到絕不會錯認。

「優嘉阿姨。」

少女親近地呼喚。看見她打理好行裝的模樣，桑克雷家的母親寂寞地垂下眼眸。

「雅特麗——妳真的、要走了。」

「……是的。長久以來，真的受您關照——」

沒讓她再說下去，優嘉彎下腰緊緊擁抱少女。

「我還是……不讓、妳走。妳是我家的女兒。已經是……我家的孩子。」

優嘉在少女耳畔呢喃，環抱她背部的手加重力道。閉上眼睛接受擁抱，少女悄然開口：

「——阿姨，您想必也知道，我不記得親生母親的臉。」

「…………」

「據說她在我出生後沒多久——我滿兩歲之前去世了。即使過去身體健康，如果產後恢復不佳有時也會發生這種事。從此，我在父親身邊養育長大。雖然有奶媽，但因為父親的教育方針，她並未扮演母親的角色。試著想想——我好像長久以來都不知道母親是什麼。」

滑順的長髮輕觸少女的臉頰。淡淡的甜美香味，引發理應不屬於她自己的鄉愁。

「這次遊學，讓我認識到何謂母親……溫暖、柔暖、像要包容一切般溫柔，讓人想一直停留在其中，宛如陽光般的女性。」

彷彿被擁抱的胸口傳來的暖意融化了心靈，雅特麗提出第一個也最後一個任性要求。

「最後，我有一個請求。您可以——摸摸我的頭嗎？」

母親微笑著實現女兒小小的央求。纖細柔軟的指尖緩緩地從頭撫摸到頸脖、從頸脖再到臉頰，炎髮少女將那些觸感牢牢記在心中。

「謝謝，優嘉阿姨。我會一直……記住這份溫暖。」

漫長的擁抱分開時，兩人再一次用力抱住對方。

雅特麗一直走到基地東端，發現那座製造彩虹的拱門還在原地。這是為了歡迎她而建造的，但大家好像打算當成本地名勝保留下來。回憶著白衣科學家們無邪的笑容，她揚起嘴角往前走。

「我知道你在那裡。」

當少女這麼宣言，一聲嘆息之後，伊庫塔從拱門邊陰影處走了出來。

「我覺得沒必要告別。反正我們還會再見面吧？」

「下次不知道什麼時候才能再來這裡，我也是很忙碌的。」

「就算如此也是一樣。我說過了吧，我和妳是二者為一。」

不帶一點寂寞，少年以充滿信心的神情說道。愉快地接受這個說法，雅特麗也露出同樣的表情回望對方。

「下次見面時，我可不許你變得比現在還瘦弱喔。」

「別瞧不起我，我怎麼會令妳失望。」

伊庫塔挺起胸膛說道，向她舉起右手。雅特麗也回應他的動作，兩人同時揮動手臂。啪！交疊的掌心傳來清脆的聲響後分開。

「我會期待的——回頭見，伊庫塔。」

「好好期待著——回頭見，雅特麗。」

沒有更多的交談，兩人僅僅分享著重逢的意志，往反方向分頭離去。

在遊學結束，雅特麗回到伊格塞姆家的幾個月後。

回歸日常生活度過忙碌每一天的少女接獲一個消息。

「——咦？」

某一天的晨間鍛鍊後，父親如此告訴女兒。

帝國陸軍上將巴達‧桑克雷因無視敕令調遣部隊，被視為戰犯懲處——

「這怎麼可能……」

一定是誤會，雅特麗最初心想。然而，不顧她的混亂，狀況像滾下坡道的石頭般不斷惡化。

不等審判結束，巴達在重重謎團之下死於獄中。連詳細死因都沒公開，失去首領的旭日團分崩離析——同時，桑克雷一家剩下的兩人也下落不明。

「——為什麼——」

無論再怎麼焦急、再怎麼想要拯救那對母子，少女什麼也辦不到。

重重交錯的謎團漩渦中，雅特麗只能不斷受到激烈的疑問折磨。

「——為什麼？父親——！」

縱使反覆問上數百次、數千次，回答都只有鋼鐵般的沉默。

逮捕被認定犯下大逆罪的巴達的人，正是她父親索爾維納雷斯‧伊格塞姆。

第三章

Alderamin on the Sky

永別

一睜開眼睛，視野感覺格外的清晰。光是這樣便讓伊庫塔切身感受到休息的效果，從床上坐了起來。

「……嗯……」

他望向身邊，金髮少女正安穩地發出均勻的鼻息聲。那安祥的睡臉看得少年揚起嘴角，拿起枕邊的懷表——早上七點。就寢時是下午三點，儘管沒到整整一天，他也結結實實睡了十六小時。

「……很好。」

伊庫塔輕輕拍打雙頰讓自己完全清醒過來，下了床重新穿回掛在椅背上的上衣，將搭檔庫斯收進腰包。然後他猶豫了一會，對公主呼喚。

「公主、公主，早上了。」

「……嗯……嗯？」

她緩緩地睜開眼，睡眼惺忪的雙眸花了些時間緩緩聚焦。

首先是黑髮少年，接著轉向帳篷頂，然後換到身軀底下的床鋪，最後看清穿著睡衣的自己時，公主一口氣面紅耳赤地在床鋪上退後——結果動作太大摔下了床。

「啊嗚……！」

「哎呀，沒事吧？妳是剛起床會睡迷糊的類型來著？」

伊庫塔走向她笑著伸出手。被他拉起來的夏米優殿下越發滿臉紅暈地一語不發。

「既然充分休息過，我要回到崗位上了。公主呢？部隊沒有要正式轉移，想再睡一會也沒問題。」

「……我也要起來。感覺睡了很久，現在幾點？」

「早上七點。我們都奢侈地睡了一覺。」

少年一邊回答，一邊雙手叉腰向後仰。呆呆地望著他的樣子，公主忽然想起炎髮少女。

「……不知道雅特麗有好好睡覺嗎？」

「大概不會比我更輕鬆。約倫札夫．伊格塞姆負傷後，擔子應該轉移到她身上。」

沒有修飾言詞，伊庫塔直接地回答。少女還來不及沮喪，他便拍拍她的背。

「來，快點換好衣服走吧。差不多該結束這場愚蠢的內亂了。」

記取上次的教訓，伊庫塔這次選擇獨自和敵人對決。將夏米優殿下託付給騎士團的同伴們，從部下中挑出六名護衛，少年再度走進黑暗底層。

「久等了，狐狸。」

當伊庫塔開口，托里斯奈照老樣子露出面具般的笑容。儘管多日不曾見過陽光，他從旁看來絲毫沒有衰弱的跡象。

「哎呀，今天是你一個人過來？第三公主殿下怎麼了？」

「我不打算再帶她過來。因為這裡有傢伙會散發對兒童教育有害的毒素。」

「呵呵，這可真是……不過，你忘了這場集會是皇室會議嗎？皇族不在場議事就無從進展，變成得不到任何成果的無益集會。」

「隨你愛怎麼說。什麼無益，被你的步調牽著鼻子走才是最無益的。所以這樣子才好。什麼皇室會議，這種可笑的玩意打從一開始就只有你一個人在講。」

斷然捨棄先前的對話走向，少年冷冷地俯望眼前的狐狸。

「在皇位繼承這件事上，我不會再理會你的胡說八道。我沒有理由在這個場合討論這個問題。現在需要的，是足以結束軍事政變的因素——簡單的說，正是你和皇帝。不必討論皇位的將來，皇帝正在此處。」

「請重新慎重考慮。如你所見，依當今陛下的病況隨時都可能駕崩。一旦在這場皇室會議尚未協商出結果時發生，那只得依照既往的繼承順位，由第一皇子登基擔任下一任皇帝。現在你手邊只有第三公主，眼睜睜將勝利讓給其他勢力也無所謂嗎？」

「是嗎？我唯一能斷言的，是你自己無法扣下扳機。既然你用帝國宰相和大司教神官職兩者的地位來說服貼身精靈，皇帝的存在應該是你維持自保不可或缺的要素。一旦皇帝死亡，你作為代理人的地位也將確實受到打擊。因此，由你親自殺害皇帝可以說是不可能發生的。」

「由我親手加害陛下……不必你指出這些，我也沒有半點這樣的意圖。我所憂心的純粹是陛下的病情。面對侵蝕玉體的疾病，我瘦弱的雙手實在太過無力……」

「如果真的是生病，我想是吧。」

打斷對手話頭，少年從鼻子裡哼了一聲。

「皇帝的症狀不是病，而是你長年對他下藥的結果吧。」

「你究竟有何依據，提出這種毫無根據的懷疑？」

「依據就是你工於心計。說起來，皇帝的病情不在你的操控下才奇怪。絕代佞臣托里斯奈．伊桑馬不可能在這種狀況下拿一個不知何時會病死的人當成自保的支柱。為了保護自己，你必須讓皇帝存活，這一點到現在也一樣。不對嗎？」

「唔……我以奇妙的形式受到信賴啊。」

「只要診治皇帝事情應該會更加清楚。我多少具備一些藥物中毒症狀的相關知識，同伴中也有人是看護學校畢業的。順利的話，說不定還能查明所用的藥物……怎麼樣？托里斯奈。既然你是清白的，能同意我們診察嗎？」

「想都別想。不是御醫的人，怎有資格觸碰陛下玉體。」

狐狸誇張地聳聳肩。伊庫塔像要蓋過他的回答般拉高嗓門喊道。

「聽著，貼身精靈！將皇帝害成這副德性的正是托里斯奈．伊桑馬本人！他毒害君主並將之當成傀儡操縱，隨心所欲地扭曲國政！保護這傢伙無法拯救國民！只會招來導致更多人不幸的結果！」

聽到他大聲點名，床鋪上的貼身精靈動了動。托里斯奈悠然地擋在精靈前方，依然面帶笑容地搖搖頭。

「請別這麼做。貼身精靈等同於當今陛下玉體的一部分，我不記得曾經允許你對陛下直接發言。」

「真對不起，我教養不好。」

將對顯貴的禮節當成路旁小石般不屑一顧，少年淡淡地繼續道。他並不覺得說服貼身精靈有那麼簡單。從他一直旁觀托里斯奈種種蠻行的事實即可知曉，精靈的思維具備獨特的忠實與笨拙。他或許是在明白與複雜的政治與倫理上的正確答案未必相同的前提下，刻意選擇保持距離的立場——伊庫塔如此推測貼身精靈現在的狀態。

「無論如何，要攻破這道防線看來得花一番時間，那就等情勢安定後再慢慢來。現在我們將靜靜等待與雷米翁派會合。即使不頒發敕令、不傳播玉音放送，只要掌握你和皇帝，我們的優勢就穩如泰山。不對嗎？狐狸。」

伊庫塔有力的目光直射狐狸的臉龐。依然掛著面具般的笑容，托里斯奈回應。

「為何你能斷言雷米翁派會前來此地？」

「……什麼？」

「我換個說法。你認為雷米翁派為何尚未前來此地？」

少年沒有回答。欣喜於那份沉默，狐狸如歌唱般地告訴他。

「答案很單純。因為有人叛離。有一部分搜索隊背叛並繞至後方，擾亂補給及傳令工作，因此他們目前難以行動自如。」

「說得好像你親眼看見似的。雷米翁派抱著背水一戰的覺悟發起軍事政變，事到如今居然冒出叛徒？假使真是如此，為什麼你會——」

反駁到一半，伊庫塔的嘴角僵住。看穿對方已然察覺，托里斯奈加深笑意。

「我在事前便知道將發生軍事政變。答案和那個理由一樣。」

透過這個答覆理解所有狀況，少年握緊雙拳。

「……皇室直屬祕密諜報部隊嗎……！」

「你知道？沒錯，那是我能夠個人專斷並暗中調派的唯一武裝勢力。從前只不過是寥寥數人組成的內庭暗探，但他們獲准伴隨在當今陛下身旁，因此我努力擴充並有效地活用了這個組織。要說結果……也算不上，但讓我比普通人得知更多關於帝國軍的內情。」

伊庫塔咂嘴。我派了間諜潛伏在本國的軍隊裡——狐狸言下之意如此。說歸這麼說，這事情本身並不稀奇，也在少年的預想範圍內。問題在於他誤判了投入的人員規模。

「他們也有不少人混進雷米翁派的搜索隊裡，是我打從之前便安排好的。愈以團結自豪的集團，碰到來自內部出乎意料的背叛就愈脆弱。以干擾後方使得進軍停滯為最低條件——我期待部下們交出更高的成果。」

「……真虧你把這麼多人一起拖下水，加入你可笑的企圖。」

「關於這個，不管在哪個時代，都有不少皇室的熱情信徒。將他們教育成無敵的精兵真的很簡單，帝國有多了不起、皇帝陛下有多偉大、皇室有多神聖不可侵犯——僅僅給予這些悅耳的情報，遮蔽除此以外的一切就行了。同樣的灌輸持續兩年，在任何人看來都很優秀的皇室機要主義者即告完成。」

「實行軍事政變計畫時，雷米翁上將應該對組織徹底進行過內部調查。你口中的優秀機要主義者，真有可能人數眾多地逃過檢查網？」

「只要派人混進拿補網的那一方就簡單得很。不過為了以期萬全，我送出了幾個犧牲品。雷米翁上將還以為這樣便清理完畢，真是個老實人。」

狐狸低聲竊笑。伊庫塔勉強將想動手勒住他脖子的衝動克制下來。

「再補充一點，在目前這個你們比另外兩方勢力搶先抵達此地的模式中，我只命令部下妨礙雷米翁派。我在伊格塞姆派也安排了潛入者，但現階段什麼也沒做。你明白這句話的意思嗎？」

少年不可能聽不懂。察覺對手意會過來，托里斯奈高聲告訴他。

「沒錯，將抵達此地的並非雷米翁派搜索隊。伊格塞姆派的軍隊將遠比被絆住的他們更快蜂擁而來！」

就像眼前滿心期待的劇目即將開演的觀眾，托里斯奈的臉龐迸出光采。感情溫度反過來落至冰點以下的伊庫塔聲調低沉地反擊。

「……那又怎樣。就算伊格塞姆追上來，皇帝在我們手中的事實依然不變。只是調整商談的順序而已。」

「沒錯。因此，我要剝奪你周旋的餘地。」

狐狸斬釘截鐵地宣言後轉過身，目光投向床鋪上的貼身精靈。

「——敕令到！」

＊

傳遍四周的吶喊令士兵們停下步伐。朝隔離村落不斷南下的伊格塞姆派搜索隊成員面對突如其來的狀況難掩驚訝之色，聆聽透過眾精靈之口傳遞的至尊旨意。

「——敕令到！」

「——受卡托瓦納帝國皇帝阿爾夏庫爾特．奇朵拉．卡托沃瑪尼尼克委託的宰相托里斯奈．伊桑馬在此發布至上命令。擔負帝國軍正統之人啊，若汝等對職責懷抱自負，便懲辦在達夫瑪州南方與世隔絕的荒村脅迫朕的逆賊。誅殺那一夥意圖侵犯皇室大權的罪孽深重者。

那些傢伙的無法無天與傲慢不可饒恕。哪怕逆賊企圖以朕的性命當擋箭牌，汝等亦要保衛皇室九百年的威信。朕已覺悟自身的命運將在此終結。因而從此日此刻起，汝等遵奉的皇族為朕的繼任皇帝。下一代託付給血緣相連的孩子，朕之精魂將在主神身畔永遠照看汝等。」

在隊伍中段負責整體指揮的炎髮少女臉色一沉。玉音放送繼續從她的搭檔西亞口中播放。

「不遵從此命令者，亦為叛軍。為屈服於逆賊蠻行的不忠不義忘恩負義之輩。若非如此，就討伐

敵人。無需顧慮朕，傾全力挫敗叛賊的反意。須知唯獨如此才是唯一絕對的大義。

重複一次。受卡托瓦納帝國皇帝阿爾夏庫爾特・奇朵拉・卡托沃瑪尼尼克委託的宰相托里斯奈・伊桑馬在此發布至上——」

＊

「——你這、混蛋……」

伊庫塔憤怒得渾身顫抖。托里斯奈歡喜地轉向他。

「我給了伊格塞姆派大義和機會。討伐你們便是政府軍，不動手則是叛軍。好了，怎麼樣？——你認為在這種狀況下他們還會答應協商嗎？」

「……別開玩笑了。事到如今，誰會把內容配合你的方便變個不停的敕命當真？叫我們討伐伊格塞姆派，叫伊格塞姆派討伐我們，想逼人自相殘殺的意圖顯而易見！」

「你當然不會聽從。雷米翁派大概也一樣。但伊格塞姆派不同，他們就是一直以來都服從敕命的人。試著想像看看——遭叛亂勢力囚禁的皇帝不顧自身安危要求他們討伐叛賊。命令他們比起顧及皇帝自己的一條命，更要保衛帝國的威信。這種姿態正是君主的楷模。不服從還談什麼盡忠之道！」

狐狸毫不猶豫地斷言。拒絕接受這個說法，少年頑固地搖頭。

「如果真心想保衛國家，當務之急應該是重新統合國內勢力！在這裡殲滅我們將造成戰力的絕對值減少，結果失去對抗齊歐卡侵略的力量。即使是伊格塞姆派當然也明白這一點！」

「那我得說你估計有誤。首先，你帶來達夫瑪州兵力頂多三千左右。畢竟軍事政變主戰場在中央，主力非得留在那裡不可。因此若將你們全數殲滅，國內戰力的損失最多為三千人。不是無法看成必要犧牲接受的數字。」

「別說蠢話了！發生戰鬥雙方都會有傷亡，不但無法保證傷亡數字在可接受範圍內，而且唯獨這一次，失去的不只是士兵們的性命，還有時間。距離齊歐卡入侵的時限，時間所剩無幾！」

「這兩者不都是只要迅速除掉你就能解決的問題嗎？」

托里斯奈若無其事地宣言。伊庫塔的表情一下子扭曲起來。

「任誰都可以一眼看出，重生『旭日團』是因為你的存在而成立。一旦你死亡，這個軍團必然將喪失許多東西。戰略構想、人望、士氣——甚至是戰鬥的理由。當伊格塞姆要求失去這一切走投無路的士兵們歸順，他們除了接受也沒別條路可走——所以，除掉你才是邁向勝利的捷徑。」

「輕易被收拾掉叫我怎麼受得了！我們的韌性在北域已獲得證明，只要有三千兵力，管他幾個月的持久戰我都會打下去！伊格塞姆派應該至少也知道這一點！」

「沒錯——正是因為知道。只要有熟知你思路的名將在，就算對手是你，也可以預期在開戰後早早攻克。幸運的是，伊格塞姆派豈非正好有全世界唯一得以實現此事的人才？」

彷彿被他的指摘擊穿胸膛，少年停止呼吸。狐狸毫不留情地往下說。

「在不遠的將來，她父親想必會這麼命令雅特麗希諾．伊格塞姆。以妳指揮下所有兵力，迅速討伐逆賊伊庫塔．桑克雷——！」

伊庫塔雙眼圓睜，眼中浮現從未表露的感情動搖。看那反應，托里斯奈將笑容加深至極限。

「呼、呼呼呼呼呼——你臉色發白了。連兩千萬國民被當作人質都不為所動的你，現在無從遮掩地血色全失。和她交手有那麼可怕嗎？和過去最大的盟友為敵有那麼可怕嗎！」

少年無法反駁。旁人甚至無從想像，他面對這個狀況感受到的恐懼有多深。被超乎狐狸期待的衝擊撼動心靈，伊庫塔不寒而慄。

「如今雷米翁派陷入功能失調狀態，達夫瑪州的最大勢力無疑是伊格塞姆派。就算把至今的損耗納入考量，若召集州內外的士兵，最終可動員兵力將達到五千。再重複一次，部隊由那個雅特麗希諾．伊格塞姆指揮——怎麼樣？這些事實為前提，你還有辦法和剛才一樣誇下海口嗎？管他幾個月的持久戰都會打下去？」

「…………！」

「為此歡喜吧。你只能選擇一戰。除了用盡所有智謀擊退挾我軍兩倍戰力蜂擁而至的伊格塞姆派攻勢之外，別無他法。這一戰將在真正意義上成為占卜帝國未來的決戰。當戰爭獲勝之時，你們將名副其實地取代伊格塞姆派成為帝國軍正統！」

佞臣高聲歌詠，其雙眼散發無從掩飾的瘋狂光芒，托里斯奈．伊桑馬逼迫眼前的少年投入鬥爭。

「你在猶豫什麼？只要討伐對手就能接近勝利，對你來說也一樣。不必遲疑，動手吧。就算四千或五千具屍體堆積如山那又如何？只要你當上軍隊首腦，要怎麼反擊都可能實現。就算防守不住的領土暫時被奪走，之後再收復就行了。憑伊庫塔．桑克雷的神機妙算，易如反掌！」

催促他互相殘殺的台詞自狐狸肺腑深處源源不絕地湧出。每一句話都帶著糾纏不放的不快感，令伊庫塔顫抖著肩膀往後退。

「最重要的是，你本身也有討伐伊格塞姆的理由——吶，你沒有忘記吧？從前伊格塞姆對你下過什麼毒手，因此失去雙親的遭遇、對於已逝過往的哀嘆！你並未全部當成沒發生過吧！」

那句話跨越了最後一道界線。察覺自己達到極限無法再對峙下去，少年轉身就走。托里斯奈的聲音繼續追逐他快步離去的背影。

「這是福音。伊庫塔．桑克雷。接受者將直升青雲，拒絕者只能匍匐於地。」

為了不再讓任何一句話傳入耳中，伊庫塔一次跨兩階地衝上樓梯。即使跑得那麼急，聲音依然直到最後都在追趕他。

「弄清楚這一點——千萬不要犯下和你父親相同的錯誤。」

＊

「雅……雅特麗希諾中校，剛剛的敕令……」

雅特麗過去的長官，如今擔任輔佐的努達卡．梅格少校表情痙攣地看著她。在部下們的注目下，炎髮少女冷靜地搖搖頭。

「……別慌張。是否要遵從尚未定論，根據規定，如果敕令在受人強制或恐嚇的情況下發布便不具效力。」

雅特麗寬解動搖的少校。即使剛收到爆炸性的重磅消息，她敏銳的理智依然堅定不移。

「剛剛的敕令是否屬於這個範圍，要由元帥閣下而非我們做判斷。如今皇帝陛下估計很可能落入其他勢力手中，集結此地所有兵力發動決戰，在展開搜索前受命的『必要戰鬥』的定義之外。只要上層沒下達與這個基準相左的命令，我們的行動原則沒有任何改變。」

她如此斷言，望向目的地的反方向——大本營所在的北方。

「派快馬全速趕往飢餓城，傳令兵最短也要四天後才回來。在那之前必須追上『旭日團』的搜索隊——繼續進軍吧。」

看見擔任總指揮的她穩如泰山，士兵們的慌亂也暫時平息。中斷的行軍重新展開，整然有序的隊伍開始南下。

可是——就在出發前，梅格少校追上走在前頭的炎髮背影，壓低音量悄悄地說。

「中校，我可以問一個問題嗎？」

「什麼？梅格少校。」

目光沒轉向他，雅特麗僅以側臉回應。梅格少校猶豫了一下後問道。

「收到方才的敕令，您認為元帥閣下……令尊會如何判斷？」

他隔了許久才聽到回答。炎髮少女謹慎地斟酌言詞答覆道。

「……如果敕命內容對叛亂勢力有利，父親將毫不猶豫地忽視。然而，剛才的內容並非如此，反倒可以說在替我們撐腰。另一方面，當中也包含聽命即政府軍、不從則是叛軍的露骨威脅。剝奪我們的選擇餘地，逼我們自相殘殺——多半是托里斯奈·伊桑馬的意圖。」

「…………！」

「父親應該同樣明白這一點，也理解聽從敕命就中了宰相的陰謀，決戰也將造成龐大的傷亡人數……儘管如此，他應該還是相當苦惱。從正規軍的立場來看，『旭日團』只不過是一介叛亂勢力，而皇帝陛下正在他們手中。雖然不甘心，在這種狀況下發出的『無需顧慮朕的安危，去討伐逆賊』敕命，是強力的大義名分。如果不從，等於不去保衛即將遭非法侵害的帝國威信。恐怕許多國民會將這種懦弱的態度，視為正規軍不該有的不忠行徑吧。」

雅特麗無意識地握住雙刀刀柄。正因為知道託付給自己的家族的責任有多沉重，她彷彿親身體驗般想像著父親的掙扎。

「我也無法看穿父親會如何決斷——現在只能等待。」

＊

向著士官聚會所的帳篷直奔而去，置身於乾脆想大叫出聲的焦躁中，少年不斷持續思考。

完全上了他的當——想到和托里斯奈對峙的結果，伊庫塔咬緊下唇。

成功與雷米翁派會合之前，應該在表面上先接受他的條件嗎？——他一瞬間幾乎後悔又改變主意，那樣也沒有意義。就算這麼做了，結果那頭狐狸肯定照樣發出類似的敕命，促使他們自相殘殺。他打從一開始就不打算讓戰力會合。巧妙地破壞三方對立的均衡，製造使旭日團和伊格塞姆派只能夠正面衝突的狀況——伊庫塔只得接受，這便是那名男子的目的。

「嘖……！」

沒有餘力假裝冷靜，伊庫塔帶著冷酷的表情衝進帳篷。在裡面等候的同伴們立刻臉色蒼白地轉向他。

「伊庫塔先生……！」「喂，剛才的玉音放送是——！」

微微點個頭回應哈洛和馬修的話，少年瞪著放在桌上的地圖。

「有可能成真——托爾威，我們現階段和伊格塞姆派本隊的距離！」

「最後偵查到他們的蹤跡是四天前的事，只能做大致推測……我想目前距離應該不到一百二十公里。最晚估計三天後將被追上。」

「考慮到部隊由雅特麗指揮，剩下有沒有兩天都很難講……可惡，沒有時間！」

少年兩手猛敲桌子，保持這個姿勢進入沉思——在數秒鐘後決然揚聲喊道。

「現在立刻出發！大家叫各自的部隊做好準備！」

「咦——等、等一下！說要出發，你打算離開這裡前往何處？」

「還沒決定，總之只能南下！留在這個村落沒有退路。這裡無法應付火攻！一旦對方不考慮皇帝的安危進攻，此處連一天也支撐不住就會被打下來……！」

很清楚自己所言缺乏計畫的伊庫塔大喊。這座隔離村落位於一片小森林中，沒有方法可對抗來自外界的火攻。對於不在乎皇帝安危的對手，此地在軍事上毫無意義。在熊熊燃燒的森林中燒死，或是被火勢逼得逃出森林後遭遇襲擊全滅——無論哪一種，都代表留在這裡下場只有毀滅。

「一邊南下一邊尋找適合布置防衛線的地形，一找到就重新設定為陣地。雖然臨時也該有個限度，但除此之外沒有別的辦法……！」

「請、請問！等待和雷米翁派會合一事——」

「被托里斯奈安排的內奸給毀了。雷米翁派那邊因為內部有人背叛而分身乏術，只要雅特麗他們更早一天以上抵達，我們兩方將在會合前被分頭擊破。留在此地的話，出現這種結果的機率很高。」

少年的每一句話，都使同伴們共同體認到情況有多嚴重。在令人呼吸困難的緊張氣氛中，夏米優殿下以顫抖的聲調開口：

「索、索羅克……意思是指……我們要和雅特麗交戰嗎……？」

「如果我方處在可以輕易攻陷的狀態，她或許不得不這麼判斷。因此我們必須轉移陣地。」

伊庫塔用最後一絲餘力放緩語氣對公主說明。他摸摸害怕的公主的頭讓她鎮靜下來，向其餘同伴投去嚴厲的日光。

「像這樣待著不動的一分一秒都嫌浪費，大家動作快！」

＊

飢餓城六樓司令室。帝國軍元帥索爾維納雷斯·伊格塞姆也和緊張屏息的軍官們一起聽完透過精靈之口頒發的敕命。

「……您、您覺得怎麼樣，元帥閣下。」

「沒想到竟以這種形式得到皇帝批准，連作夢也想不到……」

半晌之後，環繞大桌而坐的眾人紛紛有所反應。有人怯弱地尋求元帥的判斷，有人開始提出更加積極的意見。

「……我反對。這非常明顯是托里斯奈·伊桑馬陰謀的一部分，我不認為答應會得到好的結果。」

「我也贊同。首先，決戰的風險太高。率領旭日團……第二反叛軍的將領，據說是那位名將巴達·桑克雷之子。他在北域戰爭中創下十分出色的戰果，證明其出生背景並非不自量力，年紀輕輕卻不容小覷。」

幕僚中較為年輕的兩人鼓起勇氣提議謹慎行事，立刻遭到年長的高官們反駁。

「小子，在這節骨眼怎麼可以畏縮！不遵從要求保衛國威的敕命算哪門子軍人！」

「正是如此。既然能夠趁雷米翁派還沒插手前奪回皇帝陛下乃至誅殺第二反叛軍將領，不活用這個機會才是愚不可及。應該加上前提是作戰可在短期間——六到七天內完成的附加條件，下達討伐命令。」

「唔。不僅第一皇子被我方奪回，再加上那位『冰之女』——露西卡．庫爾滋庫戰死的事實，失去領導者的雷米翁派搜索隊想必十分混亂。達夫瑪州的三方對立穩定局面已然崩潰……那麼，沒道理不趁隙動手。」

接連不斷的贊同意見使強硬派勢頭更旺。那兩人產生危機感站了起來。

「請等一下。這麼做太過輕率……！展開決戰也無法保證能夠獲勝，一旦戰爭期間拉長，明明有被齊歐卡入侵的風險！」

乾脆入侵就好了——年輕軍官一邊激烈地反駁，一邊萌生反常的願望。

攜帶傳信鴿出發的斥候部隊傳來報告，齊歐卡大軍至少幾天前尚未踏入舊東域。這事實延長了鎮壓軍事政變的時限，成為眼前的軍官們擺出強硬態度的重要因素。因為還有約半個月的緩衝期，若能在幾天內攻陷敵營，強硬手段也是可行的。若敵軍已逼近國境，他們的意見想來也會不同。

「雖然尚未接受進軍的通報，假設齊歐卡調動大軍準備侵略，半個月後將會如何……就算一切順利，這一戰將造成同胞的屍骨堆積如山的結果也無從改變。眼下的局面不是應該放棄用武力解決，與其他勢力展開交涉嗎……？」

「你這東西，打算巴結反賊嗎！你以為帝國軍的自尊是什麼！」

「各位想怎麼說都行！哪怕巴結敵人，我也要保衛國家！保護自軍的同伴！我相信這正是軍人的職責，才一直奮戰到今天……！」

意見相左的軍官們展開白熱化的激辯，漸漸互相破口大罵，險些動手扭打起來。炎髮將領望著部下們的樣子，在事態終於快不可收拾之際鄭重開口：

「保持肅靜——」

那句話使得幾乎爆發混戰的室內氣氛一口氣沉靜下來。軍官們像沒了牙的野獸般老實起來，相對的目光炯炯地等待著元帥發言。

「…………」

炎髮將領沉重地陷入沉默。雖然沒有時間深思熟慮，這個局面卻絕不容許快而不精的決定。置身於決斷前的掙扎中，男子像在刨削靈魂般猛然地一再思索。

網羅戰略層面及戰術層面的種種條件，因應戰局情況選擇是否決戰——到這個階段都很順利，從已得知範圍內的情報歸納出軍事上的解答。問題在於後頭。在他心中肉眼看不見的部分，正無人知曉的激烈傾軋著。

元帥腦海中掠過許多記憶。女兒的面容、失去的盟友面容、他兒子的面容，同時整齊地逐一列出應該回應的情義、應該盡到的責任。殘酷的是，任何一個都無法忽視。排列在心中的，是男子必須賭上人生保衛的所有價值。

然而——在那些達成方法背道而馳的事物導致炎髮將領的人格出現致命的矛盾前，雙刀執行了毫不留情的嚴格區別。所有多餘部分都被剪除、削落——男子眼前只剩下身為伊格塞姆應該選擇的道路。

「……陳述結論。」

他說出走上那條路的決定——他甚至沒有資格向盟友道歉。

*

坦白說，從被迫沒有目標就出發開始，少年便料到走投無路的結果。

雅特麗率領的伊格塞姆派搜索隊，預期將追逐他們時時刻刻不斷南下。即使逃離他們，折返北邊會碰個正著，往東邊或西邊逃，沒多久後也將在平原中央被追上。用消去法判斷，逃亡路線只有南邊可選——就連這唯一的選項，都遠遠不足以令人產生希望。

伊庫塔一行人抵達隔離村落時，已接近達夫瑪州南端。如果繼續南下，不得不逼近州境。只要看得懂地圖，任誰都很清楚在那裡等著他們的是什麼。

愈往前走，視野之內的綠色比例便愈趨減少。沙地與石地取代草地變得漸漸顯眼，跨越這片區域，這次換成許多岩石絆住腳步。這些岩石呈加速度地增大，最後比人還高的岩塊隨處可見——在地形變遷的盡頭，他們目睹一幕如末日般的景象。

乾涸的岩石連綿不斷。連草都無法紮根的巨岩毫無縫隙地盤據在此，不言不語的將附近一帶的地面染成灰褐色。生命氣息稀薄的大地上，只有摻雜沙塵的風咻咻吹過。

庫古羅沙耶波岩石地帶。人們這麼稱呼的不毛之地，在他們眼前荒涼地延展開來。

「……我們要跨越這裡嗎……？」

面對這遺棄排斥生命的地形，哈洛不安地問。她身旁的托爾威無力地搖搖頭。

「沒辦法。前面根本沒有村落，飲水可以仰賴水精靈提供，但包含後續輜重部隊，我們手邊的糧食節省著吃也才七天份……在沒有補給的狀態下踏入這片岩地是自殺行為。」

這番話無論任誰聽來都很有道理。馬修在岩石上癱坐下來。

「那，該怎麼辦……」

沒有人能夠馬上回答。每個人都閉上嘴巴，沉重的沉默落在他們之間……但即使看不見活路，少年仍等待著找出活路所需的契機。

「──來了嗎？」

獨自望著反方向北邊的伊庫塔發現目標後開口。

「吾友馬修，還不到一籌莫展的時候。」

這句話使騎士團眾人同時轉頭望向北邊──發現在數百公尺外，幾名騎馬的士兵正沿著難走的裸岩區往這裡過來。不久之後，他們與奔上前迎接的同伴一起來到伊庫塔等人面前。

「報告！來自雷米翁派搜索隊的傳令兵抵達！」

「我是戴歐・納賈士官長！想求見伊庫塔・桑克雷先生和托爾威・雷米翁先生！」

被點名的兩人出面應對。看見對方的臉，托爾威的表情變得開朗幾分。

「納賈士官長，是你來了！」

「是，中尉。再次感謝您上次的支援。對您戰鬥時的英姿，我可是記憶猶新。」

年邁的士官露齒一笑。青年回以微笑，為同伴們介紹。

「啊，他是大哥——薩利哈史拉格少校的部下。應該說是我訓練生時代的資深士官長吧。他也曾當過父親的部下，經驗豐富又可靠。」

以立場來說，他之於托爾威似乎等於伊庫塔的蘇雅。能幹的士官是軍中很重視的人才，經常被安排負責輔佐菜鳥軍官。和雷米翁家的密切關係證明他本人來歷可靠，黑髮少年也理解地頷首。

「嗯。在這種狀況下，有可以信賴的人負責傳令值得慶幸。納賈士官長，雖然冒昧，能請你詳細報告那邊的情形嗎？」

「是。說來難以啟齒，我方搜索隊正陷入混亂，起因是軍官及一部分士兵之中有人離反。儘管整體的指揮權不至於被奪走，但傳令及補給系統遭到擾亂，導致快要會合的兵力分散各處。在代理總指揮的薩利哈史拉格少校麾下，目前正處於重新構築命令系統的階段——」

「咦——大哥？等一下，我記得那邊搜索隊的總指揮的確是——」

不祥的預感令托爾威揚聲問道。納賈士官長遺憾地垂下眼眸。

「……非常遺憾，露西卡·庫爾滋庫中校戰死。遭遇伊格塞姆派襲擊時，她為了保護第一皇子殿下親自率領部隊脫離，結果……」

這項噩耗一傳入耳中，翠眸青年血色全失呆立在原地。

「老師她……死了……？」

「……是。我親眼確認過遺體。」

托爾威的肩膀微微顫抖。瞥了動搖的他一眼，伊庫塔接手繼續談話。

「總之，可以理解成第一皇子被伊格塞姆派奪走了？」

「很可惜，正是如此……我方也想要詢問，皇帝陛下有與你們一起轉移嗎？」

「嗯，我們離開隔離村落時一起帶走了皇帝，他現在正和宰相待在那輛馬車內。」

少年指向停在附近的馬車，進一步補充道。

「如果你想親眼看看，就解除武裝後單獨過去。在我方士兵監視之下，我允許你做確認。」

聽他這麼說，納賈士官長立刻轉頭望向同伴用眼神示意。伊庫塔也喚來部下，告訴他們做確認時的大致步驟。

「回到正題，虐待狂小白臉……不，薩利哈史拉格少校在多少程度上取回了對部隊的掌控？恢復進軍的準備就緒了嗎？」

「等所有兵力會合還需要一些時間，不過少校也把將戰力派往這邊視為最優先目標，應該會在召集無須憂心被分頭擊破，又足以威懾伊格塞姆派的最低人數——三千兵力之後趕過來。」

聽見士官長的話，微胖少年慌忙插嘴。

「咦——援軍會來嗎！什麼時候、什麼時候到？」

「這得依各位在何處等待我等而定……假設在這個地方，多半是四天後。」

聽到那個數字，剛要找回希望的馬修臉上再度失去血色。

「四天後……？不會吧，雅特麗他們明後天就要追上來了！」

「要再縮短這個數字……非常抱歉，以我的立場無法做出保證。連四天都是以相當嚴苛的強行軍為前提估算的。再加快速度的話，若非未招滿三千兵力就出發，便是進行可預期許多人將會掉隊的『過快』行軍，很可能招來本末倒置的結果……」

「就因為這樣，就叫我們堅持到四天之後？對付人數近兩倍的雅特麗他們？別強人所難啊，我們可沒法死守在堡壘裡！」

攤開雙臂指向周遭的荒涼景觀，微胖少年使勁大喊。

「在我們目前可達的範圍內，不管南下多遠也沒有可充作防衛據點的設施！沒有河流、沒有山，也沒有山谷！明明只有連綿不斷的裸岩區，這種地形叫人怎麼打持久戰……！」

馬修近乎哀鳴的發言令哈洛垂下頭，納賈士官長難以回應地沉默不語。

「……就等你們五天。」

當現場氣氛傾向悲觀之際，伊庫塔毅然開口。所有人的目光都聚集在從懷中掏出地圖攤開的他身上。

「多加上一天，納賈士官長。我們將由此地花費一天南下，然後在地圖上的這一帶——岩石地帶偏北處布陣，承受伊格塞姆派的攻擊並等候援軍抵達。雖然無法指定陣地的正確位置，我們第三天起會點燃狼煙發信號，你們一看見便全速趕過來。這樣安排可以吧。」

「我、我等沒有問題……不過各位真的堅持得住嗎？」

「我們會設法辦到。所以，你們的援軍也要及早趕到——聽好，哪怕只快上一秒也要及早趕到。毫不誇大地說，這一秒鐘的差距或許是決定持久戰成敗的關鍵。我們接下來要打的是這樣的戰爭。唯獨這一點，你們要在一開頭就先理解。」

為了避免對方誤會樂觀看待狀況，少年努力以急迫的口氣仔細囑咐。納賈士官長也了解他的意思，直視他的雙眼肅然頷首。

「——我明白了。我會一字不漏地轉達給薩利哈史拉格少校。」

「嗯，拜託了。」

談話到此結束。收下要傳達給長官的訊息，納賈士官長和同伴一起牽著馬離去。望著他們的背影，黑髮少年苦笑地嘆息。

「……連作夢也沒想到，我有等待那個虐待狂小白臉救援的一天。」

伊庫塔並非對誰而發的自言自語。完全沒察覺他這個想法，哈洛和馬修同時喊道。

「撐、撐得過去嗎？在這裡堅持五天……」

「你是認真的嗎！就算防衛是持續四天，對手可是雅特麗啊……？」

伊庫塔輕輕舉起雙手平息兩人的不安。

「你們冷靜點。換個觀點，此時進入岩石地帶也不壞，可以限制伊格塞姆派的主力騎兵的活動力，比起在平原上正面衝突好上一百倍。」

「話雖如此，對方還是有數量比我們有過之而無不及的風槍兵喔？這種沒像樣遮蔽物的地點，沒辦法布置防衛線！一旦對上就會被數量壓倒，一下子也支撐不……！」

他搖搖頭否定微胖少年的憂慮。

「你太心急而判斷錯誤，馬修。我剛才說要在岩石地帶作戰，但完全沒提過要在這裡戰鬥。無論怎麼應戰，首先都得南下再說。」

少年這麼回答，視線轉回南方。

「恢復進軍吧。儘管已進入岩石地帶，這裡還只是入口。再往深處走岩塊更大、地形也變得更加複雜——托爾威，別發呆。我們需要借助你的好視力。」

伊庫塔強行將接獲恩師噩耗茫然自失的青年拉回現實。誰也沒有時間悲傷，不僅得引開他對現實的注意力，也得要求他專注於當下面臨的課題。

「這個地形廣闊地往四方延伸。因此，在某處一定有足以讓我們接下來堅持四天持久戰的地形。有我們想生還不可或缺的戰場——」

＊

追著他們逼近達夫瑪州南端的伊格塞姆派搜索隊，也根據先遣偵查部隊的報告掌握了伊庫塔一行人的動向。

「看來對方進入了岩石地帶……是打算跨越州境繼續往南逃嗎？」

「在沒有補給的狀態下這麼做太過莽撞，應該當成另有意圖。」

雅特麗一邊和梅格少校交談，一邊思考對手的行動。但結果不需要動腦，傳令兵便說出了答案。

「報告！已查明第二反叛軍在西南方六公里處布陣！」

雅特麗的部隊在難走的岩石地帶謹慎地行進，朝偵查到的對手目前所在地而去。到接近對手為止並未花多少時間，她在恰當的時機登上附近的岩山，從山上眺望旭日團搜索隊的現況。

「……這是……」

即使在放眼望去全是岩石的這一帶，該處的地形也更具特色。首先，橫跨廣範圍隆起的裸岩區形成灰色的大丘陵。而且還不只一座，相距不遠處更並排著幾座同樣的隆起，可以望見大批士兵在山丘上方或周遭忙碌地來回行動。觀察一陣子後，雅特麗開口。

「他們選擇突出的裸露岩石區密集的地點，在上面及縫隙間安插士兵當成防禦陣地。我判斷裸岩區上方多半已配置好光照兵及狙擊兵，對來自四面八方的攻勢擺出迎擊狀態。可供士兵們藏身的遮蔽物……則靠人工堆起石塊製造。」

「可是，這……雖然不好說出口，真虧他們找得到適合條件的地形。姑且不論一百或兩百人的小集團，要找到能容納兩千人以上的地形並不簡單……」

當梅格少校抱起雙臂這麼說，炎髮少女搖搖頭。

「頂多七成吧。」

「啊？」

「他們需要的條件，和實際地形的符合比例。現在他們正在拚命彌補這中間的差距。」

雅特麗遠眺眼前的景象，敏銳地分析其在軍事上的適合度。

「在一眼即可看出的範圍內，每個裸岩區的形狀太不規律。有些地方坡度過陡連自己人都難以攀登，有些則太平緩，令人擔憂面對敵軍的防禦力。有幾個裸岩區標高太低也是問題。即使一定程度上靠工程作業彌補，也沒有時間填補所有的漏洞。最終只能多部屬兵力來因應吧。」

掌握對手的優勢及弱勢一一羅列出來，少女透過視野內看得出的所有情報，正確地估量對手的防衛力。

「相對於需要的野戰築城規模，作為建材的岩石數量、搬運岩石的士兵人數、能夠花費在作業上的時間——全都稱不上充足。除了特別走運的情況之外，將天然地形加工成要衝都得大費周章。」

她這麼掌握對手的現況，轉向身旁的梅格少校陳述今後方針。

「將兵力分為三股，分別派往那個陣地的西北西、東北東與南面。他們似乎正從陣地外搬運回短缺的岩石，光是這樣設置即可對作業形成牽制。」

點頭同意她的指示，中年軍官立刻召集周遭的部下。將細節的指揮全交給他處理，雅特麗輕輕嘆息。

「……不過，也僅止於此。雖然想到各種妨礙工程的手段，一旦實行的話，很可能在不希望的情況下誤啟戰端。」

少女的呢喃中包含不安——無論看出多少個弱點，她都不希望實際上去攻擊弱點的狀況發生。

想像著大概正在裸岩區某處四處奔走強化防備的騎士團成員，湧上的心痛令雅特麗垂下眼眸。

「雅特麗希諾中校。」

忽然間，背後有人呼喚。她抱著某種預感回過頭，只見幾名部下神情嚴肅地佇立在那。

「來自飢餓城司令部的……傳令到達。」

撲通！她心頭一跳。她保持表面上的平靜，強行蠕動不想動的嘴唇。

「將命令書交給我。」

受到催促，一名士兵小心翼翼地遞出裝在皮革活頁夾裡的命令書。雅特麗雙手接過謹慎地開封，當紙張一部分進入視野，她不由得閉上眼睛。

「…………」

光是確認書面內容，便需要凝聚前所未有的勇氣。她花了將近一分鐘勉強成功後再度張開眼

——那一瞬間，父親熟悉的字體毫不留情地躍入眼簾。

——我等必須時刻以捍衛國體為最優先目的來行動。

看完第一段文字，雅特麗頷首。不用說，正是如此。

——卡托瓦納帝國國體乃建立於皇帝陛下唯一且至上的公權力下，國民生活的秩序與安定。

她再度頷首。臣民們建立於皇帝權力下的和平，正是帝國的型態。

——而我等註定奉皇帝陛下為君主，賭上性命保衛陛下。

第三次頷首。事到如今不需再說，帝國軍人必須如此存在。

——但如同現狀，當陛下的大權瀕臨違抗統治的逆賊侵害，皇權獨立性的維持與陛下本身的安全致命地無法兩全時，

她眼睛眨也不眨地讀下去。到此為止她都看得懂。看不懂的是下面一段。

——結論，以皇帝陛下健在為優先，圖使皇權正常存續，乃我等作為國體守護者的職責。

「————」

雅特麗全身僵硬，用了好一段時間才理解文章的意義。

她在重讀第七次時解讀完畢。應該說，確認沒有其他解讀方法。

言下之意是，就算對現任皇帝陛下見死不救，作為國體守護者的軍人也必須確保皇權正常的獨立性。

「…………」

她仍舊反覆思考。拚命尋找理論上的破綻。可是——多半沒有矛盾。

因為——伊格塞姆、帝國軍人本來就不是效忠於人。

人總有一天會死。相對的，皇帝寶座可超越死亡傳承下去。

當前者與後者放在同一個天秤上，軍人必須強制保衛後者。

——完成此文所述的責任，正是皇帝陛下敕令所命。

這也的確沒錯。縱使是將皇帝當成傀儡操縱的宰相頒發的敕令，只要制度上沒有缺失，伊格塞姆便無法否定。不管怎樣，他們都沒有理由無視要求保衛作為國家基礎的皇帝大權，亦即國體的命令。

——根據以上內容，獨立搜索部隊司令官確認以下要件。

雅特麗知道自己正瞳孔放大。下面的段落才是她非得看到最後的。

——第一、該處是否有俘虜皇帝陛下，企圖將大權據為私有的勢力。

依照伊格塞姆的價值觀判斷。不得不說有。

——第二、現階段自軍戰力是否可戰勝該勢力。

兩千數百餘人對五千人。可以戰勝，她只能這麼說。

——第三、自此命令送達起六天內，是否可能憑武力攻下該勢力。

如果可能……如果可能的話又怎麼樣？

——當此三要件皆為肯定，以帝國陸軍元帥索爾維納雷斯·伊格塞姆之名，要求獨立搜索部隊司令官執行下述任務。

所以說，到底命令了什麼？

——即刻討伐該叛亂勢力，誅殺領頭人物。

在第二反叛軍中，前帝國軍人伊庫塔·桑克雷符合此一條件。

答案就在那裡，沒有任何穿插疑問的空隙。

她的思考完全消失。視野迸成一片空白。從手腳直到腳尖喪失了所有的感覺。

她飄浮在逐漸崩潰的世界中。約束雅特麗希諾的一切都混亂波動，像被扯破的羽絨枕填料般四散開來，往虛空飄散。

「——中校？」

在旁人眼中看來，她只是微微站不穩。但光是這點跡象，已足以令部下們驚愕地趕到她身旁。除了此刻，她茫然自失的樣子沒有在任何時空出現過。

即使部下攀談雅特麗也沒有回答。甚至對搭檔西亞的呼喚都沒有任何反應。感覺就像對著貫穿岩石的巨大空洞說話。

超過五分鐘以後，那雙深紅眼眸在極度慌亂的軍人們面前緩緩聚焦。可是，那也只不過是找回一丁點力氣罷了。炎髮少女血色全失的面容，宛如雕像般沒浮現任何表情。

「…………」

就算在這種狀態下，雅特麗依然試圖做些什麼。某種力量促使她如此。某種棲息在炎髮少女體內，如鋼鐵般的事物堅持不許少女露出雙膝落地癱倒的醜態。

「…………給我……」

她嘴角微微蠕動說話。周遭的部下們屏息傾聽那近乎瀕死傷患呼吸聲的聲音。

「給我、一點、時間。」

耗盡所有自制力說完後，雅特麗踏著生硬的步伐轉過身，走向前方可見的帳篷。途中腳下絆到凸出的岩石，好幾次向前摔倒。平常的她絕不可能出現的樣子，看得士兵們超越動搖甚至感到恐懼。

「…………！……」

她搖搖晃晃地走進帳篷，手幾乎是無意識地繞到身後放下入口的布幔。雅特麗一路走到昏暗的帳篷中央，突然停下腳步。

「——」

那一瞬間，少女突然察覺自己為何來到這裡。

依照從前所說過的——接下來自己必須舉行儀式。

「——啊、啊……」

停頓的思考朝著反方向回溯過去。記憶如洪水般滿溢而出浸透全身，波濤起伏地刷洗著她，雅特麗的心靈漸漸被捲入追憶形成的巨大漩渦中。

沉入遙遠的深邃中——她在水底回想重逢的那一天。

一個晴朗的春日早晨，帝立希嘉爾高級中學和初級部聯合舉辦入學典禮。

超過千名少年少女雙眼閃爍著希望與野心並排站在操場上。對新生活感到不安的人不多，他們深具自信，相信自己正是承擔帝國未來的人才。這可以說是理所當然。他們都生在支付得起昂貴學費的富裕家庭，又通過困難的考試展示了能力，方才得以站在此地。

「辛苦各位穿越窄門來到這裡，前途光明的年輕人們。我為這個美好的日子深深致上由衷的祝福。」

迎接他們的成人也用盡一切言詞來刺激年輕人們。先極力讚揚再叮嚀囑咐，出言挑釁卻又教導他們辨別事理，再繞了一圈肯定競爭的價值。這裡還只是晉升跳板的入口，飛黃騰達的未來還在朦朧的遠方，只要稍有失誤就將墜入深淵——這番告誡沉重地傳入興奮的新生耳中。

「那麼，接下來開始宣誓。新生代表，初級部——雅特麗希諾·伊格塞姆！」

不久後一切準備妥當，師長呼喚站在那群少年少女排頭之人的名字。被點名的少女穿著嶄新制服颯爽地登上講台。

褪去稚氣更增凜然風采的臉龐、散發出洗鍊的機能美與柔韌的身軀，隨風飄揚的鮮豔炎髮。十三歲的雅特麗希諾·伊格塞姆在這個年紀已具備令人見之屏息的魅力與風格。

敬意、嫉妒、憧憬、對抗意識——蘊含種種感情的視線打在她身上。面對所有視線也毫不畏縮，炎髮少女和高級部代表學生並肩站上講台，迎面直盯著那些競爭對手。

「在此宣誓。我等將一同珍惜片刻閒暇鑽研學業，以身心健康為宗旨——」

嘹亮的聲音傳遍操場每個角落。別說學生，少女從容不迫又堂堂正正的宣誓更讓教師們也聽得入迷。這一幕等於已經暗示了往後的校園生活將以誰為中心展開。

跟教師和新生們交誼一番並婉拒後續聚會之後，雅特麗獨自在學校用地內四處漫步。既然往後要在此處就學數年，她忍不住想先掌握地形。這是確實受到伊格塞姆家軍人教育影響的結果。

她走進校舍，一一看過教室及其他房間，在腦海中想像房間的立體位置關係。她不到一小時便大致掌握概況，再度走出來前往校舍之外的其他設施。有種植觀葉植物的庭園、地面平整的運動場，經常可見到許多學生在上頭走動。

抱著各種目的待在寬敞設施內的人們。少女從前也曾見過相近的構圖。她忽然停下腳步。一旦回想起那件事，她總是不由得停步仰望天空。

「從那時候起過了四年——」

雅特麗低聲呢喃。她在旭日團的遊學結束後，已度過那麼長的歲月。

巴達·桑克雷的下獄與極為費解的死、他留下的母子倆的失蹤、旭日團的解散——這一連串的事件都發生在這段期間內，多半至今尚未結束。至少在她心中沒有。

雅特麗想著這些事再度邁步，突然感覺到頭頂傳來的氣息，立刻高高舉起右手。啪！一顆核桃伴隨清脆的聲響落在她的掌心。雅特麗嘆口氣抬頭望去。

「……我不知道你是什麼人，不過這個我可以扔回去嗎？」

少女瞄準沒禮貌的傢伙所在的樹揮動右臂。樹上霎時傳來聲音。

「等等、等等！我馬上下去！」

一個身影很快地沿著樹枝往下爬，幾秒鐘後便來到地面。那是一名跟雅特麗一樣穿著希嘉爾高級中學制服的黑髮少年，他的體格十分平凡，但臉龐給人一種久經世故的印象，制服也相當大膽地穿得很隨意。

「真是的，要對妳惡作劇得賭上性命啊。」

對方初次見面卻親近地攀談，令炎髮少女困惑地皺眉。

「你好像也是新生。找我有什麼事？」

當她問出口的瞬間，少年先是瞪大雙眼，接著猛然垂下肩膀。那極度沮喪的模樣，看得雅特麗都吃了一驚。

「……剛剛的反應傷到我了。連我自己都沒預料到會那麼痛。」

對方消沉的反應，使得少女更加困惑。少年嘟著嘴告訴她。

「我的長相變化有那麼大嗎？——妳看，是我啊，雅特麗。妳的另一半。」

少年最後浮現的微笑，和炎髮少女記憶中的笑容相符。在幾乎令人昏厥的衝擊後，她的深紅雙眸用力張大。

「————伊庫塔？」

回過神時，雅特麗已走過去將少年從臉龐到身軀摸了個遍。若不親手觸摸確認，她實在難以相信眼前的景象。

「好像……不是變成鬼冒出來的。確實有實體。」

「我好歹也是科學家，變成鬼冒出來的話表情會更不好意思啦。」

少年開玩笑地說。這種口氣越發和記憶重疊，讓少女得以確信。發現既不是撞鬼也不是作白日夢，她放在他肩頭的手不必要地加重力道。

「……我明白如今的我沒有資格這麼說。不過，我還是想說。」

將自制心拋在腦後，少女開口。這一瞬間，她有比任何事都想更率先傳達給對方的心聲。

「真高興你平安無事。真的……太好了。」

她感慨萬千地說出口。除此之外還有什麼可說？一直掛念是否平安的對象、自己那甚至生死未卜的另一半，正像這樣子四肢健全地活著啊。

「雖然沒能很快向妳介紹，我有了搭檔。他名叫庫斯，也是我的救命恩人。」

他們來到庭園一角的草地並肩而坐，在相隔長達四年後再度互道近況。雅特麗露出微笑注視著他抱起的精靈。

「你和光精靈訂下契約啊——初次見面，庫斯。我是雅特麗希諾·伊格塞姆，稱呼我雅特麗就可以了。這是我的搭檔，火精靈西亞。」

「初次見面，雅特麗。我聽伊庫塔提起過妳，聽說妳非常出色。」

得到比想像中更流利的回答，少女有些驚訝。一般而言，精靈對剛遇見的人不會說出如此風趣的應對。

「因為很長一段時間沒有特定主人，庫斯相當世故。他總是我聊天的好對象。」

「看來是這樣呢，我有點吃驚。」

和與眾不同的光精靈聊了幾句後，雅特麗再度望向少年。

「……話說回來，你是經過什麼情況後來到這裡的？那套制服也是真的吧？」

「嗯，說來話長——」

雙手抵著草地哼了一聲，伊庫塔開始描述空白的歲月。

「老爸出事之後，最初的兩年我和媽媽一起躲在山上生活。」

「山上？……就是字面上的意思？」

「嗯，一模一樣。倒不如說是山林的正中間吧。因為有危險的傢伙在追捕我們，我們躲進為了非常時刻準備的藏身處之一等情勢穩定下來。然而……事情卻比想像中更加風波不斷。」

少年一邊說一邊把玩雜草。少女從他的動作看出，他正試圖將沉重的話題說得輕描淡寫。

「大約在山上生活三個月後，那些傢伙發現了第一個藏身處。保護我們的軍團士兵們出去後再也沒有回來。為了不落入追兵手中，我和媽媽只能繼續逃往深山。我們並非毫無著落地亂跑，而是照著士兵們所說的另一個藏身處前進，可是——」

伊庫塔終於仰躺在草地上，繼續往下說。

「第二個藏身處是用陳舊的燒炭窯小屋改建而成，遠比第一個破舊得多，但畢竟地點不便也無可奈何。更大的問題是水和食物——不僅一個月就耗盡儲糧，我們從第一個藏身處逃跑的路上甚至失去了賴以為生的水精靈。就算如此也不能下山，只得在身邊尋找可以果腹的東西。」

想像著那種生活，少女咬住嘴唇。少年繼續說下去，聲調也變得不再輕快。

「狩獵和採集生活比我所想的更加辛苦。一整天幾乎所有時間都得花在上面，一旦沒有成果就得挨餓。儘管靠著老爸經由『任務』及野外考察傳授給我知識與技術勉強度過，但每天都像在走鋼索……最後終於捧了下來。」

最後一句話令雅特麗全身的血液為之凍結。此時，她終於問出從剛才起一直想問卻問不出口的事情。

「……優嘉阿姨現在……」

「媽媽她有話要我轉告妳。」

伊庫塔仰臥著閉上眼睛，以微微顫抖的聲音說道。

「『對不起。我很想再摸摸妳的頭。』——她說。」

這使得她理解一切。優嘉脆弱的微笑掠過腦海，撕裂般的痛楚襲上雅特麗心頭。

「媽媽身體本來就不健壯。她只是沒表現出來，其實遠比我更早不堪負荷。儘管如此，她連一次也沒想過要下山，為了讓我活下去不斷消耗生命——有一天，她倒下了。像綳緊的弦突然斷裂一樣。」

漫長的逃亡最後迎來的結局，是他們母子的終點。

「媽媽在當天晚上嚥氣……就連出去求救的時間……都沒有。」

少女什麼也說不出口。面對她的沉默，少年緩緩地搖搖頭。

「哭嘛，雅特麗。要是妳忍耐的話，就沒有人替媽媽哭泣了。」

伊庫塔微微睜眼仰望藍天，用不再顫抖的聲音悄然地說：

「我已經流不出眼淚了——」

兩人轉往校舍內的餐廳兼公共休息室，繼續相隔四年的敘舊。由於今天沒排課程，餐廳裡人不多，但還是有零星的學生。他們挑了寬廣空間的角落入座，以免談話內容被人聽見。

「……我猶豫許久，決定將遺體火葬。埋葬在山上也會被野獸挖掘出來，日後想想回去掃墓也非常困難。無論如何，我在相隔兩年後帶著遺骨下山，一方面是因為潛伏生活逼近極限，而且時日已久，我又喪失了『母子』這項特徵，追兵應該不容易認出我。很諷刺的是，世界上的孤兒多得數不完。」

少年端起盛水的杯子潤潤喉，皺起眉頭。

「但是……失去媽媽打亂了我的步調。我一下山後便感到身體沉重，抵達村莊附近時幾乎動彈不得，勉強支撐到走進映入眼簾的空屋後，立刻倒下失去意識。我就那麼直接死了也不奇怪——這時候，庫斯來了。」

伊庫塔指著在桌面鋪上布坐下的小搭檔微笑。

「我倒下的地點附近有間孤兒院，庫斯在那邊照顧孩子。在遇見我很久之前，身為他前任主人的孤兒院職員就病故了。正如妳知道的，失去主人的精靈會進入『等待契約』狀態，如果身邊找不到下一個主人，精靈將主動四處漫遊尋找契約者。而他在探索途中發現了我。」

手摸摸庫斯的頭，少年開朗地繼續道：

「後來我成為索羅克孤兒院的院童。雖然和院長合不來，有一位叫芙爾希拉的職員人非常好，經常幫助我。加上庫斯發現我，這對我來說是相隔許久後連續降臨的幸運。」

他說到此處暫時打住，事先做個通知。

「因此，我現在的名字是伊庫塔·索羅克，妳也這麼稱呼我吧。從前的姓氏不能用了。」

從廣義上來說，他仍然在逃亡中。炎髮少女毫不猶豫地點點頭。

「你和我是今天在這裡第一次碰面，對外就這麼解釋吧。」

為了讓少年活下去，這是必須要關照到的。伊庫塔點個頭再往下說：

「——至於我為什麼人在這裡，索羅克孤兒院並非常見的那種以騙取捐贈為目的的非法設施，而是受國家認可的正規孤兒院，因此適用於國家實施的兒童獎學金制度。那是給予在學業上表現出資質的兒童在一定條件下無須歸還的獎學金，與推薦至指定學校就讀的制度。希嘉爾高級中學也有一個名額，給我拿到了。」

「真虧你弄得到推薦。我不認為你能力不夠，但你跟作為關鍵的院長合不來吧？你又不是會去巴結討厭對象的類型。」

「如妳所料，中間是有些糾紛，但總算搞定。我自己暗中安排了各種措施，更重要的是有芙爾希拉努力支援。院長和其他職員都頗為尊重她。」

聽到此處，雅特麗抱起雙臂沉思。

「原來如此。我清楚你是怎麼入學的了——不過，你還沒告訴我最關鍵的部分吧。」

「妳指的是？」

「剛才那番話，是在說明你如何來到這裡。我反倒想知道，你為什麼要來這裡。如果只是為了見我，應該沒必要辛苦地贏得推薦名額。」

伊庫塔對她犀利的問題回以澄澈的笑容。

「我想當妳的同學——光是這樣還不夠嗎？」

「我也很高興。這個說明讓雅特麗希諾心滿意足，高興得很想馬上蹦跳起來……不過，我是以伊格塞姆的身分發問。」

她深紅的眼眸直視對方，眼中包含著不許模糊帶過的問題。

「你不可能不知道。現在的我，有足以遭你怨恨的理由。」

被這麼一問，少年臉上浮現雅特麗從未見過的寂寞神情垂下眼眸。

「妳認為……我懷裡藏著刀子要對妳不利？」

「不認為……可是，就算真是這樣我也沒有怨言。我——我們伊格塞姆對你下了那樣的毒手。奪走你的家、你的雙親……害你永遠失去你的故鄉旭日團。」

伊庫塔對著承認罪行的少女抬起眼眸斷然搖搖頭。

「首先做個訂正，事情不是妳做的。更進一步來說，我本身並不認為是伊格塞姆下的手，因此沒有理由懷恨在心，無論對妳、妳父親或妳家都一樣。」

「我不這麼覺得。將巴達上將當成戰犯拘捕並移交給內閣的人確實是父親。再加上叔叔的罪名……無視命令專斷獨行的汙名，本來應該是父親要背的黑鍋。因為他知道，如果沒有人這麼做國家將陷入危機。」

即使未能解開事件全貌，她四年間查明的事實也不少。少女根據所知的事實發言，但少年不為所動，疊起雙手開口：

「……關於那個案子，我自己也調查過。唯一能夠確定的是，老爸他是主動抽起那支下下籤。雖然沒問過他本人，唯有這一點我清楚明白。既然不能讓好友無視敕令，乾脆自己動手吧——抱著這種想法來調動軍團的判斷，簡直太符合老爸的風格，令人傻眼。」

他也歸納出一個答案。少年回溯亡父的思路往下說：

「明知一切仍選擇行動的我家老爸，和同樣明知一切後選擇默認的妳父親。雖然不滿他沒跟我們事前商量，我不打算恨任何一方。因為狀況是二選一。要是老爸沒被當成戰犯懲處，那只可能出現反過來的例子。沒錯吧？」

「正因為如此，你才應該恨我！」

雅特麗不知不覺拉高嗓門。少年平靜地說話的模樣、不責怪伊格塞姆的態度，讓她無論如何都難以接受。

「那起事件的結果是伊格塞姆家作為帝國軍的保守主流在現代存續，桑克雷家被看成反叛者一夥完全排斥在外……可是，如果巴達叔叔沒蒙上戰犯汙名，兩家的立場應該顛倒過來。而這個事實可以換句話說。」

少女壓低音量不讓周遭的人聽到，用力緊握起兩手拳頭。

「你至今所失去的一切，應該是我要失去的——」

雅特麗垂下眼眸做出結論。伊庫塔筆直地回望著她的臉龐開口：

「……妳記得我們和狼群戰鬥的那一天嗎？從那時開始，我一直認為妳是我的半身。像右手和左手、像右腦和左腦，我們是兩者為一。」

少女點點頭。她不可能遺忘。在她度過的十三年人生中，那是最難以忘懷的記憶之一。

「有兩種不同的境遇，我們必須分別承擔一種。雖然無法選擇由誰承擔哪一種，但這並非什麼大不了的問題。有時右手拿著沉重的行李，有時則是左手。這次碰巧重擔輪到我的頭上——僅僅是這樣而已。

因為，假使立場顛倒，妳也會對我說出同樣的話吧？」

伊庫塔如同在確認理所當然的事實般問道。雅特麗顫抖著嘴唇反問：

「……你真的能夠接受？」

少年靜靜頷首。

「在我失蹤期間，妳也一直背負著重擔。我沒有笨到推測不出這一點。」

他反倒從自身的立場擔心少女。停頓一會後，他的表情苦澀地扭曲起來。

「……對，沒錯。到了現在，重擔反倒是壓在妳身上。要我來說的話，事情正好相反。獲得自由的人是我，被拋下的則是妳。」

「……這是什麼、意思？」

聽到雅特麗發問，少年做個深呼吸。

「我回答妳剛剛的問題吧。為什麼我會來到這裡。」

伊庫塔從桌上探出身子，近在咫尺地正面注視著對方說出答覆。

「我是來拐走妳的，雅特麗。拐走妳離開這個沒有未來的國家——」

「現任內閣有部分人士期望伊格塞姆失勢。」

兩人第二次更換地點，一起走出學校來到附近的擁擠餐廳。他們挑了最裡面那一桌，藉著其他客人的喧鬧聲掩蓋下繼續交談。

「不是從現在才開始的。那些想配合自己方便隨意調遣帝國軍的閣員們，應該很厭惡伊格塞姆標榜的政軍分離理念。就算被隔離貴族和軍人的制度高牆阻擋，那些傢伙一直企圖將仰自己鼻息的人馬送進軍中。相對的，帝國軍把這類人隔離在北域來勉強維持組織的健全性。當然，我清楚這是苦肉計。」

伊庫塔一邊從他點的雞腿上剃下烤好的肉，一邊壓低嗓門繼續說。和方才談論的相比，現在談話的內容在不同的意義上不能公開大聲宣揚。

「想將軍隊私有化的閣員，堅守軍隊獨立性不肯退讓的伊格塞姆。由於雙方在檯面下長期對立，我認為閣員們改變了想法。也就是——只要伊格塞姆還擔任軍方領袖，再怎麼嘗試也無法將帝國軍納入手中。首先必須更換領導者。」

雞腿烤過頭啦～少年將一片雞肉放進口中後抱怨。對料理抱著相同的感想，雅特麗繼續傾聽他說的話。

「產生這種念頭時，我認為那些傢伙最先看上的是雷米翁上將……不過立刻察覺這並不現實。那位將領不容貴族侵犯職權的堅定意志和伊格塞姆元帥不相上下，而且對現有體制持批判態度。如果那個人當上軍方領袖，反倒會危及貴族立場。」

第一根雞腿剃得只剩雞骨，伊庫塔將餐刀刺進另一根雞腿裡。

「此時中選的人，應該是我家老爸。他無論言行舉止或價值觀都不太像軍人，閣員們大概認為這傢伙懂得通融，再加上能力方面也值得信賴。聽說在出自三家之外的將領中，他的表現是打從伊爾思希姆．鳩爾格以來最為活躍的。

如今回頭想想，別看我老爸那樣，他很擅長和貴族協商。要將部隊調往國家各地需要一一事前疏通，儘管覺得很費事，他還是順利完成了。當中大概有很多近似於交易的利害調整，構成使貴族們產生奇怪誤解的環境。沒有察覺這情況，唉，也可以說是老爸自己的過失。」

伊庫塔嘆息一聲，從雞骨周邊開始剃肉。

「就這樣，使巴達．桑克雷當上帝國軍領袖的陰謀開始運作。他們想拉下馬的目標是伊格塞姆元帥。直到實行為止中間應該經過種種波折，但這部分我不感興趣，跳過……要說閣員們實際上在策畫什麼，其實非常單純——將伊格塞姆元帥逼進不得不違背敕命的狀況。明明齊歐卡發兵入侵，卻不允許自元帥以下的全軍迎擊。而且還是在必須迅速應對的狀況之下。」

用門牙啃著剃乾淨的雞骨，少年將中斷的台詞繼續下去。

「妳的父親比任何人都更嚴守紀律，但唯獨有一道敕令是他絕不會接受的。毀滅那便是毀滅帝國這道命令。當時皇帝下的命令實質上代表這個意思。對入侵的外敵什麼也別做，坐視國土及人民慘遭蹂躪——他被要求放棄身為軍人的職責對吧。」

雅特麗默然頷首。她調查出的片段事實，和少年的推測相符。

「當狀況發展到這個階段。妳父親能選擇的行動並不多。既然不可能坐視不顧，他只能違背敕命調動部隊。到這裡為止是確定事項——剩下的問題，在於要以誰為主體來做這件事。

既然敕命要求軍隊待命，此時調動部隊的人將不由分說地被追究反叛罪。如果元帥本人不動手，就必須從部下中交出犧牲品，而且還是將級軍官以上的高階軍官。因為不至少調動旅以上規模的兵力，無法對抗當時的齊歐卡軍。」

當伊庫塔說到此處，炎髮少女輕輕補充。

「……再加上，那個人物還必須是名將。據說當時率領齊歐卡部隊的將領，偏偏是極為難纏的強敵。若我不親自去，只能拜託巴達上將——父親曾這麼說過。」

原來如此，少年意會地點點頭。

「我很清楚妳父親並不是會在這種時候考慮自保的人……正因為如此才痛苦。要為了保衛國家交出伊格塞姆的一切？還是交出朋友的性命？這種無從選起的二擇題，不難想像掙扎的過程本身就是地獄般的折磨。

因此，我家老爸擅自做了選擇。他不等任何人開口就主動犧牲，違背敕命調動部隊，發揮旭日團的全力驅逐齊歐卡軍——然後一肩扛起所有責任，以戰犯身分死在獄中。」

少年握著果汁杯的手加重力道，抵著杯身的指尖漸漸泛白。

「那個混帳東西，打算當英雄嗎？」

伊庫塔咬得牙齒喀喀作響，杯中的果汁泛開漣漪。

「吶，雅特麗，妳認為我爸為什麼會死？因為貴族們的陰謀？因為他不惜違背敕令也想保衛國家？為了使妳父親免於失勢？」

繼續訴說的少年表情陰沉空虛地發笑。

「答案是全部。簡單的說，老爸是過勞而死。獨自背負起所有重擔，隨著重壓一同沉進泥淖底下……拋下周遭眾人的心情不顧。他明明那麼自以為是地教導過我們，戰爭是大家一起打的。」

少女也咬著唇瓣低下頭。兩人份的沉默沉重地橫亙在吵雜的餐廳內。

停頓了好長一段時間後，伊庫塔再度開口。臉上流露明顯的看破之色。

「帝國已然無可救藥。嚴守崗位的軍人別說得到獎勵回報，甚至連人格、名譽或一切都遭到踐踏，當成消耗品用完就扔——這種不合理的事理所當然地發生著。我已經放棄了。無論皇帝或貴族，甚至都沒發現他們正親手勒住自己的脖子。是人才先枯竭、還是軍方先厭棄體制——無論哪個，在未來等待的都只有滅亡。」

這麼斷言後，少年直盯著眼前的對手，消沉的聲調恢復力道。

「國家自己去滅亡就行了……可是，我唯獨不許國家的滅亡波及到妳，因此我來誘拐妳了。在妳面臨和老爸相同的命運之前，在這個國家將妳消耗殆盡之前。」

雅特麗倒抽一口氣。伊庫塔帶著認真至極的表情繼續道。

「不久的將來，我要帶妳離開帝國。目的地是何處都無妨——只要比這裡更有未來，哪裡都好。至於實行的方法也有著落。我和阿納萊老爺子與他的弟子們漸漸恢復聯繫，只要我想，逃亡可是輕而易舉。」

少女正想不出該如何回應，伊庫塔察覺她的心境輕輕頷首。

「我知道這個提案妳無法輕易接受。正因為如此，我才和妳進入同一所學校，好待在妳身旁，花更多時間說服妳。」

黑髮少年露出大膽的笑容，高高舉起手中的杯子。

「做好覺悟吧，雅特麗。從現在起，我會用盡渾身解數來誘惑妳墮落。」

以那段像在開玩笑卻毫無疑問很認真的宣言為開端，兩人的學校生活揭開序幕。

從剛入學開始，伊庫塔就是個明顯不認真的學生。他心血來潮便翹課、在課堂上毫無顧慮地大睡午覺，甚至像蜘蛛似的在校園各處的樹木築巢。學生們傻眼地遠遠圍觀他的舉動，入學還不滿幾個月，「懶惰的伊庫塔」這個綽號就傳遍整間學校。

不過，要說四年歲月是否令他變成自甘墮落的人，卻又不是。雅特麗在新學期開始沒多久後察覺那個事實。亦即——伊庫塔懶惰到底的表現是一種表演。

如同在旭日團和科學家們共度的日子所顯示的一樣，少年原本就了解學習在本質上的喜悅。吸收新知識、習得新技術、從歷史中學習——從前的他坦率地接受這一切並享受那份喜悅。無論是實地學習或透過書籍解讀，接觸未知的事物本身是伊庫塔的畢生志業。這種根本性的部分，經過波折連連的四年依然堅定不移。

他失去的並非對學問的熱情，而是將熱情直接表現出來的天真無邪。總之，他執著於盡可能浪費向國家搶來的獎學金。甚至期望把浪費情況顯擺給周遭眾人看。這大概是他對奪走他許多事物的帝國洩憤的方式。

「這種作法很孩子氣——唉，我自己也清楚。」

某天放學之後，少年邊躺在樹蔭下看書邊喃喃地說。雅特麗只能嘆口氣。這一天的第五堂課是地理學，但他翹課溜出來埋首閱讀《地理學事典》。

「不過妳試著想想，我幾乎整整兩年都躲在毫無文明的深山中生活，學會辨別是非的速度比旁人慢一點也是當然的吧？」

儘管這套說詞完全是歪理，知道緣由的雅特麗無意責備他彆扭的脾氣——如果這點程度就能讓他釋懷反倒應該高興。因為他有理由對帝國做出更加激烈的報復。

「我不會報復的。那種行徑不科學，更何況我和媽媽約定好了。」

原本仰臥的伊庫塔合上正在看的書本站起身。

「好了，時間正合適，差不多該出去玩囉。」

在任何事上記性都很好的少年，每次一前往熱鬧場所，轉眼間就在那裡學會不良嗜好。這一天，他也和雅特麗喬裝打扮隱瞞身分造訪地方富商開設的賭場。

「喔～喔～真熱鬧、真熱鬧。」

寬敞的平房內並排擺著許多張桌子，年齡、性別與身形不一的人群紛紛朝那些像海面島嶼般的桌子湧去。此起彼落的歡呼與慘叫、輸家的破口大罵不絕於耳。賭客們呼出的香菸煙霧，將屋內空氣微微染上一層白。

「真是個好地方。光吸這裡的空氣就讓人感覺人生脫離了正軌。」

「開玩笑。我不知道妳口中的人生正軌有多窄，要是妳肯輕易脫軌的話，也不會那麼辛苦。就算只剩一根頭髮那點寬度，妳也會跨越過去的。」

少年故意哀嘆，重新環顧室內。

「不管哪種賭博，當然都設計成贏家是賭場老闆。明知如此依然來享受勝敗樂趣也不錯，但我今天沒那個心情。難得和妳一起來，得玩點更刺激的遊戲。」

說完開場白，伊庫塔在壓得很低的帽子下轉動目光。

「今天的目的是那個，牆邊玩撲克牌的那張桌子。先從這裡觀察一下吧，用斜眼不動聲色地看。」

雅特麗也觀察了他以眼神示意的桌子將近十分鐘。沒多久後少年詢問：

「……妳有什麼看法？」

「是詐賭。莊家和其中一名賭客串通。」

少女即刻回答。觀看賭局進行的深紅眼眸，帶著比剃刀更鋒利的光芒。

「洗牌的動作不對勁。他動了手腳，好讓同伴拿到有利的牌吧。」

「光憑妳的眼力，就足以在這裡當保鑣混飯吃。」

感嘆到極點的少年臉上浮現苦笑，轉而說明道：

「總之和妳察覺的一樣，那個人最近這陣子靠同樣的手法詐欺了幾十人。雖然詐賭的技術本身普普通通，他十分擅長對待獵物。半死不活地吊著賭客又是慫恿又裝腔作勢的，只吃掉尾巴留下頭。硬要說的話是以說話技巧為主，不高調但也相對的難以看穿。」

說到此處暫時打住，伊庫塔湊到少女耳邊呢喃：

「我想找那傢伙出我們今天的酒錢，妳覺得如何？」

原來如此，雅特麗心中理解地想。說是玩火也算玩火，不過是這種風格嗎？

「……我加入。但是，別將其他賭客拖下水。」

胸中深處萌生到睽違四年的興奮，少女毫不猶豫地答應。少年高興地笑著點點頭。

「知道了。妳的作風就是我的作風，只從魚塘裡偷偷拿兩條肥魚吧。」

接下來伊庫塔花了約十分鐘說明詳細規則，雅特麗也在觀察賭局時抓住大致流程，沒花多少時間便完全掌握細節。

兩人做好準備的時候，正好看見先前在賭牌的人群轉身散去。伊庫塔看準時機說道：

「桌子空出來了。好啦——任務開始。」

「來，乾杯。」

相碰的陶瓷杯鏘地一聲發出高音。結束在賭場的「任務」後走進酒吧圍桌坐下，兩人啜飲著略含酒精成分的飲料地爽快地交談。

「很好玩啊。只是，這次的對手稍嫌微不足道。」

「一旦防線失守就變得很脆弱，大概沒想過自己會被別人盯上吧。」

「與其這麼說，不如說妳眼光壓倒性的銳利。動手腳的時機完全被看穿，對手也只好認栽。到了後期，妳連對方發什麼牌給妳都看穿了吧？」

勝利的興奮使兩人話多起來，愉快地聊下去。

「你才是，對從頭到尾用上的三副一百七十七張牌如何消耗完全瞭若指掌，卻還扮起傻瓜，真是惡質。你故意輸牌假裝氣得敲桌子的時候，我可是拚命忍著不笑出聲。」

「要誘使對手疏忽大意，得先讓他以為我們是腦筋不好的冤大頭。要我教妳扮演傻子的訣竅嗎？」

「那點小事在旁邊一看就懂了。簡單的說，表現出只為了眼前的事情一喜一憂就行了吧？」

她直截了當的說法逗笑少年。直盯著他趁對話空檔大口喝光杯中飲料的樣子，雅特麗切換話題。

「在你還沒喝醉之前，我父親有話要轉告。他問你『生活上可有不便之處？』。」

伊庫塔咧嘴一笑，舉起右手的杯子。

「我用國家經費過得很寬裕！」

聽到那太過露骨的答案脫口而出，雅特麗嘆了口氣——經過本人同意後，她向父親傳達少年的現況。

兩人從先前便確信，派兵追捕伊庫塔的並非索爾維納雷斯．伊格塞姆，他反倒屬於為保護巴達留下的母子而奔走的一方。再度對父親沒遭受怨恨感到安心，炎髮少女輕輕點頭。

「我會轉告他——另外，他還提議收養你。」

一切入正題，少年用餐的手霎時停頓。

「……他是說真的？」

「連我也還沒見過父親開玩笑的樣子。」

雅特麗表明這是確然無疑的事實。少女為露出一臉白日見鬼表情的伊庫塔補充說明。

「這提議也沒那麼奇怪吧。你可是巴達叔叔的兒子，父親長年盟友的遺子，他有足夠的關係和理由領養你。你不必擔心，事情也沒什麼奇怪的內幕。」

「我不是指這個……話說，伊格塞姆收過養子嗎？」

「有啊，不過主要是贅婿。」

伊庫塔險些一口酒噴出來。雅特麗對著嗆得咳個不停的少年若無其事地繼續說：

「放心，這次不是提議招贅，單純是問你要不要當我家的孩子。」

「……這麼做，妳父親不會很辛苦嗎？我是戰犯之子喔？」

「正因為如此才要收養你啊。父親想在帝國軍中找回桑克雷家的系統，他或許想讓身為兒子的你來填滿巴達叔叔去世後組織出現的缺口。儘管那是未來的事了。」

「老爸的功績和我的能力沒有關係。要我填滿他留下的缺口是不可能的。」

「這麼認為的多半只有你自己吧。」

伊庫塔板著臉陷入沉默。留心要做到公平的說明，炎髮少女繼續補充。

「話雖如此——就像你所擔心的，這提議並非只有好處也是事實。一旦加入伊格塞姆家，你也必須作為伊格塞姆生活。雖然不會強人所難要你從現在起學習雙刀武藝，在作為家族一份子的前提下，可以看作沒有軍人以外的生活方式。」

雅特麗不假修飾地告訴他關鍵所在。少年聽到後緩緩地搖頭。

「……那我不會接受，雖然名副其實地成為妳的親屬很有吸引力。」

「當場拒絕啊。後半段的說明或許等收養手續辦妥之後再說比較好？」

少女開玩笑地回答，伊庫塔苦笑著聳聳肩。

「又不是社會上流行的行銷騙術。如果你們不惜採用這種手段也想要拉攏我，那倒是我的榮幸。」

「可能的話，是很想拉你入夥。我也抱著同樣的想法……不過，我知道你會拒絕。」

雅特麗邊說邊啜了一口飲料。收養提議展開的一連串言語交鋒，其實就像結果已定的套招。少年直盯著少女。

「我曾經說過吧，雅特麗，我是來拐走妳的。如果我加入伊格塞姆家，就實現不了關鍵的目標。」

「我也知道你會這麼說……唉～我被甩啦。」

「上次我邀請妳一起當科學家時，妳不也甩了我嗎？彼此彼此。」

當話題告一段落，兩人露出笑容互相對望，不約而同地碰碰杯子。

「為紀念這次平手——」「乾杯。」

和上街的時候截然不同，兩人表面上在校內毫無共通點。

全心用功學習的雅特麗和心力全花費在偷懶上的伊庫塔，作為學生的評價正好相反。他們的共通之處頂多只有校內知名度，唯獨在這一點上，可以說是兩極相通。因此不必碰面，他們的行動便透過傳聞傳進彼此耳中。

「聽說雅特麗希諾小姐這次考試又遙遙領先拿下第一名。」

「伊庫塔那傢伙，今天也在拉尼老師的課堂上闖了禍。」

關於兩人的新聞頻頻更新，誇張的時候，他們甚至能即時得知彼此正在校舍何處做什麼。簡直和在同一間教室裡相差無幾。

「聽說你今天在拉尼老師的課堂上脫得精光？」

「那個大叔在說明關節和肌肉的時候趁機偷摸女學生的身體，所以我就主動擔當模特兒啦。順便一提，我沒脫內衣褲。」

包含傳聞傳播時加油添醋的部分在內，伊庫塔和雅特麗很享受這個狀況。廣受矚目也不以為苦的強韌神經，是兩人同樣具備的資質。

「馬修那傢伙，好像又跑去挑戰雅特麗希諾。」

「然後反而被擊敗吧。明明每次結果都一樣，那傢伙真學不乖。」

那些新聞中偶爾會摻雜其他名字。最常出現的無疑是馬修．泰德基利奇，在那些持續挑戰自入學起不曾稍受撼動的雅特麗希諾．伊格塞姆要塞的挑戰者當中，他顯得特別不屈不撓。

「喂，雅特麗希諾！下次軍事史的考試和我一較高下吧！」

「那是無妨，但挑數理系來較量比較聰明。我不覺得自己會在背誦問題上出錯。」

展現王者風範輕鬆應對連日的挑戰，雅特麗在所有領域都稱霸學生們的頂點。馬修卻幾乎從未勝利過，但另一方面，有一個人很感興趣地旁觀著他連戰連敗的經歷。那便是伊庫塔．索羅克。

「喂喂，那邊那個豐腴的少年，我有要事相談。」

「你說誰豐腴？我很忙，別隨便煩我！」

「好了好了～別那麼冷冰冰的，不是什麼壞事。我想傳授不管輸多少次都不氣餒的你戰勝雅特麗所需的力量。」

「除了睡午覺和翹課別無長處的傢伙這麼說，聽起來也只像是新的詐欺手法！」

持續挑戰全校第一的優等生，不知為何就被全校第一的問題學生纏上，搞得馬修十分混亂。不過相對於本人的困惑，伊庫塔很中意他。馬修是少年在校園內會主動交流的少數對象。

打從入學以來，伊庫塔一直避免在校內結交親近朋友。雅特麗能夠理解，他計畫遲早要離開帝國，這麼做也是理所當然——正因為如此，伊庫塔積極的接近微胖少年就顯得更加顯眼。某天放學之後，她試著詢問理由。

「有件事想問你，為什麼你要纏著馬修．泰德基利奇？因為捉弄起來很有趣？」

正和迷路跑進校園的野貓玩耍的少年毫不猶豫地回答：

「那也有一部分，但最大的理由是他不屈服於妳。明明挑戰妳那麼多次又持續落敗，切身感受到實力差距，他依然沒喪失挑戰的氣概，也沒因為嫉妒而心態扭曲企圖扯對手後腿。這是很了不起的表現。我打從心底尊敬他那率直的不服輸精神。」

他難得認真的口吻這麼說，轉向雅特麗。

「反倒是妳，才應該快點察覺他的可貴。承認贏不過妳而低頭的人，會從屈服的舒適中嚐到甜頭，往後越發依賴妳。當妳總有一天陷入真正嚴苛的狀況時，這種人絕不會站在妳身旁幫忙。比起墮落成應聲蟲的同伴，此時更可靠的一定是持續當個勁敵的人。」

伊庫塔近似忠告的建議令雅特麗抵著下巴沉思。

「失去後才會明白競爭對手的重要性……是這個意思嗎？」

「正因為妳出類拔萃地優秀，這才是切身的問題。要是理解的話，妳也不時慰勞一下馬修。偶爾把榮譽讓給他——我不會要求那麼多，視時機稱許他的努力就好。盡可能別擺出居高臨下的態度。」

她試著依言想像，但要對那位不服輸的同學做到這點難度頗高。特別是別擺出居高臨下態度的部分。

「雖然沒有自信，我會試著留意……不過仔細想想，剛才這番話真令人意外。你不是打算帶我離開帝國嗎？」

逗貓的手霎時頓住，伊庫塔一臉苦惱地抱起雙臂。

「……問題就在於這裡。如果去邀馬修，他願意一起走嗎？」

聽到他微弱的問，雅特麗不禁笑了。終有一日要分別——這名少年既不夠機靈也不夠無情，沒辦法為了這種理由一直拒絕和眼前的人們交流。

「回到正題——談到保有競爭對手，我也想告訴某人。讓你認真起來才是最快的方法。」

「要一邊翹課一邊避免不及格也是很不容易的喔。」

兩人的嘆息聲重疊在一塊。被逗弄膩的野貓悠哉地躺在原地曬起太陽。

另一天，雅特麗前往他位於校地內樹林深處「巢穴」查看情況，驚訝得瞪大雙眼。

「——睡得好厲害，這是怎麼回事？」

「……本來正和美麗的婦人一起愉快地喝茶，她老公突然出現……狠狠給了我一拳。」

躺在吊床上的少年右臉瘀青腫脹。回想起之前也發生過類似的事，炎髮少女疑惑地歪歪頭。

「儘管肯定是你自作自受……你在其他不良嗜好上明明處理得很好，唯獨在女色方面特別笨拙耶？」

「……或許是吧。不知道從何時開始……只要看見年長女性一個人寂寞的模樣，我的身體就會擅自行動。」

「聽起來不怎麼健康。不如說，你是打從以前起就那麼偏愛年長異性嗎？」

說到此處，雅特麗直覺地領悟到那股衝動源自於什麼。昔日他拚盡全力想要保護的年長女性已不在人世。

「……不管怎樣，你可別跟人私通。否則的話遲早真的會挨刀子喔。」

基於理智做了最低限度的提醒後，她結束這個話題。決定何時去面對傷口，是專屬於當事人的權利。

蘊含許多波折及某種預兆，兩人的日常生活繼續著。

有時設計賣假寶石的詐欺師中圈套——

有時經過一番激鬥後將惡名昭彰的盜賊團送進大牢——

有時拿出證據揭發官吏暗中貪汙的罪行——

有時救出被人口販子帶走的十七名小孩，將他們全部送回父母身邊。

當然，事件並不全都有痛快的結局。伊庫塔提出的「任務」，背景時而包含沉重的主題。社會制度的缺陷。公權力的腐敗。產業的衰弱化。特權階級的壓榨。透過許多事件看見的帝國實情，甚至只不過是冰山一角——黑髮少年擔任嚮導，讓雅特麗一一直視在生活中模糊感受到的腐敗真實情況為何。

「最致命的並非腐敗本身，而是沒有可充作剎車的機制存在。」

某天傍晚，從校舍屋頂上俯瞰眼下街景的少年說道。雅特麗俯瞰著相同的景色，側耳傾聽。

「諷刺的是，皇室和貴族們的怠慢源自於對軍方的信賴。在真正出大事前，軍人們會想辦法解決的——抱著這種想法，直到直接面對決定性的破綻為止，他們都會肆意實施苛政。因為那些傢伙僅僅只看到眼前的得失。」

伊庫塔加重語氣闡明，這個國家是何等病入膏肓。

「這個國家沒有能夠指出這種愚行的角色。即使有人看得出來，也沒有這種角色。以伊格塞姆代表的主流派軍人能夠執行來自內閣的命令，卻無法指出命令內容的缺失。對施政表達異議是不可原諒的踰越職守行徑——這麼認定的價值觀深植人心。」

黑眸望向遠方的街景。目光所及之處，快步踏上歸途的大批行人將染成暗紅色的大馬路擠得熱鬧不已。

「市井小民本來便不認為自己有資格參與政治。對他們來說政治就像天氣變化，無論下雨或打雷都只能接受，他們已經認命了。而且，民眾果然也同樣覺得——真的出了大事，軍人想會辦法解決的。」

對這個事實深深嘆息，少年再往下說。

「根據這種狀況來思考，帝國將面臨的命運只有兩種。腐敗盡頭的滅亡或腐敗末了的變革。跟制度一起自殺，或是破壞制度重生。」

挑明殘酷的二擇一選擇，伊庫塔目光炯炯地直盯著身旁的少女。

「妳明白吧，雅特麗。無論哪一條路，伊格塞姆都將確實滅亡。亡國自不用說，即使國家依循新制度重生，身為舊體制守護者的你們也將面臨最先遭到清算的下場。如果你們懂得改變立場靈活地鑽營處世那另當別論，但要是做得到，這個國家應該早已轉換成軍政體制。」

雅特麗僅僅沉默不語。少年所說的內容，她沒有一點能夠反駁。

「未來只有毀滅等著你們。明知如此，我無法將妳留在這個國家。

……所以，和我一起走。拋棄將妳束縛在帝國的伊格塞姆姓氏，作為純粹的雅特麗希諾，不受任何事物拘束——和我一同在這個廣闊的世界生活吧。」

少年說出和孩提時相同的邀約，話語中包含了長年累積的感情。

即使痛切地明白他的請求有多麼殷切，炎髮少女只能搖頭。

「為了自保拋棄帝國的一切逃亡……你這麼要求我？」

「沒錯，我這樣要求。不趁現在逃跑，妳只會被這個國家害死。當妳面臨比誰都更真切地為國家著想、比誰都更激烈地奮戰，身心都因為過勞千瘡百孔——卻依然撼動不了的破綻時，妳將被迫發覺所有努力都是徒勞無功……光是想像妳就此結束一生，我幾乎現在就要發瘋。」

少年用因憤怒而顫抖的聲調呻吟。在遭到利用、殘酷驅使後毫無回報地死去——伊庫塔無奈地將身旁少女的未來和過去許多英雄面臨的命運重疊在一起。

「……不過，偶爾我也搞不清楚。我真的相信嗎——相信妳會有答應這個提議的一天，相信我帶妳離開帝國的日子終會到來。」

無力的聲音消散在空氣中。在黃昏夕照之下，他虛張聲勢的偽裝顯露無遺。

「我好不甘心，雅特麗。明明想像得到妳的毀滅，現在的我卻無論如何也無法切實地描繪出妳的救贖——」

今天我們普通地逛街購物吧，伊庫塔提議。兩人之間有一些隨時都能輕易做到，卻還沒嘗試過的事情。

「我打從以前起便想過，如果有機會將妳好好打扮一番，一定很愉快。」

一方面是為了少年的願望，兩人今天來到當地有名的裁縫店。信步觀賞著捲在木棍上販售的五顏六色布料與剪裁成各種造型的成衣，雅特麗一臉不怎麼理解的表情。

「嗯……？對我個人而言，非機能性的衣服不太具有吸引力。」

「我很尊重妳的價值觀，不過唯獨今天別爭論這點吧。所謂的打扮是從犧牲機能性開始的——嘿，老闆！」

伊庫塔一拍掌心，一位衣飾高雅的女子沒多久便踏著碎步匆匆從店內過來。

「……果然是伊庫塔。你帶了位好漂亮的姑娘過來。」

「好久不見，雪薇。我依照約定，今天以顧客身分上門。」

「我等你很久了。這代表——這位姑娘就是傳聞中的小雅特麗吧。」

名叫雪薇的女子充滿好奇心的接近雅特麗，花了好一段時間將她仔細從頭打量到腳。

「原來如此……的確是頂級的原石。搭配起來很有成就感。」

「我自認帶了世界第一的鑽石過來，盡情放手去做吧，雪薇。」

「就想聽你說這句話。來，兩位都請進來。」

伊庫塔和雅特麗跟著招手的老闆踏進店內深處。

「話說小雅特麗，妳和伊庫塔認識很久了？」

挑選幾件衣服之後，雅特麗和少年暫時分開被帶往試衣間。她一邊試穿，一邊隔著布簾和外頭的雪薇聊天。

「這幾年認識的。雪薇小姐是怎麼結識伊庫塔的呢？」

「我在酒吧喝酒時遇到他搭訕。一開始，我可是一頭霧水。畢竟……他怎麼看都是才十來歲的男孩，而我是快滿四十的大嬸耶？」

雅特麗以指尖確認布料的觸感，聽到後老實地大吃一驚。

「在我看來，也覺得雪薇小姐應該更加年輕。」

「呵呵，謝謝。我好歹是服飾店老闆，外貌不看起來年輕點會影響到生意嘛？」

雪薇老練地應答後繼續話題。

「回到伊庫塔的話題上，那一定和外表年不年輕沒關係，他好像和更年長的對象來往過……雖然這話由我來說怪怪的，看了不是令人有點不安嗎？」

當她徵求同意，少女毫不猶豫地點點頭。

「前陣子他還臉頰瘀青，聽說是被調情對象的丈夫揍的。」

「啊哈哈哈！對呀，也發生過這種事。只是挨揍就能解決還好，萬一捲入砍傷事件就大事不妙。」

雪薇哈哈笑著說道，口氣突然變得嚴肅。

「但是——最主要的是，我認為那孩子的青春很混亂。單純喜歡年長異性是無妨……不過該怎麼說，伊庫塔的情況好像更嚴重？」

雅特麗挑選服裝的手霎時頓住。腦海中浮現優嘉．桑克雷柔弱的面容，一陣摻雜鄉愁的痛楚掠過她心頭。

「……或許沒錯。」

「就是說吧？我直覺感到，他好像在追逐某個人的影子。伊庫塔真正喜歡的大概不是年長女性，而是某個人……唉，但我也不方便追問得太深入。」

她說完後嘆了口氣，直盯著布簾後的少女，雅特麗也從動作的氣息察覺到了。又相隔一會，雪薇悄然開口。

「不過……是呀。老實說，妳來到這裡讓我放心多了。因為伊庫塔的目光筆直看著妳。不是透過妳看向某人的影子，而是確實注視妳本身。在我所知的範圍內，妳是唯一的例外。」

這是第一次有外人如此評論她與少年的關係。雅特麗總覺得有些不好意思，同時感覺到對話告一段落，開始專心試穿。雪薇的聲音最後一次越過布簾傳來。

「他說他帶了世界第一的鑽石來呢。真叫人吃醋——」

「這種感覺如何？總之配齊了一整套。」

雪薇牽著少女的手來找坐在椅子上等候的少年。才剛轉過頭，伊庫塔的時間一下子暫停了。

那是一襲她平常很少穿著，細長布料包裹全身的紗麗服。上半身部分為穿透式，透出貼身短上衣和胸口到腰際的曲線。長裙部分為沉穩的紅褐色，涼鞋鞋跟不算高。搭配整體不至於太過高調，與少女本人的魅力出色地協調在一起。

「怎麼樣？我參考你的意見，試著不去考慮機能性。」

雅特麗手放在輕薄光滑的布料上詢問。可是等了一陣子，少年也沒開口說話。

「——啊——嗯、呃——」

察覺伊庫塔一直語塞的理由，雪薇得意地笑笑。

「看樣子，本店不必擔心砸招牌了。」

作為專家的自尊心獲得滿足，老闆繞到兩人背後推了一把。

「好了——打扮妥當就出去玩。你們今天的目的地不只這裡而已吧？那得趁著日頭高掛天上的時候去逛逛。」

「啊，雪薇，買衣服的費用——」

「不必了，這次當成是我送的禮物。」

聽到她若無其事地說，伊庫塔瞪大雙眼回答：

「不、不不——這些全都是上等貨吧？」

他望向少女的服裝說道。抱著相同念頭的雅特麗在少年身旁正要開口，卻全被雪薇攤開一隻手制止，並露出特別燦爛的笑容。

「所以說是禮物啊——送給兒子第一次帶回家的女孩。」

被那一句話封住所有反駁，兩人最後無計可施地被推出裁縫店。

「……我在等的時候，妳和雪薇聊了什麼？」

並肩走在被購物客人擠得熱熱鬧鬧的街道上，少年回想起剛才的對話，不由得在意地問。雅特麗沒有隱瞞地回答。

「主要談論你對女性的偏好。她很擔心你，說你專找年長女性當對象不太健康。」

「真沒料到……唉，我也無法反駁。」

伊庫塔露出複雜的表情陷入沉默，因為找不出下一句話該接什麼，他強行改變話題。

「那麼，起碼今天我們就健康地玩樂吧。妳是不是有點餓了？」

「是呀。來吃點東西吧。」

「那我去附近的攤販隨便買點吃的，很快回來，妳在這裡等我。」

「我也一起排隊啊？」

「現在的妳怎麼能排隊。妳也不喜歡弄皺新衣服吧？」

伊庫塔苦笑地說。低頭瞧瞧剛買的衣服，雅特麗皺起眉頭。

「……的確犧牲了機能性。」

「或許沒錯。不過，看見妳盛裝打扮的樣子更令我開心。」

少年臉上浮現無邪的笑容，就像到了現在才終於能夠表明自己坦率的心情。雅特麗懷抱溫暖的心情目送他轉身跑向攤販的背影離開。

接下來要等他回來，但呆站在相同位置不必要地引人矚目，少女走向就位在附近的店舖，準備看看商品打發時間。

「老——老公，有客人！」「歡、歡迎光臨……！」

才剛站到朝向街道敞開的店面前，一對年輕夫妻便猛撲上來。雅特麗正對那股氣勢感到錯愕時，做丈夫的開始介紹商品。

「您覺得如何？這是時下流行的塔茲克織物！這匹布的花色很適合您！」

他拿起陳列在店面最顯眼處的布匹遞到客人眼前。不等少女反應，他就更換一樣商品繼續同樣的行動。

「這一款如何？雖然花色有點大膽，小姐妳很漂亮，穿什麼應該都合適……啊哈哈！」

雅特麗拿起對方塞過來的塔茲克織物觀看，臉色卻為之一變。沒發現她的變化，那對夫婦又拿出其他商品。

「——打擾啦。」

充滿威嚇力的沙啞嗓音傳入店內。那對夫婦渾身一顫停住動作，僵硬地轉過身。

「貝、貝夫克先生……」

「喔，老闆。錢準備好了吧。」

長著一張可怕臉孔，名喚貝夫克的男子率領背後數名同伴踏進店內。年輕夫婦撇開頭不敢直視他的雙眼。

「那……那個……再、再一會！只要再等幾天一定湊齊！請看，貝夫克先生你批給我們的貨也一點一點賣出去了……！」

「開什麼玩笑，我三天前就下了最後通牒！」

貝夫克毫不理會那些藉口放聲咆哮。店老闆嚇得腿軟，一屁股坐倒在地上。

「既然還不出錢，我們就要按照契約扣押房子──喂，你們幾個。」

當他一聲令下，那夥人便企圖進入店內扣押，其中還有人拿著拆卸住宅用的工具，著手破壞房屋面向街道的部分。大概是要同時回收值錢財物及解體店鋪，他們的動作既匆忙又粗暴。

「住──住手、住手啊！」「店面！我們的店面！」

那對夫妻顫抖著抱在一塊嚷嚷。雅特麗挺身擋在兩人面前，毅然地喊道：

「……請住手。我有事想請教幾位。」

「幹什麼？小姐。無關的顧客閃一邊去。」

「我也想這麼做，但三天前發出最後通牒今天就扣押，令我感到有些不解。依照本州的債權回收規定，在這種情況下至少也要間隔一週才對。」

少女根據知識主張。貝夫克惡狠狠地皺起眉頭。

「……啊？不然怎樣，如果再等上四天，這兩個傢伙趁機連夜逃跑，小姐妳要負責嗎？」

「即使真的發生，你們看來也不會有時間之外的損失。打從提供融資的階段起，你們盯上的就是這塊土地吧？」

雅特麗寸步不讓地反擊。貝夫克的表情變得更加凶狠。

「……別多管閒事，小姐。聽著，我借錢給那邊那對蠢夫妻，打契約要在上個月月底前連本帶利地償還，他們卻還不出錢。因此我才按照協定來扣押這間當作借貸擔保品的店舖。事情只是這樣，沒有任何把問題複雜化的理由。」

「你從一開始就不希望他們還清借款對吧？既然安排店裡出售這種劣等貨的話。」

少女遞出先前曾拿起的布料說道。剛剛老闆親口說過，店內的貨物是眼前這群人轉賣給他們的。

「南方特產塔茲克織物——最近很流行是事實。因為暢銷，想靠只有花樣類似的假貨大賺一票的傢伙也源源不絕。世上也有討厭的巧合呢，我前陣子可是才剛對付過這麼一幫人。」

男子臉上的表情消失。年輕夫婦聽到後瞪大雙眼。

「……咦？假、假貨？這是……？」

「我並非專家，但織物的結構明顯不對，也找不到塔茲克織物最大的特徵，藝術性的斜紋線。我剛剛在別家店見過真品，因此不對勁的感覺更加明顯。店裡擺著這種商品銷量也不可能增加。賣家只是將庫存硬推給你們而已。」

看上這對眼光不佳的夫婦經營的店舖及土地，借錢給他們——看出整件事的壓榨結構，雅特麗把布料放回櫥櫃。貝夫克露出不整齊的牙齒嘲笑。

「哈——那又怎樣？不過是那邊那對蠢夫婦眼睛不夠利罷了。做生意等於打仗啊，小姐。錯全算在看不出東西好壞的人頭上。」

「我是外行人，不否定這一點。惡質的提前催債，在商業的世界或許也被認可為一種作戰手法……就算如此，下達最後通牒的時間是三天前是你們也承認的事實。那麼，基於此地的商業法，他們應該還剩下四天的寬限期。」

「混帳，給我差不多一點——」

對延長的問答感到煩躁，一名手下上前想扭住少女。她迅速抓住那隻手臂壓下去，以站姿鎖住對方的關節。

「嘎啊啊啊……？」

「既然你們企圖以明顯的形式違反規則，這一點我絕對無法坐視。四天後再上門。這是應該遵守的道理。」

雅特麗將慘叫的男人推回店門外，向對手表明堅定不移的意志。認為自己被黃毛丫頭看扁的那夥人接二連三地撲上去，然而當第二人被打中要害、第三人被投擲技摔出去時，貝夫克不禁臉色一變。

「喂——你們停手。」

他叫住正在煽動同伴的手下，直瞪著眼前的少女。因為在這個階段他已領悟，繼續混戰下去只會增加傷患。

「……既然話說到這個份上，改天再上門也不是不行。」

貝夫克修正行動方針後這麼說。雅特麗背後的夫婦面露喜色。

「不過——在道理之外，我們還有面子必須顧到。妳明白吧。你們幾個，動手。」

收到指令的那夥人奔向店外，不到幾分鐘後收集了附近的餐飲店裝廚餘的桶子跑回來，將擱在烈日炎炎之下散發惡臭的廚餘同時倒向店內。

「——！」

憑雅特麗的體能想要閃避十分簡單，但背後那對夫婦束縛了她的雙腳。如果我躲開就會潑到他們身上——這個念頭浮現時，她已做出選擇。

廚餘的浪花拍打過來。半融化的菜渣、黏著腐肉的骨頭、褪成褐色的果皮、連是什麼都難以分辨的液狀物——這一切毫不留情地潑灑在少女全身上下。

直到波浪過去為止，她一步也沒有動。雅特麗在事情結束後的模樣令人心痛。美麗透明的紗麗服、底下光滑的上衣、剪裁高雅的裙子——雪薇隨著祝福送上的禮物，全被廚餘滲出的腐水染上斑點，汙染得不成樣子。

「嘿！——挺好看的嘛。」

看到她的模樣，貝夫克滿意地揚起嘴角。

「我們這次是過來在查封店鋪前先以示儆戒，就當成這麼回事吧。剩下四天，如果搞成這樣你們還有辦法做生意那就隨意吧。」

「…………」

「漂亮的衣裳都糟蹋囉，小姐。學到教訓的話，以後再也別對我們挑毛病──噗喔？」

解氣的男人正轉身要走，一個圓盤狀的物體砸中他的臉。

「好好好好燙──？」

那是塊澆滿融化起司的麵包。黏稠的起司緊貼著皮膚不放，滋滋浸染開的燙熱感令貝夫克半癲狂地抓著臉。

「水水水水！給我水！」

「來，水。」

一只陶瓶塞進他求助的手裡，除了想逃離覆蓋臉龐灼熱感外什麼也無法思考的貝夫克毫不猶豫地將瓶中物往臉上一倒。充滿辛香料萃取液的調味料毫不留情地補上一擊。

「嘎啊啊啊啊！這是什麼、好痛！眼睛好燙～～！」

「混、混蛋！」「你對大哥做了什麼！」

由於一連串的事情發生得太過流暢，貝夫克的手下到了這時總算行動。早一步拔腿就跑的少年穿過他們的手臂四處竄逃。購物的顧客們訝異地看著當街你追我跑的一群人，但這並未持續多久，兩眼完全看不見的貝夫克向手下們求救。

「我、我看不見路……！你們幾個快來幫忙！井在哪裡！」

「可、可是，大哥……」「那個小鬼還沒……」

「我叫你們來幫忙沒聽到嗎！可惡～臉好痛～～！」

喉頭迸出粗野的吶喊，貝夫克由手下領路搖搖晃晃地離開。少年見那夥人離去後衝進店裡，迎面目睹炎髮少女的慘狀。

看到他的雙眼愕然瞪大，雅特麗胸中刺痛。不是因為渾身廚餘的丟臉模樣被他看見，而是她知道，自己此刻的悽慘樣子深深地傷害了少年。

「……伊庫塔……」

在停下腳步的那一瞬間，伊庫塔極為自然地決定一個行動並即刻實行。他將那夥人拋下的廚餘桶舉至頭頂，將剩下一半倒在自己身上。炎髮少女倒抽一口氣，啞然失聲。

弄成和雅特麗一模一樣的狀態後，他先握住少女胳臂將她拉到身旁，另一隻手撿起香蕉皮對準店內全力扔了過去。年輕夫妻被砸在眼前地板上的香蕉皮嚇得驚叫。

「哇！幹、幹嘛、你想幹嘛！」

「這是應該潑在你們身上的泥巴吧！」

伊庫塔大喝一聲蓋過他們的責備，轉身往前走。被他拉著的雅特麗半聲不吭地低著頭。

伊庫塔帶著衣服弄髒的少女前往附近最高級的旅館。當兩人穿過大門走進石造建築物，旅館老闆疑惑地出來接待。少年毫不猶豫地要求。

「這裡有公用澡堂吧！可以馬上包場嗎？」

「是，有是有——」

確認之後，伊庫塔從口袋裡掏出錢包。裡面裝著對付騙子們玩火時得來的報酬。他一口氣抽出十幾張紙鈔，直接遞給老闆。

「我用這筆錢包澡堂一小時。不必燒熱洗澡水，盡可能多準備水！還有肥皂和香油！是室內便服也無所謂，準備兩人份的替換衣服！愈快愈好！」

「是、是！」

或許是將他們看成古怪的上賓，一開始錯愕的老闆收下錢後應對非常迅速。他們立刻被帶往澡堂，站在空蕩蕩浴槽前方的沖洗處，用儲備大桶裡的水清洗起身體。

「我請老闆準備了室內便服，髒衣服還是脫掉比較好。要我背過身去嗎？」

「這樣就可以了。再說，你也一樣脫掉比較好。」

「嗯……也對。我也脫囉。」

他們自然地彼此點點頭，先將搭檔精靈放在地板上，接著脫去全身衣物一絲不掛。兩人對於在對方面前赤身裸體都沒有抗拒感，在沉默中切實感覺到，今天是從四年前起一直延續過來的。

「從頭開始沖水。水有點冷喔。」

「嗯，不要緊。」

雅特麗點頭之後，少年用提桶舀水緩緩地沖洗她全身。感受著髒污從肌膚上沖掉，少女的目光落在方才脫下放在一旁的衣服上。

「……穿上不到一小時就沾滿廚餘，不知道該怎麼和雪薇道歉才好。」

「衣服再做新的就好，現在更重要的是妳的身體。」

反覆沖水洗掉彼此身上顯眼的污垢後，少年暫時放下提桶，拿起請老闆準備的肥皂和毛巾。他將香油瓶留在腳邊，在沾濕的毛巾上磨擦肥皂。

「擱了一段時間的廚餘腐臭味很難消除。雖然要了香油，還是得先用肥皂仔細清洗，特別是頭髮。」

「嗯，我知道……另外，伊庫塔。」

「嗯，什麼事？」

接過沾滿泡沫的毛巾，少女在濡濕的炎髮下垂眸小聲地道歉。

「……對不起，我一下子就毀了衣服。」

聽到那句話的瞬間，少年重重咬牙到下顎骨喀吱作響。害得她這樣道歉，他不甘心到極點。哪怕回溯到兩人相遇那一天，他也從未見過雅特麗如此沮喪。

一邊胡亂猛搓肥皂泡，伊庫塔一邊斬釘截鐵地說：

「我只有一句話要說。這世界上沒有任何妳需要道歉的事情。」

「乾得差不多了……怎麼樣？」

少年與少女清潔完身體後被帶往房間，寬鬆地套上充作室內便服的長袍，並肩坐在房內兩張床的其中一張上。聽雅特麗要求確認，伊庫塔將臉龐貼近她的炎髮和身軀反覆呼吸。

「……嗯，沒問題。只有香油的氣味和妳自己好聞的味道。」

「是嗎，太好了——接下來該檢查你了。」

少女微笑著點點頭，抓住伊庫塔的肩頭同樣把臉湊上去從頭到身體確認味道，忽然疑惑地皺起眉頭。

「……？沒有廚餘的臭味，不過這是什麼？像是烘烤過的樹葉……」

「嗯，大概是我前天去菸管店留下的餘味。那時候我得意忘形大口猛抽了一陣。」

「你的不良嗜好的種類又增加了？我看是養成習慣了吧。」

雅特麗傻眼地說，但貼近對方的臉龐沒有離開。伊庫塔也像回禮般搔搔她的腋下，有好一會兒，他們像兩頭感情親密的狗般玩鬧著。

「……妳是怎麼跟那夥人起衝突的？」

當穿過窗戶射入屋內的陽光開始減弱時，與她並排躺在床上，少年詢問。包括背景在內，雅特麗照實說明在那家店起衝突的經過。聽完之後，伊庫塔沉下臉色。

「看上土地提前催債……那夥人正如我所想的一般惡質，不過開店的夫妻也很糟糕，太缺乏注意力和警戒心了，被人逼到絕境有一半是自作自受。」

「我也有同感。就算沒遇到提前催債，那家店大概也撐不了多久。」

「乾脆置之不理就好了。只不過是提早四天失去店鋪而已。」

相對於冷漠的說法，他心中充滿對少女的擔憂。強烈地感受到這一點使雅特麗面露微笑，但還是搖搖頭。

「有四天時間，或許會大不相同。足夠他們收拾必要的行李，或許還能夠轉換心情面對下一段生活。得到這段緩衝期是他們被法律賦予的正當權利。所以非得捍衛不可——當我這麼想時，身體已先行動了。」

從四年前起從未改變，這便是她的生存方式。伊庫塔一臉苦澀地咬牙。

「……結果導致只有妳被潑了一身汙泥。」

「在我之後，你也淋到了啊。」

「那是理所當然的。我怎麼能放著妳獨自蒙羞！」

少年拉高嗓門坐起上半身，表情悲痛地面對雅特麗。

「……如果碰到相同的情況，妳又會為了保護別人挺身而出吧？」

「我想沒錯。保衛國民的生命和財產是軍人的——伊格塞姆的職責。」

「就算潑到妳身上的……不是廚餘，而是子彈也一樣？」

「我還是會挺身而出。只要這樣能換來保護到最多人的結果。」

「…………！」

他理應早已清楚這個答案。伊庫塔理應比任何人都更了解炎髮少女的生存方式、了解從相遇那一天起始終不曾改變志向的她有多寶貴。

正因為如此，他唯獨在這一刻無法忍耐——聽到她回答的瞬間，少年失去自制。

「——就因為——妳是這樣！」

受到絕望的衝動驅使——下一瞬間，他俯身蓋在少女上方。

「……伊庫塔？」

仰望少年近在眼前的臉龐，雅特麗搞不清狀況地愣住。

「————」

雙手越過她的肩膀抵著床單，伊庫塔眼神幽暗地開口：

「——既然無論如何都扭轉不了妳的志向——乾脆鎖住妳吧。」

「…………」

「有句話叫孩子是插銷，意指藉著孩子的存在維持夫妻感情，我打從以前就討厭這種說法……因為反過來看，代表羈絆薄弱到沒有孩子就會斷絕吧？」

少年厭惡地說完後，嘴角浮現自嘲的笑容。

「明明討厭——現在的我卻連這種東西也想當成救命稻草。我忍不住去想，如果靠一個插銷足以留下妳，那不管用多骯髒的手段也要鎖在妳身上。」

臉龐貼近到彼此呼吸相及的距離，他終於說出決定性的台詞：

「現在、在這裡，讓妳懷孕。」

——這一招說不定管用。伴隨實現而來的不利條件和醜聞，應該會逼使妳從此不得不遠離軍人之路。」

「這是我所能想到最糟的手段。連我自己也覺得，真虧我想得出如此愚蠢的方法。可是、可是

「——」

撲通！少女的心臟猛然一跳。在四目交會下，少年勉強擠出聲音繼續道：

伊庫塔的說話聲無法控制地顫抖著。他本身深深理解，自己的行徑愚蠢無比、是稱之為卑鄙都嫌不知分寸的人面獸心惡行——儘管如此，別無他法。無論怎麼嘗試，少年也想不出其他帶炎髮少女離開帝國、將她的人生和伊格塞姆劃分開來的方法。

「身懷六甲醜聞纏身、無法再當伊格塞姆和軍人——這樣一來，妳就會和我走嗎？就算怨恨我、就算仇視我……妳會作為單純的雅特麗希諾生活嗎？逃離和帝國一同自殺的命運嗎？」

他右手手指抓住少女肩膀。敞開的長袍內露出細緻的肌膚，渾圓的乳房曝露在空氣中。儘管如此，雅特麗一動也沒動。深紅的眸子並未露出拒絕之色，她筆直地注視著他。

「——推開我啊，雅特麗。妳明白吧？我現在發了狂。」

先求助的人是伊庫塔。此時，少女終於靜靜開口：

「……我想像過了。如果真的發生，我會怎麼生活。」

「…………」

「懷上你的孩子，消息傳到人盡皆知，從高級中學休學或退學——生產之後也是波折不斷。我預測不出父親將怎麼行動，更重要的是本家會如何處置我。逐出家門倒簡單，但現在的伊格塞姆正為缺少繼承人所苦……搞不好將連醜聞一起概括承受。」

雅特麗詳細訴說腦海中想像的假設未來。在想像中一天天度過那些生活，她在不久後找出一個答案。

「然而，連這些都只是微枝末節。我在想像過程中察覺——就算如此，我一定不會停止當個伊格塞姆。」

炎髮少女忍受著彷彿要撕裂胸膛的疼痛說出口。因為她知道，這個答案將進一步加深少年的絕望。

「等身體恢復後回到高級中學復學，最慢頂多兩年吧。我打從一開始就不在意風評——我不認為和你生下的孩子是醜聞。儘管只能在忙碌之餘抽空育兒，伊格塞姆本家應該會出力協助。說來不好聽，這孩子可是寶貴的繼承人，比起有瑕疵的我，他們在養育上多半會更加精心呵護——啊，還是你想撫養孩子？這麼一來如何說服本家是個難題……」

雅特麗冷靜地往下說，同時打從心底覺得自己很不中用。為什麼說不出更適合的話？不是這樣，應當用來回應他感情的台詞不是這種東西。

「只是，無論如何——孩子都不會變成你剛才指的插銷。你想帶我離開帝國的願望不會實現。所以，這種手段可以說從一開始就是失算……不過在此一前提上，我也要說一句話。」

她終於想到一件能作為回報的事。這個事實令她鬆了口氣，微笑著說出口：

「我一定會生下腹中的孩子並養育他。不管周遭的人或本家說什麼，我自己絕不墮胎，也不容許他們逼我墮胎。唯獨這一點，你也可以放心。」

伊庫塔的黑眸搖曳著無數的感情。指尖觸碰少年的臉頰，雅特麗放鬆全身力道閉上眼睛。

「我不準備推開你。因為，害你發狂的正是我。要做的話——輕一點喔。這好歹也是我的第一次。」

哪怕是沒有意義的行為也好，少女心想。那裡一定有除了意義之外的一切。

在同意一切閉上雙眼的她面前——伊庫塔口中發出細微的呼喚。

「……雅特麗……」

「什麼事？」

「……妳真夠過分……」

那是深受打擊的人才有的聲調。解開覆蓋她的動作退開，他直接背對少女癱坐下來。

「……我要招認，我從很久以前就發現無法將妳從伊格塞姆切割出來。那種事打從一開始就不可能實現，更重要的是我自己也不希望。

因為——自最初相遇時起，妳便是雅特麗希諾．伊格塞姆。那是我認定為半身的女孩完美無缺的美麗型態。不管再怎麼鑽牛角尖，再怎麼發狂，我也絕不希望……損及妳的存在方式。」

雅特麗在他背後緩緩起身。少年繼續說道：

「我無法面對這個事實，一直欺騙自己。因為——一旦面對就動彈不得。本該帶妳離開帝國即可解決的問題，將連解決法也找不到便沉入黑暗中。這麼一來我該如何是好？明明想救妳卻連方法都不知道，如果走進這種死路……」

少女輕輕觸摸他顫抖的背。她能夠說的話只剩下一句。

「我有你在。再也沒有比這更大的救贖。」

少年搖搖頭，像撒嬌的小孩一樣拒絕接受到此結束的結論。

「別點頭。要把死心放棄後的死巷當成樂園，我和妳都還太年輕了——」

幾天後，上完上午課程的雅特麗前往樹林深處的「巢穴」尋找少年。一如往常地躺在吊床上的伊庫塔瞥了她一眼，撇撇嘴角不高興地說：

「——我從頭重新審視了戰略。」

他先從結論說起。少女站在吊床旁等待下面的話。

「將妳從伊格塞姆切割出來這個目標本來就設定錯誤。我不得不承認，沒辦法只帶雅特麗希諾離開帝國。不帶雅特麗希諾．伊格塞姆走就沒有意義可言。」

方針修正得太遲了，少年抱怨。雅特麗神情嚴肅地頷首。

「是嗎……那麼，你要怎麼辦？」

在深紅雙眸直視下，伊庫塔為難地搔搔臉頰。

「嗯，關於這個……我還沒想出具體方案，因此安排了緩衝期。這次我決定謹慎行動不要焦急，至少到畢業為止的時間都要用來擬定新作戰計畫。」

他似乎還沒找到脫離死路的方法。雅特麗心情複雜地接受這個事實，猶豫幾秒後毅然開口：

「既然是這麼回事，我有一個提議。」

「嗯？」

伊庫塔愣愣地看向她。炎髮少女努力地保持平靜繼續道：

「你知道兩年後有高等軍官甄試吧。我當然打算參加，不過──根據傳聞，那一年雷米翁家好像將派出有力的競爭對手。」

相對於心中的負疚感，準備好的說詞流暢地脫口而出。就因為這樣我才不可愛，她雖然這麼覺得，一段話說來卻一點也沒吞吞吐吐過。

「身為伊格塞姆家的長女，首席合格動章勢在必得，我想借重你的力量。第一階段是筆試無關，但從第二階段甄試起──考生之間展開競賽時，我想找到足以替我看顧背後的對象。」

雅特麗說完後閉上嘴巴，伊庫塔針對這番話思考一下後反問：

「總之，妳要我一起接受甄試？」

「當然，我也準備了酬勞。在伊格塞姆家人脈可及的範圍為你介紹國內的工作，地點和行業都隨你喜歡。這樣如何？」

這次少年思索好半晌，說出一個志願。

「……帝立圖書館館員也行？」

「我之後得查查看，但多半可以。圖書館員本來就被看成閒差事。」

雅特麗點點頭。唔嗯～沉吟煩惱到最後，伊庫塔的目光轉回少女身上。

「那我答應。擬定下個計畫看來還得拖很久，在構思期間待在最輕鬆的工作環境也不賴。」

「那就決定了。來講究一下，喝一杯慶祝建立合作關係吧？」

少女說著從肩頭的布袋裡拿出兩個酒杯，其中一個交給伊庫塔，再從袋裡取出小酒瓶，看得少年雙眼圓睜。

「……沒關係嗎？雖然不見其他人影，這裡可是在校區內耶？」

「我可是在玩鬼把戲，不做點壞事哪算數？」

雅特麗惡作劇似的說道，乳白色的果釀酒倒進杯中。

「我已經被你們父子毒化到做得出這種勾當了。之前你也說過，要全力引誘我墮落，看來在一定程度上滿成功的。」

「這樣的話，我頻頻帶妳去鬧區到處混也值得了。」

伊庫塔爬下吊床，不服輸地露出大膽笑容。兩人在樹林中面對面而立，高舉盛滿的酒杯。

「為妳的墮落及我們的勝利乾杯吧。」

「嗯——乾杯。」

匡，杯子發出堅硬的碰撞聲。啜入口中的酒既甘甜又苦澀。

雅特麗在穿越樹林回到校舍的途中心想——別有用意的意圖表現得太過露骨。要求他協助自己參加高等軍官甄試的提議實現，等於在水面下維持伊庫塔．索羅克和帝國軍的連結。這肯定是堅守著不願從軍的他成為軍人的可能性，打著一碰到機會就要將他拉進軍中的主意。

不必重新分析也很清楚，這是伊格塞姆暗藏的鬼胎。是他們自以為是到極點的希望，企圖為帝國軍找回桑克雷系統，藉那股新風氣替閉塞的未來找出新的光明……在漫長歷史中始終如一是伊格塞姆的意義，靠他們自己什麼也改變不了。正因為如此，才無意識地尋求負責變革的人物。如同巴達．桑克雷之於索爾維納雷斯．伊格塞姆那樣。

不過——雅特麗嘆息。就連伊格塞姆暗藏的鬼胎，都被她拿來當成藉口。

相隔四年後重逢的另一半。想拯救她脫離無法逃避的毀滅命運，僅僅為了這個目的一直留在沒有未來的帝國的少年。他所有的感情和行動、每一次掙扎都令少女心中充滿罪惡的喜悅。對雅特麗希諾來說，她絕對無法主動放手或要求訣別——即使自己明知在最後那道界線上無法回報少年的心願。

剛買的新衣服弄髒的那一天，從床上仰望聲明要令她懷孕的少年，她心想這樣也好。縱使那個行為沒有任何意義，既然是少年苦惱到最後選擇的方法就十分寶貴。不問手段的優劣、方法的好壞，哪怕結果只留下傷痕——那份痛楚才是她不由得想緊緊擁抱的。

「到頭來——我無可救藥的貪心啊。」

少女做出結論，停下腳步仰望天空……像左手和右手一樣兩者為一。昔日與他訂下的約定依然深扎在彼此心中最深處，至今仍如往昔般不曾褪色——

「對，沒錯。所以——我不會再放過了。」

——剎那間，周遭一瞬間變黑，凍結般的嗓音從背後傳來。

「……？」

雅特麗隨著令人寒毛倒豎的戰慄感立刻轉身——停止呼吸。

佩帶雙刀的炎髮影子。一名伊格塞姆穿著與她毫無差異的裝束佇立在那。唯獨那對深紅眸子充斥著純粹無雜質的殺氣，和她區隔開來。

「永別了，雅特麗希諾。」

伴隨冰冷的道別，影子拔出腰際的軍刀和短劍。雅特麗還來不及做任何對應，兩道刀尖就刺穿她的胸膛。

「啊——」

甚至不容人慘叫的劍光掠過。斬斷手臂、斬斷雙腿、斬斷頭顱。雙刀刀鋒執拗地劈開她全身，自那原本是炎髮少女的物體徹底地剝奪意義。

連這都只是個開始。將殘骸砍得不成原形後，炎髮影子揮刀斬向更多事物。

斬斷跨越天空的七彩虹橋。斬斷開朗溫柔的白衣科學家們。斬斷巴達・桑克雷裝傻的笑容。斬斷優嘉・桑克雷脆弱的微笑。斬斷第一次從廚房偷出食材時的雀躍。斬斷渾身濕透地釣起沼澤霸王時的興奮。斬斷意見衝突互不相讓的白熱化激辯。斬斷率領一營士兵執行任務時的苦惱與達成後的喜悅。斬斷和狼群死戰感受到的戰慄。斬斷世上任何東西都無可取代，與自身存在的另一半締結的約定。

斬斷在騎士團的回憶。斬斷哈洛泡的茶喝起來的滋味與心靈得到撫慰的記憶。斬斷對馬修直率的挑戰心所持的敬意。斬斷和托爾威的友誼及對他懷抱的愉快對抗心態。斬斷對薩扎路夫無盡的感謝。斬斷自己超越臣子立場投向夏米優殿下的一切有人情味的關愛。

斬斷對於伊庫塔的所有感情。他的心願、他的苦惱、他的掙扎——他說過的每一句話。一直以來化為溫暖光芒充滿雅特麗希諾心房的那一切閃耀事物，都被當成無用之物永遠斬斷。

將這樣被切得粉碎的靈魂——碾碎成粉末收集起來——投入火中焚燒。

「——嗚——啊——」

靠著封死的焚化爐門扉，半身逐漸燒毀消失的感覺令她喘息。

「——啊——啊啊——」

漸漸喪失。使她成為人類的所有要素，在火焰中連灰燼也不剩地漸漸死去。

那股劇痛言語難以形容。靈魂被撕裂的瀕死慘叫，正是折磨她的極致刑罰。

她不可能承受得了。多想馬上放聲大叫。若能不顧一切地拋棄自尊和辨別力，向熊熊燃燒的烈焰伸出手——抓住被割捨事物的殘骸，該有多輕鬆。

可是，她不被允許享受這種安樂。她承擔的宿業不允許。所有退路都被交錯的雙刀刀鋒封堵，直到最後一條。

少女僅僅緊閉雙眼呆立在焚化爐前。像腳板被鐵釘穿透的罪人。像一把牢牢插在地面的劍。

「——————」

在以為會永遠持續的折磨盡頭，不知不覺間——少女獨自置身於空洞的黑暗中。

結束了，她藉此發現。被烈火焚燒的靈魂已徹底死亡。

「…………」

她不再疼痛。死去的心一語不發。她的內在像空洞般空無一物。

在空洞中迴盪的只有一個聲音——遵從命令，去做必須完成之事。

「——是。」

少女無動於衷地頷首，睜開合上許久的眼眸。她粗魯地用手背擦去沾濕眼角的液體——那座焚化爐已從眼前消失。

取而代之映入視野的，只是放在角落的床鋪、樸素的桌椅與整齊地擺在周遭的行李。炎髮少女在熟悉的帳篷情景中沉默地轉過身。

「……雅特麗……」

搭檔西亞自腰包關心地呼喚主人。少女即刻搖頭。

「那女人，已經，不存在了。」

她以鋼鐵般的聲調宣告，走向帳篷出口。看著主人失去所有感情的側臉，西亞也無法再說些什麼。

一來到戶外，夜風撫上臉頰。光是這樣，淚痕很快就乾涸了。完全清除掉多餘的人性，獨自留下的伊格塞姆邁開步伐。

為了達成職責。為了討伐伊庫塔・索羅克。

第四章

Alderamin on the Sky

約定

在向前突出的裸岩區形成屋簷的寬敞淺洞窟中，「旭日團」搜索隊中尉以上的軍官整齊劃一地並肩而立。

「我來說明戰鬥方式。」

和騎士團同伴們一起並排站在他們面前，擔任總指揮的伊庫塔這麼起頭。

「我們現在率領全軍衝進庫古羅沙耶波岩石地帶，選擇適合防衛戰的地點配置兵力。這個大片裸岩區相距不遠的密集據點——具體地形是這樣。」

在他眼神示意下，四名士兵緩緩地放倒擺著手製地形圖的長桌。伊庫塔指向紙面對部下們展示內容。

「正如各位所見，這個防衛據點共由八個裸岩區構成。中心部分三個、環繞在周遭的五個，總計八個。為了方便起見，各裸岩區在此稱作區塊。我們要在各區塊安排部隊，與其他裸岩區的同伴攜手合作，堅持抵禦敵方攻擊直至友軍抵達——到此為止都明白吧。」

伊庫塔看向部下們確認。因為沒有人發出疑問，少年將目光調回地形圖上。

「各區塊加上的編號當然是為了方便辨別稱呼，但同時也代表防衛的優先順位。根據這一點，我來說明為何如此排序的理由。

首先——現在我們集合的地點是第一區塊，八個密集區塊的中心部位。這裡不僅位在深處，外圍又大半是聳立的懸崖難以進攻。再加上躲在這個地點……隱蔽在大幅凹陷的裸岩區內，適合設置司令部。不必多說，一但此處被攻陷一切便結束了。

在對面右側的是第二區塊。這個區域是司令部直接的護盾，為迎擊來自陣地東側攻勢的要地。如果此處被攻陷，全面陷落大概只是時間問題。」

軍官們吞了口口水。一瞥他們緊張的神色，少年淡淡地往下說。

「緊鄰第一、第二區塊下方的是第三區塊。儘管裸岩區體積最小，這裡和第二區塊一樣是防禦要點，作為司令部的護盾，同時直接支援南側的兩個區塊。當然，也不能被敵人攻下。」

畫個圈包住說明過重要性的三個區塊後，他的目光移向周邊。

「從第四區塊到第八區塊雖然編了號，但幾乎沒有確定的優先順位差距，將依照對手如何進攻變動。而選第八區塊當最低順位，是由於該裸岩區本身位置孤立距離中央區塊遙遠，面臨來自正西方的攻擊時其他區塊難以支援，在戰鬥初期被盯上的可能性很高，算是會被敵人扎進一根釘子的地點。

當然，第六、第七區塊也面臨同樣的危險。反過來說，只要嚴加保衛住這些地方，對手就找不到侵入陣地的破綻。」

畫一條線串聯起外圍五個區塊，伊庫塔掌心用力一拍地形圖。

「在第四到第八區塊盡可能維持防線，不讓敵軍接近第一到第三區塊要地，並堅定固守部隊整體的持續交戰能力，直到友軍預定抵達的四天之後——這是我們要達成的勝利條件。

伊格塞姆派搜索隊兵力為五千餘人，相對的我們則是兩千四百。雙方戰力比大致是二比一——考慮到我們守在據點貫徹防禦的立場，很有可能完成防衛任務。因為地形環境是裸岩區，也不必擔心騎兵的威脅。」

少年以有力的口氣承諾，重新正面對著部下們。

「軍事政變的結局將依照這一戰的結果而定吧。根據這一點，大家聽聽我的一個想法。聽好了，我們絕非被逼得走投無路只好無奈戰鬥，而是知道在這裡的勝利將通往未來而戰。分裂的帝國軍重回一體，重整大廈將傾的國家——我們接下來要打實現此事所必要的最後一仗。平安地堅守到底並結束亂象。」

黑眸中帶著意志的光芒，伊庫塔斬釘截鐵地說。接著明確指出戰鬥理由點燃他們的士氣——盡到總司令官的職責之餘，少年努力用每一個言行舉止來鼓舞部下們的戰意。

「手段和目的的區別算是講清楚了。如果沒有問題，我要任命負責防衛各區塊的指揮官。第一區塊——負責人當然是我本人，因為我必須考慮戰況對整體作出指示。以公主為首，政治上的重要人物當然都要待在司令部。」

伊庫塔說到此處暫時打住，望向身旁的微胖少年。

「第二區塊——馬修，這裡交給你。」

「我、我嗎？……不是托爾威沒關係嗎？」

「非你不可。我要安排托爾威和他指揮的狙擊部隊一起視狀況遊走在各區塊之間。與兩側第六、

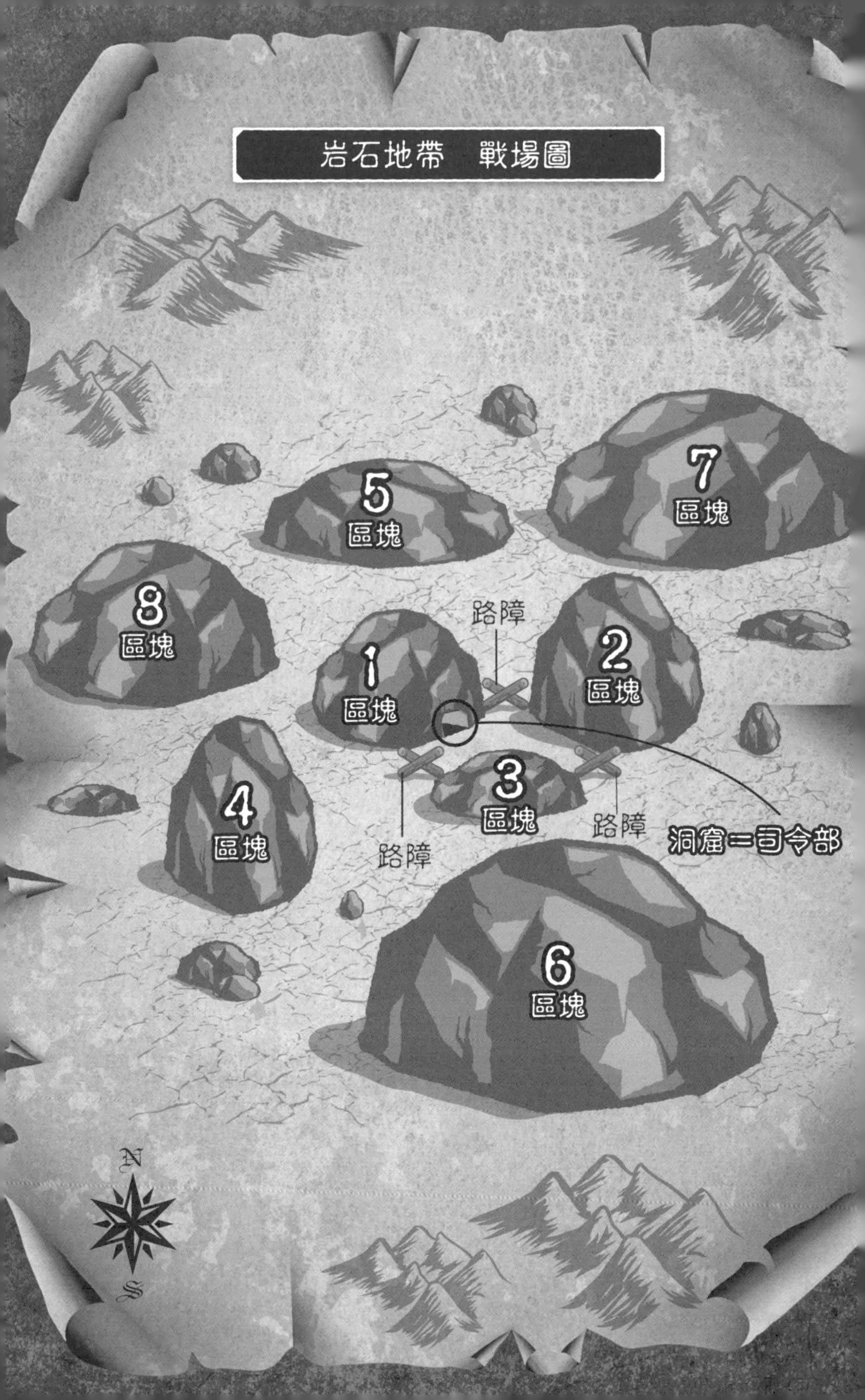
岩石地帶　戰場圖
5
區塊
7
區塊
8
區塊
路障
1
區塊
2
區塊
3
區塊
路障
路障
4
區塊
洞窟＝司令部
6
區塊
N
S

第七區塊連動的調整、敵軍進攻時白刃戰的指揮——考慮所有因素，在適應能力上能夠勝任東側防衛的人選也只有你。」

聽伊庫塔仔細說明挑中他的理由，馬修經過微妙的猶豫之後毅然頷首。

「……包在我身上。我無論如何都會堅守到底，儘管放心吧。」

為了展現起碼的志氣，馬修在言詞上裝出自信十足的樣子。心懷感謝地望著他展現尊嚴，伊庫塔的視線轉回正前方。

「接著是第三區塊——分配在這裡的兵力較少，希望指揮官迅速並準確地加以運用。交給老手賽佐伊上尉吧。」

「屬下領命！」

被指名的是曾在前旭日團服役的年邁軍官。在這種狀況下託付指揮權的對象，若不支持伊庫塔的立場就不用談了。接下來的第四到第六區塊，也根據這個條件及指揮能力挑出人選。

「然後是第七區塊——這裡也是依戰況發展，愈到戰鬥後半重要性愈高之處，相對的士兵們的負擔也可預料會加重。考慮到這一點——」

他話聲一頓，看著在排成一列的軍官邊角縮著肩膀的女子選中了她。

「蘇雅・米特卡利夫士官長，交給妳指揮。原本的階級實在不夠高，所以妳從現在起升為中尉臨時官。」

她本人一時之間沒有聽懂，一臉愣愣地呆立不動。直到那一瞬間為止，她都不知道自己被召來這裡的理由。

「……咦、咦？請、請等一下！我只是士官耶？」

「才不等。各區塊的運用兵力平均近三百人，我可不准平常替我代管部隊的妳說辦不到。如果妳想去軍校進修，等一切結束後我來安排。」

蘇雅正想說問題不在那裡，被伊庫塔有力的發言蓋過。

「我要訂正另一點。妳不是單純的士官。而是我的副官——愛徒。」

這麼一句話完全封住她的反駁。少年保持嚴肅的表情往下說：

「我本人判斷妳在這個局面值得擔當大任。妳還有什麼怨言嗎？」

「…………不，沒有。」

沉默數秒鐘後，蘇雅微低下頭回答。伊庫塔露出微笑。

「那就好，交給妳了——繼續任命，最後的第八區塊是——」

軍事會議回到正題。補上剩下一個之後，所有區域分配完畢。

「——各區塊負責人的任命一如上述。此外，托爾威上尉的狙擊部隊、哈洛瑪上尉的醫護兵部隊視狀況而定往所有區塊游擊。從現在起直到防衛成功為止，別以為有空閒坐下來休息。」

「……嗯！」「是！」

托爾威和哈洛同時頷首。接著，伊庫塔的目光轉向穿著輕甲的女孩。

「露康緹准尉的部隊繼續擔任公主近衛保衛司令所。你們是最後一道防護牆，絕不容許輕率行動。無論在任何狀況下。都以公主的安全為最優先考量來行動。」

「了解！」

她活力十足地回答。以此做結，黑髮少年拉高音量。

「從現在時刻起，作戰開始——全體展開行動！」

在人口密度隨著軍人們奔出去降低的司令所中，夏米優殿下躊躇地接近若有所思地佇立著目送他們背影離去的黑髮少年身旁。

「索羅克……可以打擾一下嗎？」

「嗯？怎麼了，公主。廁所在那邊。」

「不是的！不是的……我有句話無論如何都想現在告訴你。」

公主以嚴肅的口氣說道，咬著嘴唇低下頭。

「……對不起。都是我的錯，害你被迫陷入這種狀況……」

「要怎麼看才是妳的錯啊。從事情開端直到現在，扮演臭不可聞的幕後黑手耍著我們玩的都是在那邊裝作游刃有餘的狐狸。」

少年彷彿在說她估計錯誤似的聳聳肩，但金髮少女還是搖頭。

「正因為如此……現在回頭想想，我應該最優先除掉那個人……除掉托里斯奈才對。不擇手段，不管做出怎樣的暴行也該除掉他。」

公主對著皺起眉頭的伊庫塔繼續道。

「直到今日為止，應該有很多次機會。以我的地位做得到。只要在懷中藏著刀子若無其事地靠近他，不由分說地一刀刺進他胸膛——事情就解決了。國民和精靈不會被當成人質，那個人的陰謀將在實現之前化為泡影。就算我和他同歸於盡，也絕不至於演變成這樣——絕不會發生你和雅特麗被迫交戰的情況——」

少女自責自己的失策。伊庫塔對她的誤解當場一笑置之。

「我還以為妳要說什麼，結果是為了沒有鋌而走險道歉？那我反倒要誇讚妳——多虧妳平安無事活到今天，公主，妳的謹慎、妳的聰慧——如今全部成為我們的希望。」

少年沉穩地說著摸摸公主的頭。少女的肩膀微微顫抖起來。

「為什麼你要對我如此和善……？快點回想起來，是我把你拖進非你所願的軍人之路！徹底奪走你的親人和故鄉的是我們家族！所以你應該恨我，應該馬上揮拳揍我才對！否則的話——否則的話……！」

當公主雙眼含淚地逼近，伊庫塔忽然露出認真的神情。

「……是啊。關於這件事，我也有句話要告訴妳。謝謝妳，公主。謝謝妳那個時候推了我一把。」

他回應少女的既非痛罵也非責難，而是正好相反的話語。公主倒抽一口氣仰望著他。

「什……麼……」

「參加高等軍官甄試時——我正動彈不得。為了想帶走雅特麗留在帝國，卻在掙扎的過程中察覺自己的作法在根本上就是錯誤的……從此走進了死路。

無論如何都想拯救她。可是，不知道怎麼做才有辦法拯救她。不是把雅特麗希諾從伊格塞姆切割開來帶走，不拯救完整的她脫離毀滅的命運就沒有意義可言——面對這個矛盾，令我完全看不見前景。」

回顧從前的掙扎，伊庫塔直視著金髮少女。

「不過，此時妳出現了。妳撞破死路盡頭的厚牆，強行將我丟進軍人這條路上——一開始我是很憤怒。絕對不從軍，是我在媽媽臨終時答應她的約定之一。因此我恨過不講理地迫使我違背約定的妳。」

少年長長地嘆息一聲，以豁然開朗的表情仰望天空。

「可是——這樣很好。我愈是思考，愈體認到沒有其他正確答案。想拯救雅特麗，只有我自己從軍改變國家型態一條路走。察覺這一點是時間的問題，只是下決定和實行的順序交換而已。如果……沒有公主推了我一把，我或許會白白浪費好幾年。這段空缺或許將化為致命的缺陷影響到現在。一想像到這種可能——我對妳只剩滿心感謝。」

伊庫塔在岩地跪下來使視線與對方同高，再度說道：

「要我說幾次都行。謝謝妳推了我一把，公主。

多虧遇見妳——我如今才能站在有能力拯救她的位置上。」

這番話令少女呆立不動。她搞不清楚自己正浮現什麼樣的表情。

「……直到戰鬥結束為止，請確實躲在司令所深處。雖然有據點，這次打的是真正的野戰，難保一不小心就有流彈飛過來。

啊，還有——無論如何都別接近司令所那一頭。正如妳所知道的，那邊有個遠比流彈更惡質的傢伙。」

伊庫塔指向淺洞窟北側隔離皇帝和狐狸的角落忠告，嘿地一聲打直膝蓋。

「我要專心思考一下。要和她全力交手，腦筋動得還不夠呢。」

托爾威在軍事會議結束後離開司令所，登上第一區塊裸岩區。

「嘿咻……這裡相當高啊。」

大略環顧周遭景色，青年說出感想。話雖如此，第一區塊和其他裸岩區相比並未特別突出。在標高上遜於第二區塊、第四區塊、第七區塊，和第八區塊相差無幾，無法一眼望盡周遭地形——必然的，視野中隔著裸岩區有多個看不清楚的死角。想掌握整體戰況，密集的聯絡不可或缺。

過了下午四點開始轉暗的天空下，外圍五個區塊已部屬好士兵，正根據剛才的軍事會議內容進行最終調整。作為核心的三個區塊之間也有士兵頻頻往來，急著輸送從子彈算起的各種物資。

「雅特麗小姐那邊呢……？」

青年從右手的望遠鏡探頭望去，環顧擁有他們兩倍兵力的敵軍布陣。往西北西、東北東、南三個方向展開的伊格塞姆派搜索隊配置從數小時起就沒有變化，沒有展開某些行動的跡象。

如果對方衡量風險和勝算，打消戰鬥念頭的話──青年正抱著這樣的期待，另一具望遠鏡從身旁伸了出來。

「很遺憾，他們會發動攻勢。多半是在日落之後，做好心理準備。」

伊庫塔彷彿看穿他的想法說道。托爾威彎彎嘴角放下望遠鏡。

「……無法避免一戰了嗎？」

「沒錯。如果對方有透過交涉尋找妥協點的意思，應該早已表明態度。既然截至目前還沒有任何聯絡，那只有認識到他們的覺悟了。」

「他們說不定正苦惱於該如何判斷，比方說等待後方傳來指示。」

「根據此地和飢餓城的距離及玉音放送的時機，指示應該也送到了。既然判斷要素齊全，我不認為她會白白浪費時間。這麼一來，沒有行動便是在等待進攻良機。」

少年始終篤定的陳述。托爾威努力接受那些刺耳的話語，將頑強地想留下的天真念頭掃出腦海。

「……是啊。關於夜襲的預測也很合理。既然他們知道我方主力是風槍兵，首先應該會採取封鎖狙擊的措施。」

「我預定派光照兵部隊合作，好在夜間也保障射擊需要的視野。話雖如此，也不能照亮整片黑暗。要是機動力優秀的小規模部隊趁著夜色四處行動那可難以應付。以少數精銳殺進來打亂戰局

——正是雅特麗的拿手好戲。」

伊庫塔將望遠鏡收進懷中，轉向身旁的青年。

「在開打之前，我只告訴你一個——依目前的戰況，若對手是平庸將領要堅守到底不成問題。雖然雙方戰力比為二比一，我方有臨時湊數的防衛據點，支撐四天不至於太吃力。」

「……嗯，我也這麼想。如果對方指揮官不是雅特麗小姐的話。」

托爾威以僵硬的聲調說道。黑髮少年也沉重地頷首。

「就是這麼回事……我將不折不扣地絞盡所有心力來面對這一仗。可是，別期待在戰術層面上勝過她。自有生以來，我作為軍人的資質從來不曾贏過她一次。在所有意義上，連一次也——沒贏過。」

依序眺望往三個方向展開的伊格塞姆派部隊，伊庫塔一臉嚴肅地往下說：

「不光是你，馬修和哈洛，或許連公主也誤會了。聽好了——我之所以能在『騎士團』內一直扮演領導者到今天，並非因為我的戰略眼光和擬定作戰方案能力在雅特麗之上。其實正好相反，是我作為前線指揮官只有二流水準，雅特麗則是超一流，只有她才能勝任最前線指揮工作。」

對這段發言感到吃驚的翠眸青年搖搖頭。

「……我不如此認為。無論在北域或海上，我們都遇過許多靠著你的指揮才跨越的難關。不——正因為同時擁有你的戰略眼光和雅特麗小姐的戰術能力，我們才得以存活至今。我想這便是『騎士團』的戰鬥經歷。」

「聽你這麼說感覺很不錯，我也對自己過去的成績抱著一定程度的自信——不過，我還是想說。如同我用我的方式跨越困境，雅特麗也有她的一套。即使在先前託付給我的整體指揮分野——她的實力也絕不比我遜色。」

少年重新做出結論，直盯著托爾威。

「所以，光靠我全力以赴依然很危險。你不一起翻出所有壓箱寶是不行的。……聽著，要勝利，托爾威。作為開拓下一代戰場的旗手，徹底擊潰雅特麗希諾．伊格塞姆。憑藉走在時代最先端的射擊手段，將戰爭形式刷新得面目全非，取代伊格塞姆的存在。唯有這個結果——能使她脫離炎色的宿業獲得自由。」

咻～一陣摻雜砂礫的風吹過兩人之間。在直視自己的青年面前，伊庫塔沒多久後自嘲地垂下眼眸。

「我的願望只有這個……想想還真過分。這一仗是甚至連部下和同伴的性命都拿來當成籌碼，一生只有一次的豪賭。

你可以輕視我，可以詛咒我，我為此利用了你，至今為止也一直都在利用你。煽動你承擔下個世代的戰爭——實際上卻只是為了達成自己的夙願，將托爾威．雷米翁強留在戰爭中。強留住溫柔到連眼前的動物都不忍心射殺的你。」

和她交手前夕，少年也像公主一樣忍不住吐露心聲。完全體諒他的心情，托爾威露出堅定不移的微笑。

「這是我自己選的生存方式，阿伊。拜你所賜才得以選擇的生存方式。我不會輕視你，也不會詛咒你。因為——我們不是抱著同樣的想法站在這裡嗎？想找回和雅特麗小姐一起歡笑共度的那段時光。」

說完唯有這一點絕不改變後，青年將手輕輕放在胸膛上。見他連一句抱怨也沒有，伊庫塔為難地彎彎嘴角。

「……從第一次見面時開始，我一直在依賴你的善良。」

真心話從心靈的縫隙間溢出。托爾威面露微笑回應：

「只對我嚴格、只對我冷淡、只對我壞心眼——我一直都很喜歡這樣的阿伊。」

他的言語和一舉一動，都充滿了伊庫塔絕對模仿不來的率直……持續面對自己的軟弱，懷抱軟弱走過漫長艱險道路的青年。對他的生存方式心懷敬意，黑髮少年猛然舉起握拳的右臂。

「我們要拿下勝利，搭檔。」

「——嗯！」

兩隻手臂交錯撞在一塊。由兩人交織成的十字穩固地紋風不動。

*

下午六點過後。不出黑髮少年所料，當暗紅色的餘光從西方地平線消失，伊格塞姆派的士兵們同時展開行動。

「全體前進。」

少女淡淡的聲音在黑暗中響起。首先行動的是部屬在密集裸岩區西北西方的部隊，儘管路況崎嶇，隊伍依然整齊地行進，拉近與第八區塊的距離。

一眼就能看出的異狀，是他們所有人都遮住了一邊眼睛，在戰鬥上應當最為重要的「視野」受限一半的情況下一步一步接近敵陣。

「風槍兵、弓兵——蹲下。前排，確保遮蔽物。」

部隊在彼此距離約一百五十公尺外停步，聽令壓低身軀。前排士兵收集周遭的岩石堆砌起來，充作臨時遮蔽物。

「舉起遠程武器。」

士兵們同時舉起武器。他們手中的風槍和弩弓瞄準敵陣整然排開。

敵人似乎也察覺他們的動向，遠光燈的探照線同時從眼前的裸岩區射了過來。擔心曝露蹤跡的士兵們無意識地接二連三低下頭。

「光照兵部隊散開。第一、第二、第三小隊——開始照射。」

相對於眾人的反應，指揮官不動如山地下指示。在風槍兵和燒擊兵背後散開的光照兵按照命令讓弩弓上的光精靈發出遠光燈。在目光所及之處，裸岩區的一角被白光照得發亮。

「風槍兵、弓兵——展開射擊。開火。」

接獲命令的士兵們扣下扳機——第一夜的戰鬥在令人毛骨悚然的寂靜中揭開序幕。

＊

「——第八區塊開始交戰！以遠程射擊應戰中！根據遠光燈及彈幕密度判斷，敵軍規模推測為一營六百人！」

收到光信號的傳令兵報告前線狀況。在第一區塊裸岩區上聽取消息，伊庫塔表情緊繃地抱起雙臂。

「……對手正如預料般從第八區塊開始攻擊是很好，不過，以雅特麗來說攻勢太弱了。」

「嗯，我也有同感。」

站在一旁的托爾威點頭同意，翠眸閃過戒備的光芒。

「乍看之下像是武裝偵查，但那是不可能的。對方已知道我方的總兵力，事到如今才來刺探沒有意義。話雖如此，若真想攻下區塊，應該會派兩營以上兵力一口氣攻過來。」

「說得對。這波攻勢要視為聲東擊西。」

暫時這麼判斷對手的意圖，伊庫塔向方才的傳令兵開口。

「呼籲第四、第五區塊保持警戒。就算相鄰區塊遭到攻擊，士兵也別放太多注意力過去。對手可能想趁隙而入。叫他們以固守崗位為第一優先。」

「是！複誦一遍——」

確認過內容後，傳令兵用光信號傳遞起少年的指示。然而，半途中位於反方向的另一名傳令兵喊道。

「第六、第七區塊也開始交戰！第六從南邊、第七從北邊遭到射擊，正以各自判斷展開應戰！敵軍規模各為兩個連約四百人！」

在腦海中整理新增的情報，伊庫塔托著下巴陷入沉思。

「東邊也來了嗎……用兵特別分散啊。不像她的風格。」

「不必提醒小馬注意嗎？派少量部隊攻擊第六和第七區塊，很可能是聲東擊西想襲擊位於中間的第二區塊……」

「不用提醒馬修也會發現的。那邊因為裸岩區較少部屬了較多兵力，對手應當也不會突然衝進正中央的第二區塊。先從第六和第七用交叉火力對付敵軍，到了緊要關頭也能夠從第一區塊這裡派兵支援。」

不操不必要的心。伊庫塔對於微胖少年的信賴，早已納入戰術之中。

「雅特麗當然也明白這一點。這代表，這邊的動靜也不是重頭戲。」

僅僅抱著難以處理的莫名危機感，他無意識地咬著拇指指甲。

「……糟糕。我看不出她的目標。」

面對無法理解地消極的敵軍，第八區塊士兵們穩定地持續應戰。

「開火！趁現在盡可能削減數量！」

擔任指揮官的少壯軍官瑪尼加．謝伊上尉的聲音傳遍周遭。自開戰鬥經過二十幾分鐘，被射傷的傷患依然不多。在高處布陣並躲在岩石後戰鬥的他們，要保護自己不被來自下方的射擊掃中並不難。

「好，這邊也開始射擊！可不能全靠上面的人！」

在裸岩區下戰鬥的士兵們也間接地蒙受好處。儘管沒有高處地利，他們得到來自高處的支援射擊。躲在各區塊之間準備的遮蔽物後戰鬥，敵人一進擊就退後保持距離。再和頭頂的友軍聯手，以槍林彈雨掃射深入裸岩區之間的敵軍。

這可說是求之不得的戰況。繼續這樣打下去，他們的損失將壓到最低限度，只有對手單方面地消耗疲乏。

「……說歸這麼說，對手不會讓這局面持續下去吧。」

謝伊上尉告誡自己喃喃地說。他一點也不認為這批敵軍會貫徹愚蠢的計畫自取滅亡。畢竟同樣是帝國軍正規兵，他學過的東西對手理應也學過，考慮到這一點，上尉找不出現在的狀況持久不變的理由。

「無所謂，如果敵軍發動衝鋒……那就是展現毅力的時候了。」

我說得對吧，利坎中將——上尉握緊手中的弩弓自言自語。昔日在旭日團擔任巴達・桑克雷的部下，在前東域鎮台也以哈薩夫・利坎為上司的他，面對這個局面有足夠的理由奮戰。正因為知道他士氣高昂，司令官伊庫塔才將他安排在危險度較高的區塊。

「請您看著，桑克雷上將……您的兒子和您的遺志，我都會保衛到底。」

上尉腦海中清晰地浮現尊敬不已的名將臉龐。他燃起鬥志瞪視敵軍所在的方向——那片光景忽然令他皺起眉頭。

「……怎麼？有東西……不對勁。和剛才相比，有哪邊……」

背對後排同伴發出的遠光燈持續射擊的敵軍身影映入眼簾，樣子看來有些不對勁，可是乍看之下卻分辨不出來。

上尉覺得奇怪定睛細看，隨即發現原因。兩個、三個……敵軍發出的遠光燈光源在他的視野中漸漸增加。

「燈光正慢慢增加……？」

不對勁的源頭在此。然而，他不明白意義何在。在上尉難以決定該如何解釋眼前光景的期間，敵軍發出的遠光燈繼續增加。

「……不太對勁。傳令兵，報告司令官光源增加的情況。」

「是！」

「那或許是衝鋒的前兆。可能的話徵求司令官判斷——嗚……」

當他將問題視為必須警戒的異狀時，光量已增加到令人眼花。周遭的士兵們也全都皺著眉，要不是顧及敵軍很想摀住臉龐。

「這是……打算當障眼法？不過，再怎麼說以這種距離──」

上尉正要說出口的瞬間，噗──黑暗在眼前落下。

「──咦？」

占據他視野的無數白光，全部同時消失得無影無蹤。

「第八區塊傳來報告！敵軍發出的遠光燈數量正緩緩增加！」

收到報告的瞬間，伊庫塔和托爾威同時納悶地歪歪腦袋。

「……這是想增加燈光來提升射擊效果……嗎？」

「這麼做反倒讓我方的風槍兵更容易瞄準目標。就算用強光照得人眼花，不在相當近的距離下也沒有意義──」

少年說到一半猛然領悟，踢開椅子站起身大喊。

「──通知第八區塊！別看那些光！」

＊

「可以脫下眼罩了。全員上刺刀。」

士兵們聽令拿下眼罩，分別將刺刀與短槍裝在各自的武器上。

「兩翼部隊先行。到山腳為止快步走，抵達後轉為小跑步。要嚴格遵守。」

指揮官考慮到崎嶇路況下達行動指示。預感將有一場激戰的人吞了口口水。

「衝鋒開始。」

相對於部下的緊張，他們的指揮官以不帶任何猶豫的聲調下令。士兵們一踏岩石著手行動，保存沒使用的一邊眼睛直盯著黑暗彼端的敵陣。

＊

「全員提高警戒！敵軍要趁著夜色來襲！」

謝伊上尉口沫橫飛地大喊。他直接判定敵軍遠光燈消失是衝鋒開始的前兆。

「各排報告敵軍動向！那些傢伙怎麼行動？有多少人從哪個角度接近裸岩區！」

在緊張的空氣中，受命的士兵們同時瞇起眼睛想看出敵軍動向。為了維持視野，光照兵也拚命發出遠光燈。無數白光劃過黑暗——但經過十幾秒，士兵們口中也沒說出任何話來。

「上、上尉……」

「怎麼了，快點報告！想耽誤時機嗎！」

「可、可是……我們什麼也……」

他們終於擠出微弱的聲音。隨著時間過去，那口氣漸漸帶著恐懼。

「——我們什麼也看不見，上尉……！」

「…………！」

一接獲近乎慘叫的報告，謝伊上尉立刻衝了出去——親眼從岩石堆砌成的碉堡上凝視眼下光景。

映入視野的是九成黑暗與光照兵發出的一成光芒。除此之外別無他物。明與暗的反差極端化到異常的地步，看不見中間許多事物的輪廓。士兵們說的沒錯，完全看不見直到剛才為止確實看得見的東西——面對這個事實，謝伊上尉用顫抖的右手按住眼皮。

「我等的眼睛……適應了強光……？」

到了這個節骨眼，他終於領悟敵人行動的意義——摻雜在射擊中一點一點增加的燈光，和老實地迎面持續注視燈光的我軍。由於這個狀態長時間持續，無法承受過剩光線量的瞳孔縮小。在這個時機熄滅燈光，已適應強光的眼睛自然無法看透黑暗。

「糟——糟了，這個技巧是——」

上尉腦海中的記憶抽屜喀喀作響地搖晃著。但還來不及打開，士兵們便像驚叫般的報告。

「來──來了！那些傢伙就快到達這裡──！」

受到遠光燈映照的各處浮現黑影，距離之近令謝伊上尉瞠目結舌，反射性地拉高嗓門大喊。

「嗚喔喔喔喔！開火、開火～～！」

壓縮空氣的破裂聲齊聲合唱，槍林彈雨朝著正在攀岩的敵軍傾注而下。黑暗中立刻有數人倒下。

但是──當他們用射擊回敬衝鋒之際，已有許多敵人衝上斜坡。

「「「嗚喔喔喔喔喔喔喔！」」」

穿越迎擊彈幕的敵軍集團發出嘶吼闖入陣地，在射擊不再有意義可言的距離下進入白刃戰。碉堡旁的士兵們因為太晚上刺刀導致無計可施地被砍中，入侵成功的敵兵越發威猛地企圖深入陣地深處。

「別退縮，打退他們！重整旗鼓！」

謝伊上尉在焦慮驅使下大喊。敵軍已跨越應該堅守的防線殺過來，這樣下去全盤潰敗──他十分確定，努力嘗試冷靜地掌握戰況。

「敵人是從陣地西北和西南兩邊集中攀登上來！全員朝這兩處迎敵！指揮官別閒置兵力，動作快！」

上尉在擠滿視力衰退士兵的陣地中命令部下。集中兵力對應敵方攻擊的確很正確，但是──在任何人眼中都顯而易見的正確答案，也容易料中。

士兵們依照長官命令改變布署，但其中有數人卻在長官要求注意的方向之外看見異狀──有人正以快得不像人類的速度在斜坡突出的岩石之間跳躍逼近裸岩區頂部。

「……?喂、喂，那邊!喂，光照兵。快點燈——嗚啊!」

探出身子確認的士兵脖子噴出血花。一道紅色影子縱身越過他朝著碉堡倒下的背部，帶著絕望的預兆降臨。在黑暗中飄揚的炎髮。染著鮮血閃爍的右手軍刀、左手短劍。

「咿——」「嗚、啊……」「哇啊啊啊啊!」

士兵們的慘叫交疊。凡是帝國兵，幾乎沒有人不理解這一幕代表的意思。恐慌的眾人面前，紅色劍士比起自背後跟上的同伴們先一步展開行動。

「疾——」

利刃劃出的疾風吹過。士兵們胡亂刺出的刺刀撲空，回敬的斬擊無情地奪走性命。渾身鮮血的劍鬼殺進敵陣中央，後續跟隨的部下全力擴大她在行經路線上製造的破洞。其勢頭正如怒濤奔騰，就像過去在戰場上一樣，誰也無法阻擋他們的進擊。

「是雅特麗希諾小姐!上高台，由我們狙擊兵阻止她!」

不過，也有人挺身挑戰難題，那就是托爾威直屬的狙擊兵。眼見炎髮少女來襲的三人登上陣地內設置了數個點的高台，開始瞄準目標。

「呼……!」

他們在敵我交錯混雜的戰場上等待狙擊對手的一瞬機會，正如黑髮少年嚴令的，瞄準的是下半身大腿以下部位。只要腿部中彈就算伊格塞姆也得放慢速度，那麼便能夠制伏她。這也是他們在此一困境中最大的機會。只要抓住她，說這一戰算是結束也不為過。

停止眨眼舉著風槍等候數十秒後——良機降臨。在抵達陣地中段的炎髮少女周遭，害怕的士兵們遲疑地退後。諷刺的是，這舉動清出了彈道。從她剛砍倒一人到再度前進之間，至少有零點數秒的空檔。

沒有錯過機會，狙擊兵們扣下扳機。子彈隨著壓縮空氣的爆炸發射，不管身手多麼高明，應該都閃避不了分別從不同方向射出的三枚子彈——

「——疾。」

——剎那間，少女微微一個扭身就讓一切全部歸零。三枚子彈從她皮膚數公分上方穿越。期望一發必中的狙擊兵們眼中浮現絕望——子彈並非落空，是完全被她閃掉。在一團混戰當中，她徹底發現了瞄準自己的風槍兵。

那些狙擊兵的嘗試失敗後，再也沒有人阻止少女狂飆。第八區塊的士兵們被蜂擁而來的敵人徹底淹沒，毫無餘力重整旗鼓。指揮官謝伊上尉仍然繼續抵抗，但他的奮戰在不久後迎向終點。

「別放棄，打退敵兵！這才是第一天，不能在這時候被攻陷——！」

士兵們化為最後的防線持續抵抗。當一部分戰列出現破洞的瞬間，一道風從縫隙吹了進來。

「——嗚？」

上尉察覺時，短劍劍峰已抵上頸脖。繞至背後的少女對僵硬的他無動於衷地說：

「給你五秒鐘。你要投降或死亡？」

「…………！」

一輩子最強烈的惡寒竄過上尉背脊。那是生物本能所能發出的最大限度警告。她的聲音中帶著足以屈服軍官的骨氣及自尊等等一切的強制力。

不需要五秒。不等理智下令，他的雙手兀自高舉起來。

「別去，托爾威！」

伊庫塔堅決制止正要率領部下前往支援第八區塊的青年。依然看著望遠鏡，他以沒有溫度的聲調繼續道。

「太遲了……第八區塊陷落了。」

開戰後不到一小時，對手在短短時間內打下一城。托爾威啞然失聲的呆立在原地，黑髮少年不斷對周遭傳令兵下達指示。

「通知第四、第五區塊，掩護、回收撤退的士兵們。中斷對第八區塊的支援行動，該區已經陷落。再重複一遍——該區已經陷落。」

司令官通知的噩耗沉重地迴響。傳達完事實之後，伊庫塔往椅子上坐了下來，嘆口氣摀住額頭。

「……被光擊的『反面』擺了一道。」

「咦……？」

「和用強光照得人睜不開眼的普通光擊相反，那是用黑暗奪走視力的招式。使敵人的眼睛在長時間遠光燈照射下適應光線，再熄滅所有燈光。直到閉縮的瞳孔再度擴大之前，敵方的夜視能力將極度降低。此時趁隙衝鋒，對手便無法全力抵抗。」

少年也知道這個方法，但這一招硬要說的話是屬於奇襲計策，並不常用。普通光擊更輕便得多，大多數情況下效果也更顯著。一旦意圖被看穿效果就會大減，也是難以輕易實行的原因。

但唯獨這一回，用上這招是無比正確的選擇。因為作為伊庫塔他們防衛重點的風槍，射程和命中精準度將因此大幅削弱。

「如果我親自指揮第八區塊，應該能及早發現對方的目的……不過，正因為指揮官不是我，雅特麗才用了這個方法。我在陣地中央負責整體指揮、從中央看去的八區塊西側是死角——她料到這兩件事來擬訂策略。派兵前往東側，與其說是聲東擊西，不如說是為了分散我的注意力。」

透過伊庫塔淡淡的說明，令一旁的托爾威得以窺見水面下互相洞察機先的鬥爭有多麼激烈。青年吞了口口水——如果現場的報告早幾分鐘傳來，結果或許將截然不同。收到遠光燈數量增加的消息時，伊庫塔約十秒鐘便看穿反光擊的意圖，向第八區塊發出因應指示。如果來得及反應到指揮上，謝伊上尉也許就能堅守崗位更久，單是把眼睛適應了強光的士兵和陣地另一側的人員互換就有效果。

短短幾分鐘、幾秒鐘的差距決定了結果。托爾威戰慄地體認到——自己尊敬不已的少年和少女，正展開這種程度的激烈交鋒。

「操控光線明明是我的看家本領，專長卻一下子被搶了過去——這便是雅特麗。我辦得到的事情她大都也辦得到。第一波攻勢就令我重新確認到這一點。」

自言自語的他嘴角甚至浮現苦笑。閉上眼睛數秒整理思緒後，伊庫塔開口命令：

「托爾威，各派一排四十名狙擊兵前往第四和第五區塊，威嚇遭占領的第八區塊。別讓對方的士兵有機會冷靜。」

針對狀況處置完畢，少年望著已被奪走第八區塊方向喃喃地說：

「既然被搶走了只能要回來，這次輪到我了，雅特麗。」

伊庫塔形容第八區塊是「會被敵人扎進一根釘子的地點」。實際上在區塊陷落的同時，炎髮少女便開始將釘子敲進去。

下一個目標是陣地西北的第五區塊。因為那裡位於從第八區塊能夠俯瞰的位置，風槍彈道直接可及。說歸這麼說，西南方的第四區塊同樣能俯瞰第八區塊，伊庫塔他們也不至於陷入單方面的防禦戰。彈道依照第四↓第八↓第五的順序貫通，戰況成了各裸岩區互相射擊的狀態。

同時，陣地東側的第二、第六、第七區塊也正持續進行攻防戰。伊格塞姆派的進攻以遠距離射擊和光擊擾亂為主，明顯是打算消耗旭日團部隊的力氣。在伊庫塔這一方還有餘力的現在不冒險衝鋒，而是加重士兵的疲憊與逼他們浪費彈藥。

「節約彈藥，和對手距離尚遠時別開火！等到對手發動衝鋒時彈藥會不夠用！」

在第二區塊擔任防禦指揮的馬修當然也清楚敵人的目的，但依然無法避免神經戰持續下去。敵軍的行動是意圖消耗他們的騷擾？還是真正衝鋒前的準備攻擊？或是要進攻其他區塊的聲東擊西？他不能輕忽這些區別。

「一旦露出破綻，這裡下場也會跟第八區塊一樣……！」

少年喃喃地告誡自己。已經有區塊陷落的事實，足以奪走他心中的樂觀。將傳令兵帶來的反光擊消息放在心上，馬修全神貫注地面對黑暗中的敵軍。

「很好，雅特麗——要來就來！別以為有我保衛的地點能夠輕易打下來！」

戰鬥持續了一整夜，但從第八區塊陷落到天亮，伊格塞姆派並未發動正式攻勢。不過他們一直像要隨時轉而衝鋒般虛張聲勢，使旭日團士兵們深受折磨。

在隔離村落好好睡一覺是正確選擇啊。在緩緩泛白的天空下，伊庫塔嚼著古柯葉心想。只要一有空閒便躺在吊床上睡懶覺的時光，如今令他非常懷念。

「奪回第八區塊吧，團長！對方駐紮的兵力並不多，只要有第四區塊支援很可能成功！」

防衛戰第二天，人人在交錯的彈雨中一夜無眠地迎接早晨，數名軍官向伊庫塔提議。可是少年毫不猶豫地搖頭。

「——不行。即使奪回那裡也沒有兵力可派遣過去。區塊陷落時有超過五十人戰死，三倍人數

被俘虜。從其他區塊調遣這些人力過去，將出現為了局部導致整體防禦力下降的結果。」

「但是，照這樣下去第五區塊會守不住！情況不好的話，恐怕將在今天之內陷落……！」

「所以我派狙擊兵過去避免這種況狀發生。至少白天可以放心。無論戰況如何改變，那些傢伙會想辦法的。」

伊庫塔對站成一排面露不安的部下們有力地斷言。然後——這句話沒有說錯，狙擊部隊在日出後驚人地大顯身手。

「舉槍、瞄準！……開火！」

托爾威在第四區塊親自拿槍上陣，和飽經鍛鍊的部下們一起接二連三地命中第八區塊周邊的敵兵。

即使同樣是槍兵，射擊的精準度卻天差地遠。和熟悉風槍戰鬥方式的他們相比，伊格塞姆派的士兵們還沒完全脫離戰列槍兵的作風。

「嘎啊！——可、可惡，腿上中彈了！」

「負傷就退下！喂～醫護兵，過來搬運這傢伙！」

抬傷患的擔架在第八區塊和伊格塞姆派陣地之間忙碌地來回，托爾威等人的戰術更促使情形加劇。依據黑髮少年的指示，狙擊兵們集中瞄準敵兵腿部。

「很好，就像這樣！繼續射擊……！」

這麼做並非手下留情，而是有兩大理由。首先，藉由瞄準不致命的部位減輕射擊自軍同伴的抵抗感。其次，比起戰死者，傷兵能夠給對方增加更多麻煩。搬運一名傷兵最少需要兩名士兵，還得分配人員包紮傷口。

「打頭減一人、打腿減三人……沒錯吧，阿伊。」

不必殺死狙擊對象，還能獲得比下殺手更多的成果。對於翠眸青年而言，這是求之不得的作戰方針。感謝少年命他們以這種方法戰鬥，托爾威將目標轉移到下一個獵物，不斷扣下扳機——

*

「士兵們似乎遲疑不前。」

在北邊的遠處野營地眺望敵陣，梅格少校說道。這句話也是向站在身旁的年少長官而發。

「這也無可厚非。日出之後，對方的子彈準得嚇人，好不容易搶下的西側裸岩區陸續送回傷兵。只要想到一過去自己也會中彈，任誰也不會想去。幸好有性命之憂的重傷傷患不多……」

聽完他的看法，炎髮少女針對最後的意見搖搖頭。

「士兵腿部中彈並非幸運，而是策略所致。對方正透過促使我們分出人力搬運傷兵來加速耗損我方的實質戰力。在這個崎嶇難行的地形，就算只受輕傷，也無法派有腳傷的士兵戰鬥。」

梅格少校倒抽一口氣。這個主意超出他的常識範圍。

「對方竟然如此精於算計……那該怎麼應對，直到日落前暫不攻擊嗎？」

「我本來便有此意，但要繼續小規模的槍戰。一旦槍聲停止，對方士兵就有機會休息。特別是狙擊兵，更必須逼迫他們不分日夜出勤早早疲憊不堪。這麼一來，彈藥消耗速度也會變快。」

少女毫不猶豫地說，瞥向放在擔架上運回來的士兵們繼續道：

「現階段不斷出現傷兵，是因為我方風槍兵還不習慣拉開距離的槍擊戰。沒有負傷持續戰鬥的人，代表具備這方面的資質。當人數達到一定數量，量產傷兵的情況也將停止。」

梅格少校臉色凝重。無論敵我，這個戰場上有太多他不熟悉的要素。

「用實戰來篩選人才……這道理是可以理解，但不會略嫌粗暴嗎？」

當帶批判意味的言論反射性地脫口而出，深紅雙瞳冷冷地回望他。

「五千餘總兵力之中，陣亡、重傷人數合計一千五百，是打完這一仗可容許的損失。在考慮到上限之餘付出必要的犧牲，你對這個作戰方針有何異議？」

她以鋼鐵般的聲調問及軍事的正道。不可能說出其他回答，梅格少校垂下眼眸搖搖頭。

「……不，沒有。您是正確的。太過正確了，伊格塞姆中校。」

「那就好。往後也這麼稱呼我，努達卡·梅格少校。」

少女的口氣明確地轉為命令。梅格少校敬禮回應，不得不領悟到——她已經不需要自己這位輔佐官的意見了。

＊

一整天在小衝突中過去的第二天晚上。晚間十一點過後的深夜時分，伊格塞姆派成員再度出擊一決勝負。

「敵軍從第五區塊北側接近！是兩營以上的大軍！」

「嗯，從這裡也望得見。」

伊庫塔望著北方回應傳令兵的報告。第五區塊標高是所有裸岩區中最低的，從少年坐鎮的第一區塊上也可以越過我方裸岩區觀察敵軍。

「命令第七區塊展開支援攻擊。指示第四區塊繼續壓制第八區塊的敵軍。」

「阿伊，我們也去第五嗎？還是從第七區塊支援？」

「派兩個排到第七區塊，你留在這裡待命。也必須從這個區塊提供支援。」

少年邊說邊指向橫亙眼前的裸岩區一角。

「第五區塊的弱點是西南側的斜坡。該處坡度比其他地方來得平緩，對面衝鋒的防禦力較低。如今彌補漏洞的第八區塊被奪走，雅特麗肯定會攻擊這個弱點。」

「我明白了，在這個區塊的瞭望範圍內射擊敵人就行了吧。」

「射擊時注意安全。第八區塊應該會出手妨礙。」

對指示表示理解地點頭後，青年召集部下在第一區塊西側展開行動。在迎擊對手方面，能夠從相對安全的位置進行支援射擊的狙擊兵極具分量。

「第五區塊報告！自後方新出現兩個營，正從區域西側繞過來！」

意料之中的消息沒多久後送達。伊庫塔輕輕頷首回應。

「這麼快就來了嗎。聯絡安排在第一至第五區塊之間的部隊，散開兵力進入迎擊狀態。」

「了解！」

光精靈散發的閃爍遠光燈化為信號傳至其他裸岩區。下達開頭的對策後，少年開始動腦判讀後續的發展。

*

「別退縮，往前衝！要是怕了就打不下來！」

槍聲與吼叫交疊在一起傳遍周遭。在伊格塞姆派軍官尤哈德上尉指揮下，繞至第五區塊西南邊的士兵們持續攻擊眼前的裸岩區。

「我方進攻中的裸岩區當然會還擊，而來自中央裸岩區的射擊也很激烈……看來無法避免流血了。」

上尉苦澀地撇撇嘴角低語。占據裸岩區的敵軍抵抗極為劇烈，持續交戰愈久損害愈是增加。儘管希望及早攻克敵營，但對前線士兵們來說，那絕非易事。

「啊，腳滑了……！」「可惡！居然潑了油！」

在賭命衝鋒途中，登上斜坡的士兵們一個接一個滑倒。為了補強西南斜坡坡度比其他地方來得平緩的弱點，伊庫塔指揮守軍事先灑上油。所剩無幾的菜籽油庫存，有一大半都傾倒在這裡。

第一棵岩區上，由托爾威指揮的部隊發射的子彈傾注而下，接二連三地貫穿在斜坡中段速度減慢的士兵們。腿被射穿的士兵一個接一個在斜坡半途動彈不得，只剩下等候同伴救援或自行滾下斜坡兩個選擇。

「——各排，抬梯子上前。」

相對於繞至第五區塊西南側的部隊陷入苦戰，炎髮少女親自指揮的北側部隊出現新動作。抱著長度相當於一列隊伍物體的士兵們在最前線現身，沒多久後，遠光燈映照出物體的真面目。他們搬來的是連結起來高度超過十公尺的攻略要衝專用梯。

「搭上去。後列展開掩護。」

抱著長梯的士兵們聽令同時奔向斜坡。察覺對方目的的敵軍集中火力射擊，但就算在槍林彈雨中，他們也不會輕易停下。

「嗚喔喔喔喔喔喔喔！」「搭上去、搭上去～～！」

一個人中彈倒下，就有另一個人接手扶住梯子。要是那個人也中彈，又有下一人取而代之。他們如此反覆地抵達岩山山腳，就像忍耐獲得回報般陸續將長梯搭上斜坡，幾分鐘之內便搭起超過十座梯子。

「——衝鋒開始。路徑開通了。全力猛攻吧。」

眼見事前準備完成，少女當場下令——這次，她不親自加入衝鋒。因為她很清楚，既然敵方有伊庫塔・桑克雷和托爾威・雷米翁在，類似狀況下相同方式攻擊對手必然有方法應付。就算享有最強劍士的聲譽，伊格塞姆絕不犯下過於相信自身劍術實力的愚昧錯誤。

士兵們同時開始挑戰裸岩區，迎擊他們的槍聲也變得更加激烈。

＊

「第五區塊報告！敵軍架起大量長梯！加上西南側攻勢激烈，我軍同伴漸漸有被壓倒的跡象！」

「唉，當然會這樣。」

伊庫塔面不改色地接受預料到的發展——雖然受岩石地帶地形所限無法攜帶笨重的攻城兵器，但梯子不需用車載運也可靠人力搬運。站在雅特麗的角度，沒有道理不使用現有的工具。更何況，運用在進攻第五區塊上也很自然。理由簡單明瞭，這裡的岩山為所有區塊中標高最低，可以期待搭梯子的效果顯著。

「不要緊。專指北側來說，敵人的攻勢很快就會趨緩。」

少年沒特別下指示，僅僅如此斷言。他越過望遠鏡注視的——並非第五區塊的激戰情況，而是遙遠更東方的黑暗。

*

在向裸岩區衝鋒的同伴背後待命，屏住呼吸等待順序即將輪到自己的後排士兵們之中，有數人發出慘叫倒下。

「嘎啊……！」「——？怎麼了！」

周遭的同伴們包圍倒下的士兵。看見軍服背部滲出血跡，一名女兵猛然回過頭。

「射擊……！來自後面！」

在他們發覺的同時，擔任指揮的炎髮少女也看見這個事實。她轉向與正在猛攻的裸岩區相反的方向，深紅的雙眸直視黑暗彼端——

*

「看樣子對方也發現了。各自繼續射擊！」

兩百餘名風槍兵在第五區塊東北方數百公尺外——被黑暗籠罩的一帶散開。指揮其中一個排四十名兵員的，是在托爾威狙擊部隊擔任排長的納群．庫克少尉。他們對準目光所及處浮現的敵軍背影，專注地不斷扣下扳機。

這次奇襲也是伊庫塔安排的。少尉一行人避開伊格塞姆派的耳目移動到陣地外，自背後攻擊由第五區塊北側進攻的敵方部隊。他們反過來利用夜色黑暗與敵軍兵力集中一處的狀況，從單方面防禦戰發動奇襲。由於沒有任何照明，想發現他們只能倚靠光照兵的遠光燈。

「仔細瞄準！對方差不多要反應過來了！」

少尉說完數秒之後，一名部下在西北方向發現異狀。

「少尉，兩點鐘方向有遠光燈！應該是在搜索我們？」

「唔……！正如司令官所言，對方也設了伏兵嗎！」

少尉提高警戒，但並未動搖。包含應對這樣的變化在內，黑髮少年已傳授對策給他。

「接下來切換至分散行動！我等和第二排扮演誘餌，讓敵人追著尾巴跑！」

＊

「伊格塞姆中校，來自背後的射擊一直沒停！那些光線不是我方在反擊嗎？」

部下們難以忍受背後不斷遭槍擊的狀況，一名年輕尉級軍官向司令官陳訴。炎髮少女點點頭。

「……為防敵人從背後攻擊，我派了伏兵。那些光線確實屬於友軍無誤。既然沒有成果，代表他們在現場無法捕捉敵人蹤跡。」

「這究竟是何故……不管再怎麼暗，我方也派出了光照兵，集體移動的敵軍應該很顯眼才是。」

她淡淡地為困惑地皺起眉頭的軍官說明。

「敵軍並非一大批人集體移動，多半是細分成排或班的規模分別獨立行動。當中應該有專門吸引迎擊的誘餌部隊。相對的，我方派出的兩個連則擔心遭到分頭擊破集體移動。雙方的輕便程度截然不同。在這種地形及黑夜裡，別說交戰，根本找不到敵人。

新時代的散兵戰術——我自認清楚，但估計得還太淺。置身於連同伴身影也看不清的狀況，僅靠事先制定行動方針，竟然能實現如此彈性的運用。」

伊格塞姆抱著對雷米翁的敬畏表情僵硬地低語。雖然被她的氣勢嚇得畏縮，軍官還是再度開口：

「派、派兵支援那邊的部隊如何？只要動用多人包圍，再怎麼敏捷的對手也——」

少女立刻搖頭否決了他直覺的提案。

「那同時也代表放緩這邊的攻勢。在我們和少數敵軍你追我跑的期間，西南側的友軍將蒙受莫大損害，正中對方下懷。」

「不然，請求沒參加這次攻擊的部隊支援！」

「我方剩餘的兵力也不多。假使尋求支援，要調動一營超過六百人的兵力。儘管如此，或許還是會讓大半的敵軍逃掉。而且驅趕他們的期間將喪失對其他裸岩區的牽制與威懾效果。這麼一來，對方應該會把兵力進一步集中在這個區域。」

她的分析準確冷酷無比，眼中早已做出結論。

「那麼，我方的選擇只有一個──繼續衝鋒，無視背後的射擊。」

剛聽到這句話，尉級軍官錯愕地張口結舌呆立不動──幾秒之後才終於回神。

「什──就、就算您說要無視！事實上士兵中彈了啊！」

「敵軍數量不多，而且奔跑扮演誘餌的人不能參加射擊，因此射擊密度並不高。比起任由敵軍繼續射擊造成的損害，這次未成功攻陷第五區塊的損失更嚴重得多。」

那金屬質地的嗓音冷冷地要求他理解。年輕的軍官啞口無言地陷入沉默。

「既然理解了就複誦一遍。我們今後的方針是？」

她甚至不允許對方保有沉默這條退路。尉級軍官口中發出顫抖的聲音。

「……繼、繼續衝鋒，視背後的射擊為無物……」

連最後一句也不放過地聽完後，伊格塞姆家的少女嚴肅地頷首。

「按照方針行動。」

＊

靠著駐守岩山的士兵們奮戰、其他區域提供的支援以及繞到敵軍背後的風槍兵部隊大展身手，第五區塊的防衛戰堅韌地延續下去。從第一區塊觀注戰鬥情形，並考量其他區塊傳來的報告，黑髮少年在腦海中俯瞰戰況。

「……好，差不多到極限了。」

他像要割捨執著般簡短地說，立刻告訴周遭的傳令兵這個決定。

「向第五區塊部隊發出撤退命令。指示駐守的士兵撤退到第一及第二區塊之間。」

「遵命——可是，這樣好嗎？第五區塊的指揮官尚未發出判斷繼續交戰有困難的報告……」

「這樣就好。大多數情況下，在本人尚未察覺分界線已至前雅特麗就會發覺了。」

伊庫塔聳聳肩斷然說道。斜眼看著開始通訊的傳令兵，他深深地嘆息。

「即使背後持續挨子彈，北側部隊幾乎文風不動嗎……妳真不肯讓我輕鬆啊。」

少年摻雜著苦笑呢喃，目光投向岩山另一頭她此刻應當所在之處。湧向岩山和迎擊的士兵們賭上性命血戰的片斷，由無數遠光燈白晃晃地映照出來。

「儘管如此，今晚的戰鬥是七比三我方勝利。雖然交出第五區塊，我們拿下了足夠的代價，打倒非常多妳那邊的兵卒。

——沒錯，殺了非常多人。無論是殺害的人數或害死的人數，之後都必須好好算清楚。」

少年摀著額頭，彷彿有肉眼看不見的重物壓在背上一般深深低下頭。他擺出這樣的姿勢，在短短五秒之間，容許自己難看地分神去想戰爭以外的事。

「……好。」

他準確地在五秒整後抬起頭，黑眸中的軟弱已然消失。挺直彎下的背脊，少年像要揮開淤積的陰暗感情般開口。

「傾斜的天秤在一定程度上恢復平衡。從明天起是第三天——折返點喔，雅特麗。」

漆黑的疲憊之色籠罩士兵們的臉龐，防衛戰迎向第三天清晨。消耗戰在第五區塊陷落後依舊沒完沒了地持續，確實地削減了他們所剩無幾的體力。

「請只將重傷傷患搬送到這裡來！輕傷的人到那邊！」

野戰醫院早已充滿傷患，掌管包紮工作的哈洛也徹夜忙碌不已。比起轉眼間陷落的第八區塊，自長時間力戰的第五區塊送來的傷兵人數更是壓倒性地多。

「嗯～！嗯嗯——！嗯嗚嗚嗚——！」

「別讓他亂掙扎！壓得更牢一點！」

在她眼前，嘴裡塞了毛巾的士兵正神情痛苦地翻騰掙扎。她正挖出他體內的子彈。同樣受槍傷的傷兵多不可數，沒有餘力去減輕傷患的疼痛。拉開傷口將鑷子伸進去，推開肌肉組織夾住子彈拉出來。哈洛已經不記得自己重複做過多少遍相同的措施。

儘管如此，能拿出子彈還算好的，腹部或胸膛中彈無從挽救的例子也很多。就算直到剛剛為止還是傷兵的人列入陣亡名單也沒有時間悲傷，一判斷有個床位空出來就要搬運下一名傷患進來，繼續默默地治療。不讓感覺麻痺根本無可奈何。從某種意義來說，他們醫護兵比前線面對了更多近在眼前的死亡。

「那邊的人已經死了！搬出去！」

為了節約陣地有限的空間，處理死者時也只重視效率。沿著指定為停屍處的岩山一角，沉默的遺體堆積如山，甚至沒有餘力安置在地上。儘管遺體表面覆蓋著延緩腐敗的遮陽黑布，外洩的屍臭正時時刻刻加劇。

兩個區塊遭到鎮壓後，白天傾注而來的射擊密度也隨之增加。正如炎髮少女所料，伊格塞姆派風槍兵也漸漸習慣利用遮蔽物互相射擊，托爾威等人無法再像打活靶子一樣輕鬆。命中率和開火次數成反比地降低，彈藥消耗的加速變得難以避免。

士兵們也愈來愈焦慮。儘管時間經過愈久戰況愈嚴苛是防衛戰的常態，包圍他們的伊格塞姆派製造的壓力非比尋常。實際上也有人無法承受強大的壓力，第六區塊有四名士兵企圖逃亡，被現場指揮官「處置」掉了。收到報告的伊庫塔沉默地頷首，接下來好一陣子都以缺乏抑揚頓挫的聲調持續下令。

灼烤般的時間在人人神經緊張的狀況下流逝。沒多久後太陽西斜，在連綿不斷的岩石地帶展開防衛戰以來的第三個夜晚接近。

在迎接日落的同時，大軍湧向陣地北側開始進攻第七區塊。

——我究竟在幹什麼？

從開戰直到此刻，蘇雅．米特卡利夫不知如此自問過多少次。

「北側的一個排轉移到東側加入射擊！西側和預備隊換班！」

女兵毅然的聲音在擠滿士兵的裸岩區上迴響。在一開始的軍事會議中被指派的崗位第七區塊，蘇雅中尉一直全力奮鬥。率領著一群年長的部下，直到不久之前軍階還比她高的軍官們奮戰。

「西側的光照兵將燈光再往前移！這樣看不清山腳！」

儘管處在這種立場，她的膽怯早已一掃而空。蘇雅置身的環境並非從現在才開始變化。

原本只是一介帝國軍士官的她，經過一番波折成為反叛軍的一介士官，前幾天更成了反叛軍的一介軍官。如今，她指揮三百餘名部下，和舊日同袍帝國軍士兵們互相殘殺。

連我自己都覺得落魄得厲害，蘇雅心想。甚至誇張到令人神清氣爽。

不過再怎麼說，我有理由落到這種地步嗎？

「梯子自東側靠近！距離尚遠！狙擊兵，可能的話在梯子搭上前擊倒敵兵！」

她當機立斷的處理視野一角辨識出的危險。由於被逼到絕境放手一搏，她觀察敵人的眼光和思考戰況的頭腦都前所未有地敏銳。然而，沒有益處的自問卻在心靈角落不斷出現。

舉例來說——沒錯，像旭日團的再次召集。連那個使包含她在內的許多人決定脫離帝國軍的事件，對於蘇雅來說雖有著出乎意料的驚訝，卻沒什麼激動的感情湧上心頭。即使知道這支部隊昔日的活躍事蹟，她並未特別放在心上或是產生憧憬，當然也不認識巴達・桑克雷。因此，她不太理解為了這些動機下決定者的心情。就算說要繼承已故名將的遺志，她也不懂是指什麼。

「面向西側左邊的碉堡崩塌！誰快去維修！」

士兵們的注意力下滑，只能靠提升下指令密度來彌補。忽略喉嚨的疼痛，蘇雅拉高嗓門——戰況瀕臨極限到極點。然而，她腦海的某個角落卻頑強地猛聊廢話。

話說——她並未完全理解狀況發展至此的來龍去脈。

蘇雅不懂政治。雖然近來稍微會去思考，政治對她而言依然像發生在另一個世界般遙遠。識字能夠讀寫、懂得測量、會組裝、拆解和清理風槍和弩弓。軍中需要一般士官具備的教養都是這類技能，既不認為他們需要懂更多，也沒有好事之徒教導士官更多知識。直到短短幾年前為止，這樣應該沒有任何問題。

那麼——有一個好事的長官，是她淪落的開端？

「殘餘彈藥剩下三分之一！催促司令部補給！」

蘇雅向傳令兵大喊，在頑固地做著不同行動的心靈一角，她非常不痛快地承認——沒錯。不知不覺間，她被那隻手拉著一路走到了這裡。

無論在模擬戰中、北域或是海上，都一邊向他學習一邊戰鬥。否則她已在半途陣亡，否則她不會跟隨他。從年少長官那邊學到的知識沒有盡頭，加快了她追求新知的腳步。

學習他的戰術、學習他的人格、學習他的生存方式。

當蘇雅回過神時，每當人在附近時，她的目光總是追逐著那個背影。

「傷兵退到裸岩區南側！待命的士兵協助走不動的同伴！」

可是相處得愈久，對他的不滿愈從種種方面累積。

氣他只要一有空就偷懶。

氣他一看見年長女人就求愛。

氣他和騎士團同伴之外的人都不怎麼親近。

氣他和雅特麗希諾·伊格塞姆默默地互相理解的樣子。

氣他和擔任副官的她出去喝酒的次數屈指可數。

最令她生氣的是，自己在意這一切在意得不得了。

「北側槍兵暫停射擊！敵軍是在誘使我方浪費彈藥！」

希望這段關係並非一廂情願。因為在他的指揮下，她曾不只一次賭命奮戰。因為她回應他的請求，此刻也正賭命奮戰。

明明這麼努力，他對待自己的態度卻很馬虎，遠遠比對炎髮少女、比對金髮公主輕忽太多，令人連去比較都覺得反感。自己明明是年長異性卻從沒被求愛過，在工作以外親近聊天的次數也很少。

就算順利完成他命令的任務，他也沒摸過一下自己的頭。

因為總是心懷不滿，一句愛徒讓自己像個笨蛋似的高興得忘乎所以。

真不甘心。對於被耍得團團轉的自己，她在此刻也不甘心得要命。

「——！——尉！」

這就是理由，蘇雅忽然間想到。

沒有伊格塞姆派的大義、雷米翁派的使命，也沒繼承某人的遺志。現在蘇雅·米特卡利夫這個人，僅僅是出於不甘心站在此地。

「——米特卡利夫中尉！」

熟悉的聲音敲響鼓膜，她赫然驚覺看向身旁。部下淹沒在戰鬥喧囂聲中的話語終於傳入蘇雅耳中。

「來自司令部的報告！『箭矢及彈藥從當前時刻起停止補給。當現有殘量減少時，即放棄崗位撤退』！」

收到傳令的女兵以不輸給噪音地大喊傳達。理解消息內容的瞬間，蘇雅咬著嘴唇環顧周遭——放在風槍兵們背後的彈藥箱已經空了三分之二。箭矢的剩餘數量更少。

不分日夜持續打消耗戰，終於導致部隊整體的彈藥和箭矢庫存漸漸流失。停止補給也是這個緣故。照這樣下去，大部分的子彈將在保衛第七區塊上消耗殆盡——伊庫塔如此判斷，決定放棄該區塊。

這也代表蘇雅長達數小時的奮戰到了結束的時候。剛才的報告也包含催促她準備撤退的意思在內。如果正常的接受指令，她必須立刻調動兵力準備撤退。

「…………！」

可是——忽略部下有話要說的眼神，她的視線重新回到敵軍上。

「……各部隊，將迎擊線內縮十公尺！僅射擊越線的敵兵！」

「中尉？比起指揮迎擊，現在更重要的是準備撤退！」

「還堅持得住，還不到撤退的時候！這裡是保衛中央區塊最後的防火牆！」

「話是沒錯，但沒有彈藥無法作戰！請看槍兵們的剩餘彈藥，頂多支撐幾十分鐘——」

「我就是說要支撐完那幾十分鐘再撤退！服從我的指示！」

蘇雅像要否認反駁般大聲命令，再度開始指揮部下。士氣高昂反倒化為枷鎖困住了她，不容許她在適當的時機撤退。

「敵兵在裸岩區北側集合！有衝鋒跡象……！」

而敵軍指揮官不具備半點會放過這個破綻的天真之處。

＊

「全員上刺刀。」

一聲令下，所有士兵的風槍和弩弓同時裝上刺刀。

迎擊線再三後退，代表不斷消耗的彈藥快要見底。炎髮少女也清楚地察覺對方指揮官企圖節省剩餘彈藥堅持下去的意志，正因為如此，她才將兵力派往至今沒有進攻的東南斜坡。

先前她一直主要針對眼前裸岩區北側斜坡施加壓力。如果只考慮攻擊，全面包圍自然是理想狀態，但這麼做將遭到中央裸岩區兩面夾擊，必須挑選其他裸岩區彈道不通的角度。

明知此事，少女現在自行打破限制。這要一來，在東南方展開的我方部隊當然將遭遇夾擊。不過——如今敵軍剩餘彈藥漸漸告罄，增加攻擊角度合乎戰術道理。為了迎擊從新角度進攻的對手，敵方也不得不調派兵力過去，分配本來便所剩無幾的彈藥。

「衝鋒開始。」

擴展寬度的牆將付出失去厚度的代價。為了一口氣貫穿變薄弱的防線，伊格塞姆的少女在完美無比的時機派出軍隊。

*

面對蜂擁而至的敵兵，剩餘彈藥以可怕的速度不斷減少。根本不可能節約使用。毀滅的腳步聲一刻刻接近，蘇雅握緊拳頭壓抑顫抖。

「嗚……！」

她不得不承認，先前的預估太過樂觀。敵人簡直像看得見他們手頭彈藥剩餘數量般增加進攻角度，派出兵力至東南側，使得當初預期可堅持數十分鐘的時間減少近一半。

「中尉，到極限了！請下令撤退！」

「……不，還能再堅持五分鐘！到了這個地步，能做多少算多少！」

拒絕部下的意見，蘇雅仍舊在困境中頑抗。一方面是意氣用事，另一方面，還有五分鐘的判斷也有根據。她準確地掌握了剩餘彈藥量。

彈藥消耗特別激烈的是面向北側的三個排，透過以均攤形式由其他部隊通融彈藥，所有排的殘餘彈藥量保持在一定數量。只要徹底執行，應該直到最後關頭都可以避免出現「別處明明有子彈，卻耗盡手頭分量無法堅守到底」的部隊——她這麼判斷，繼續指揮。然而……

「分、分子彈過來！這邊快耗光了！」

「我們也快不夠！去找別的排要！」

現實並未照蘇雅的預想進行。最前線的士兵們堅拒通融只剩一點的彈藥，被拒絕的人只好再找別的排，可是……

「喂，分子彈給我們——」

「怎麼可能還有多的可分！你瞧，再過不到幾分鐘就要用完了！」

士兵指著所剩無幾的彈藥箱怒吼。對於駐守崗位的責任感、或是對於眼前敵軍的恐懼，使得每一個部隊幾乎都做出相同行動。

這完全是蘇雅失算。她判定的臨界點，和大多數部下並不共通。因為敵軍逼近眼前在心理上被逼到絕境的他們，完全喪失調撥彈藥給其他部隊的餘力。

蘇雅忘了一個過去從黑髮少年學到的教訓，那便是——在毫無餘裕的狀況下用兵本身即為一種錯誤。

「喂，子彈！手頭的用光了，誰分點子彈啊——！」

士兵們停火拿著槍持續等待彈藥補給，口中迸出近乎慘叫的催促——緊接著，戰況整體開始崩潰。登上北側斜坡的敵軍部隊衝進裸岩區，將防衛方的士兵拉進白刃戰。

「——！」

完全超過極限了。蘇雅體認到這一點，撤退命令剛湧至嘴邊，身旁的部下就拉高嗓門喊道：

「司令部聯絡——對第七區塊全體兵力下達撤退命令！指揮官立即率領部下撤退！複誦一遍，對第七區塊全體兵力下達撤退命令！」

「……！啊——」

女子愕然地瞪大雙眼。司令部直接下達了她應該發出的命令。

「聽見了吧，米特卡利夫中尉！這次真的要撤退了！」

部下的聲音嚴厲地傳入耳中。替手中的弩弓上刺刀，那名女兵繼續道：

「由這裡的排殿後！保衛同伴直到最後，這麼一來妳也能接受吧！」

受到這番話激勵，蘇雅慌忙環顧周遭。儘管屈居劣勢，士兵們仍拚命抵抗自裸岩區北側入侵的敵兵。

「…………！」

雙手猛拍臉頰，她強行切換心情——現在不是發呆的時候，必須在他們爭取到的時間裡盡可能讓更多同伴平安歸返。

「……第一、第二排，從後列士兵開始撤退！從南側斜坡下去，後退到第一至第二區塊之間！快！」

蘇雅參考戰況開始支援士兵們撤退。既然敵軍攻了進來，所有人同時向後轉背後會遭到追擊。另外，如果一大群人不假思索地一起衝下斜坡，當後面的人腳步踏空很可能發生一個壓一個地倒下的慘劇。先由前列士兵阻攔敵軍，就算焦急，也必依序每次讓幾個人分批逃跑。

沿著裸岩區外圍排列的士兵隨著敵兵前進緩緩地後退。配合形勢持續放部下逃走，蘇雅親自和殿後的排一直留在第七區塊。可是——大約有六成部下逃脫時，前列的士兵們發出異常的叫聲。

「咿——」

「啊、啊……」

「嗚哇啊啊啊！」

戰列一角噴出血花，緊接著傳來幾聲瀕死慘叫。當蘇雅錯愕地望過去的時候，部下們的慘叫愈來愈接近她。察覺敵方集團正以異常的速度殺進來，她立刻提醒周遭的同伴提高警戒。

「——疾。」

眼前的同伴被一刀砍倒，手握雙刀的炎髮影子站在另一頭。

「——啊……」

我會死，蘇雅心想。沾著鮮血的軍刀利刃對準呆立不動的她揮起——刀尖在刺穿胸膛前突然停止。

「我們、投降。」

理由在她身旁。身為蘇雅部下的女兵以雙手舉起白旗。

「向部隊發出投降命令。」

刀尖依然抵著她胸口正中央的炎髮少女催促。那欠缺所有人類氣息的鋼鐵音色，聽得蘇雅倒抽一口氣——直視她的深紅雙眸，令她不由分說地體認到一個事實。

那裡只有伊格塞姆。她曾嫉妒、羨慕、憧憬過的少女已消失得無影無蹤。

「中尉，快啊……！」

雙手發抖地緊握白旗的部下口氣急迫地催促長官投降。軍刀刀尖微微往前一壓，代替最後通牒挖掉一小片胸口皮肉。

要殺就殺，要是這可允許的話。蘇雅很想放聲大喊，作為指揮官的責任卻不容她這麼做。她握住拳頭，咬緊牙關擠出聲音：

「……停止戰鬥！全員放下武器投降！」

最後的命令傳了出去，在即將陷落的第七區塊上持續戰鬥的士兵們一個接一個拋下武器高舉雙手。見證這一幕，炎髮少女終於收回抵著指揮官的軍刀。

「……為什麼……」

蘇雅張口低沉地問。她的戰鬥結束了，但無論如何都無法原諒的事物正站在眼前。

「……為什麼會變成這個樣子……！」

蘇雅不顧後果地吶喊，完全忘了自己今後將淪為俘虜的立場。一旦失去控制，連她自己也抑制不了迸發的激烈感情。

「妳——妳真狡猾！他明明那麼深愛妳！明明那麼掛念妳！妳明明從很久之前起就獨占了我再怎麼盼望也得不到的東西……！」

炎髮少女連眉頭也沒動一下。周遭的部下拚命拉住衝動地想逼近少女的蘇雅，但她的雙腳還是頑固地要往前走。

「可是、可是為什麼，最關鍵的妳本身卻成了這副德性！」

蘇雅眼泛淚光，將所有感情訴諸言語。彷彿要撞破雙刀交織而成的鋼鐵之牆，傳達給在牆另一頭的她。

「說點什麼！妳正在聽吧，妳還在那裡吧？」

少女淡淡地從不斷吶喊的對手身上別開目光，沉默地轉身離去。蘇雅壓榨沙啞的喉嚨，依舊一直對著那逐漸遠去的背影全力呼喚。

「回答我，雅特麗希諾——————！」

深夜三點二十二分，第七區塊陷落。從那一瞬間起，作為防衛據點核心的第一、第二兩區塊終於直接暴露在攻擊下。按照第八↓第五↓第七順序奪下三個區塊的伊格塞姆派，在全部區塊重新駐紮自軍兵力充作橋頭堡，離攻克目標只剩一步之遙。

「離天亮還有兩小時！大家無論如何都要堅守到底！」

第二區塊在馬修的指揮下堅持著對抗敵方攻勢。抱著「一旦這裡陷落就完了」的覺悟，接受伊庫塔和托爾威毫不吝惜的支援，微胖少年防守的崗位化為最後與最大的防禦牆一直阻擋住伊格塞姆派的去路。

一直打到天亮的攻防戰激烈萬分。伊格塞姆派自不用說，旭日團方面也有超過兩百名士兵陣亡及重傷，陣地內幾乎塞滿了屍體及傷患。被迫不眠不休值勤的醫護兵陸續倒下，接連發生四起士兵因壓力過大精神錯亂到處亂鬧的事件。

在屍體上堆放更多屍體、在血跡上潑灑更多血紅——跨越這一切，他們一整夜戰鬥到底。

「——撤退了！看啊，那些傢伙撤退了！」

防衛戰第四天早晨。在受到黎明太陽映照的岩石地帶中，在第二區塊持續戰鬥的士兵之一大喊。

他看見整夜不斷進攻的伊格塞姆派部隊正停止攻擊從裸岩區後退。

「真的撤退了……」「因為天亮了？」「我們堅守到底……了嗎？」

士兵們愕然地低語。不過，馬修嚴厲的聲音從他們背後落下。

「繼續戒備！什麼都還沒結束！」

被長官提醒的士兵們慌忙重新舉起武器。但是——如今迎接清晨，微胖少年心中也抱著和他們一樣的想法。直到今天為止的三天之間，為了使馬修等人的主力武器膛線風槍威力減半，伊格塞姆派總是在夜間大舉攻擊。而他們剛剛度過的，多半是最後一個夜晚。

「在今天傍晚之前，雷米翁派的友軍應該會抵達……這麼一來。」

注意不讓周遭的部下們聽見，馬修在口中喃喃自語——膛線風槍在視野清晰的白天能夠最大限度地發揮威力。考慮到這一點，敵軍從現階段起應當不可能冒著嚴重折損的風險接近裸岩區。

「接下來只要用射擊做牽制，等待友軍抵達……嗎？」

他的心在防備和樂觀之間搖擺。馬修想聽聽同伴的意見，瞄了背後一眼——發現一縷煙霧向天空升起。那是和昨天相同的景象。

第一區塊的裸岩區上正焚起紅色的狼煙，通知雷米翁派我方所在位置。

「呼……呼……」

肩上背著風槍的青年氣喘吁吁地踏入司令部。除了保留最低限度的動線，淺洞窟內全安置滿重傷傷患，內部空間從許久以前起便充斥著傷兵的體味和血腥味。

「我暫時回來一趟，阿伊……」

當他一開口，洞窟深處的兩名同伴轉頭望來，是眼下深深掛著黑眼圈的伊庫塔和哈洛。認出青年的身影，黑髮少年招招手。

「總之坐下來休息吧，托爾威。你引以為傲的帥臉都不能看了。」

「啊哈哈，彼此彼此。哈洛小姐也辛苦了……體力還支持得住嗎？」

「這、這點程度根本不算什麼！」

哈洛展現堅強的態度，但在伊庫塔嚴厲的目光下很快無力地低下頭。

「……我很想這麼回答，不過剛剛站不穩，伊庫塔先生制止我繼續工作，要我休息一會。」

她疲倦的臉上努力浮現笑容說道。然而，下一瞬間——哈洛像忽然想起什麼似的臉泛紅暈，從兩人身旁退開。

「別太靠近我比較好。現在我身上的汗味和血腥味都重到極點，連自己都分不清……」

「好，決定了，讓我來緊緊擁抱妳。哈洛，妳可以再靠近一點嗎？」

「呀！請、請等我下次身上乾淨的時候再說！我去休息了……！」

哈洛勢如脫兔地逃掉，整個人癱倒在鋪在洞窟最深處的稻草上。側眼瞥了她一眼，伊庫塔從腳邊的箱子裡拿出兩人份的糧食。

「吃些東西吧，托爾威。吃完後你也去睡覺，應該能歇上一小時。」

「嗯，我會的。可是阿伊你呢？」

「她大概醒著。同樣是總指揮，我就奉陪到分出勝負為止。」

少年笑著回答，從椅子上起身。

「我去呼吸一下外面的空氣，如果收到緊急報告就大聲喊我。」

伊庫塔交代青年後，走到司令所外。相對的裸岩區縫隙間露出天空，越過岩山望向陷落的第七區塊，他重重地嘆息。

「……蘇雅——」

他不知不覺間握緊雙拳。想著未能歸來的副官，少年喃喃呼喚那個名字……連她誤判撤退時機的理由，他好像都察覺得到。

「真是英勇奮戰啊。」

突然間，旁邊傳來貌似恭維實則輕蔑的聲音。少年全身僵硬地環顧四周，確定信賴的士兵們正在監視後，重新轉向聲音來源冷冷地回應。

「什麼事，狐狸？我應該要求過你，一步也別離開分配到的區域。」

「雖然說過，但你不認為我會照辦吧？我受不了那裡瀰漫的惡臭，看來戰況也度過了難關，便出來擺脫束縛放鬆一下。」

托里斯奈面不改色地說完後，依言伸展雙臂。他搖搖頭回應少年越發冰冷的視線。

「不必擔心，我沒接近第三公主殿下。不，其實我嘗試過幾次，但每次都被護衛擋下。當隊長的那女孩……叫哈爾群斯卡准尉來著？真叫人傻眼。連聽都不肯聽我說話。」

「她是徹底無視道理憑直覺行動的人。比起稍有幾分聰明的傢伙，她更適合當阻擋你的防波堤吧。」

隱瞞自己也因為同樣理由難以應付露康緹准尉，伊庫塔露骨地哼了一聲。

「不快之餘順便警告你，想裝模作樣扮演幕後黑手無所謂，但別在這種狀況下隨便調動手下。如果想讓旭日團打贏，你最好一直安分到最後。」

臉上依然掛著笑容，狐狸沒有回答。伊庫塔兀自往下說：

「你希望我們打贏吧？如果想讓伊格塞姆派贏，你沒必要促使雷米翁派發動軍事政變，想讓雷米翁派贏的話，你應該會打從一開始就積極支援軍事政變。無論如何，都沒有找來第三勢力介入的理由。而剩下的可能性是想讓我們贏，或者三方對峙的戰況帶來的混亂本身即為你的目的。」

少年淡淡地分析，目不轉睛地凝視著對手。

「後者是最棘手的。如果毀滅本身就是你想要的，那便無計可施。可是看來並非如此。你在這場動亂前方看到了某些事物。出於某種目的企圖利用公主和旭日團——先不論內容，唯獨這一點我很篤定。」

伊庫塔斷言。狐狸聽到後加深笑意，卻依然一語不發。

「而且，你似乎不願意事情和平解決，看來不管怎樣都要藉這個機會將伊格塞姆派從帝國軍保守主流中拉下馬。理由和我老爸死的時候一樣？想要更懂得通融的軍隊？

那就太愚蠢了。卡托瓦納帝國的帝政得以能勉勉強強維持至今，是因為伊格塞姆秉持絕對的忠誠心效忠皇室。當軍方首腦替換成懂得通融的人，主權將迅速逆轉淪為軍政體系。無論在誰眼中看來，這明明都顯而易見。」

伊庫塔帶著最大限度的侮蔑拋出這番話。托里斯奈靜靜搖頭。

「正如你所言，伊格塞姆是優秀的看門狗。說是完美也可以。不過正因為如此，你不認為這正是招致帝國腐化的元凶嗎？」

他反常的說法令少年皺起眉頭。狐狸朗朗地說明起來。

「只要交給優秀的看門狗處理，一切都會順利進行——基於這種愚昧的樂觀想法，歷代皇帝漸漸不再思考事情，誤以為不思考如何為政也不教誨人民，高居寶座之上即是皇帝的理想狀態。帝國的黃昏可以說是由此開始。」

伊庫塔沒有異議。僅限於這一點，他也有相同的看法。

「伊格塞姆應當從許久以前起便發覺這個事實。發覺之後卻疏於努力不去阻止君主的墮落，本身豈非即是不可饒恕的大罪？他們藉由持續的服從貶低皇帝，對主人日漸腐化的慘狀視而不見。我絕不容許他們自認是忠義之士、繼續擔當帝國軍的正統。」

少年驚訝到極點。對方從相同看法導出的責任歸屬，和他實在相差太遠。

「……你想說他們應該從臣下的立場提出諫言？那麼，究責的對象應該是包含你在內的文官才對吧。豈止視而不見，你們可是積極的將皇帝當成傀儡。」

對這番言論的荒謬感到頭痛的伊庫塔指出這點，此時出乎意料的事情發生了。狐狸臉上失去笑容，甚至蒙上一層悲傷。

「關於歷代皇帝你說的確實沒錯，但論及當今陛下……是為時已晚啊。」

「……什麼？」

對第一次目睹的表情感到毛骨悚然，少年反問。托里斯奈垂下眼眸。

「當我跟隨陛下時，他的精神狀態已衰落到無可挽回的地步。所有讓陛下的心找回光輝的嘗試全部以失敗告終。照那樣下去，他只有作為愚笨的昏君名留歷史——正因為如此，我只得請陛下變成那個樣子。」

這個說法等於默認，將皇帝逼成廢人正是他。

「為了保衛君主的名譽蒙受奸臣汙名。伊格塞姆絕不明白這種撕心裂肺的痛苦吧。因為他們只不過是在保護稱作皇帝的權力裝置，不管皇帝陛下無能也好、愚笨也好是人偶也好，只需還保有皇帝的權力他們便心滿意足。因此，先前他們才毫不猶豫地遵從敕令。既然有皇族可以繼承皇帝的權威，當今陛下就算捲入戰爭中身亡也無所謂——根據這種傲慢至極的離譜論調。」

托里斯奈以顫抖的聲調說著握緊拳頭，繼而流露出純然的憤怒。

「那種東西不是忠義，絕對無法稱作忠誠。從輕視經由皇帝陛下之手統治的大前提起，伊格塞姆便沒資格自稱忠臣。

當然，文官們輕忽陛下也同樣罪孽深重，能夠藉此機會一舉掃蕩真是爽快至極，因為他們一直以來也完全仰賴伊格塞姆的存在。雷米翁上將解決掉的那夥人，對我來說也是打從心底礙眼。」

狐狸表情神清氣爽地隨意說道。伊庫塔插嘴針對內容責問道：

「──等一下。照你的說法，在貴族之中期望伊格塞姆失勢的只有你一人？打從老爸去世時開始就是如此？」

「儘管不能說只有我，要是此事徵得多數閣員同意，以敕令罷免就解決了，也不必準備那樣明顯的陷阱。話雖如此──宮廷的權力鬥爭可沒輕鬆到能夠輕易掌握主導權。」

狐狸露出懷念的表情喃喃地說。感情倏然從伊庫塔臉上消失。

「殺害我爸的……也不是當時的內閣，而是你個人？」

「其中有解釋的餘地，就讓我這麼說吧。」

留下帶著謎團的說詞，托里斯奈不再發言。瞪視那張臉許久後，伊庫塔從對方身上別開目光有意識地深呼吸。面對現在的狀況，沒有時間在個人情感驅使下衝動行事──他這麼說服自己，回到正題。

「我想問一個問題。你認為……皇帝是什麼？」

「是現人神。」（註：以人類姿態現身於世上的神）

眼見托里斯奈毫不遲疑地回答，伊庫塔倒抽一口氣，因為他的表情簡直像個愛夢想的少年般無邪。

「是兼具無窮的慈愛與無盡的聰慧，唯一且絕對的統治者。是擁有他人無法企及之超常力量的絕對存在。此為穩如磐石般的真實。絕非缺乏相符君王實態的權力裝置。

相傳初代皇帝魯西亞羅手臂一揮即可掃蕩千軍萬馬，第二代皇帝桑基亞力能夠隨心所欲召喚雨水滋潤荒蕪的土地。擁有超越人類智慧的力量、施展超現實的奇蹟——皇帝本應是這樣的存在。如今只不過是代代在看門狗庇護下無所作為而累積的陳年鐵鏽，掩蓋了皇帝原有的光輝。」

一陣恐懼竄過伊庫塔的背脊。他從對手陶醉不已的神情發現，這隻狐狸真心相信近乎神話的古代皇帝傳聞以及關於皇室血統的荒唐無稽幻想。打從心底盼望重現那一切。

看出少年的戰慄，托里斯奈帶著笑容補充：

「我承認歷史文獻的記載有些誇大和渲染之處。縱使如此，皇統代代傳承了神祕的系統是確然無疑的。如你熟知的夏米優殿下那卓越不凡的知性，不正顯現出皇統力量的一鱗半爪嗎？

然而——要喚醒沉睡的血統，首先必須除去不再需要的看門狗。藉此讓陛下切身感受到即將發生的危機，然後再派給陛下新的看門狗。不能是像伊格塞姆那樣徒具形式的忠犬，需要時時警惕的惡犬才適合。靠陛下本身的意志制伏、屈服惡犬、隨心所欲地加以使喚——如此一來方可建立應有主從關係的開端。」

托里斯奈熱切的聲調深信自己所做作為是正義的。少年作嘔地往後退。

「你明白了吧。喚醒永靈樹血統原有的姿態，在其統治之下恢復帝國繁榮——是我唯一的夙願。」

托里斯奈如此高聲闡述後，立刻收起恍惚失神的表情，雙眼骨碌碌地盯著伊庫塔。

「吐露這一切之後，我再給你一次機會——消滅伊格塞姆，伊庫塔·桑克雷。在達成的那一天，夏米優殿下將登基為帝，你則擔任她的左右手率領新時代的帝國軍。」

事態到了如此地步，少年終於理解，那毫無疑問是認真的提議。

「坦白說，別再愚蠢地假扮監護人了。你其實也明白才是？那位殿下誕生在將成王者的命運下。我們不是該竭盡全力，讓她走上那條正確的道路嗎？如此一來富貴與榮耀唾手可得，你必將作為史上最出色的名將名留青史！」

兩人的論點像平行線般沒有相交。伊庫塔面露不愉快地搖搖頭。

「……歷史上留名，在你心中那樣重要？都是留名，對我來說留在墓碑上便足矣。另外，既然你這麼講，那我也直說了，適可而止吧，別拿妄想胡搞蠻纏波及其他人。都是年紀不小的成年人了，想作夢風險自負，別把公主拖下水。」

少年毫不留情地指出橫亙在彼此認知之間的鴻溝。聽到回應的瞬間——托里斯奈的臉龐倏然失去溫度，變得和之前在黑暗底層爭辯公主之事時一樣面無表情。

「意思是你始終想將那位殿下貶為凡俗之輩？」

「我的答案只有一個。那女孩不是你的玩具。」

「當然不是玩具，她應當成為我的君主。那位可是殿下看中了你——你卻無法理解嗎？說明了這麼多，你還是不肯改正錯誤的想法？」

不再聽他胡言亂語，伊庫塔背對狐狸邁步走開。既然得知對手是如何瘋狂，沒什麼好再談下去的。

「——真遺憾。結果你也不明白。」

托里斯奈最後喃喃吐出的一句話，僅僅充滿了沉重陰暗的失望。

上午九點。看出敵情變化的前衛士兵向司令所內的伊庫塔報告。

「請看那個。」

在第一區塊的裸岩區上，少年壓低腦袋注視著站在碉堡邊的士兵指出的方向。異狀一目了然。伊格塞姆的士兵們正在北側兩個已陷落的區塊之間忙碌地行動。不只行動，還在地面陸續堆起什麼東西。

「他們似乎想填滿第五區塊和第七區塊之間，堆積了大量木材。從這裡看不清楚，但第五和第八區塊之間也有相同情形。我等嘗試靠射擊妨礙作業，但對方也躲在堆起的石牆後移動，效果並不顯著。」

「方才從北邊有一營部隊抵達後，作業立刻展開。看樣子那支部隊是運送木材過來的。假設是野戰築城的材料，現在開始建造未免太晚……」

士兵一臉難以理解地歪歪腦袋，伊庫塔朝他搖搖頭。

「……那些不是材料，是木柴。再補充一句，應該是一半還沒乾透的剛砍下樹木。」

「啊——木柴嗎？那麼，敵人打算在那邊生火？」

不顧越發困惑的士兵們，黑髮少年繼續說道。

「我之前就覺得，白天從這裡看得見的士兵數量略嫌少了些。在我方剛展開防衛戰的時候，對方大概為了取得木柴派出一個營到附近的村落和樹林四處收集，今天終於帶回必要的數量吧。」

「是……可是，這代表什麼意義？這裡並非火攻有效的地形。」

沒有直接回答問題，伊庫塔仰望天空悄然問道。

「你們認為，我有天命嗎？」

士兵們難以回答這突兀的問題。少年依然仰望著頭頂繼續說。

「在關鍵時刻上天會不會站在我這一邊。傳說喀爾謝夫船長曾靠著上天相助多次突破絕境，是一生深受風和海浪眷顧的男人。

唉——按照科學觀點，老實說這一切都只是結果論。一個人類的特質不會左右氣象。雖然可以靠作為船員的經驗預測天候，但那完全是另一回事。」

伊庫塔以像教師般卻缺乏熱情的口吻邊說邊輕輕嘆息。

「幸運這個詞彙指的是結果而非屬性。就算有人們口中的幸運兒在場，機率也不會只在那傢伙身邊失常。擲硬幣翻出正面的機率為二分之一。理所當然的，無論由誰來擲這一點都一樣。」

他的視線在空中游移，不久後連同整個身體轉向反方向。於是——自同區塊中央的火堆筆直上升的泛紅煙霧落入眼簾。那是向雷米翁派發出的狼煙。

「從這種意義來說，現在的狀況幾乎和擲硬幣沒兩樣，只是條件較為複雜。關鍵要素是強弱、方向及持續時間，任何一種都沒有人力介入的餘地。」

少年靜靜地斷定。我所能做的，只有因應包含最糟可能性在內的所有狀況做好準備——伊庫塔如此想著，注意力從上空回到地面，告訴周遭的士兵們。

「將我接下來的說明通知全區塊的軍官。這是最後的作戰計畫。」

*

「木柴已設置妥當，伊格塞姆中校！作業中出現八名傷兵，果然大都是腿部中彈，但皆為輕傷！」

確認作業結束之後，梅格少校立刻向長官報告。

伊格塞姆幾乎全數兵力都在三天以來鎮壓的第五、第七、第八區塊裸岩區及區塊之間的北側廣範圍地面上散開。他們站立之處是一布陣的後方。儘管陣形是由北側向第一、第二兩區塊施加壓力，自天亮之後，他們並未進行牽制射擊以外的攻擊。

「留下負責點火的三個燒擊兵排，要負責作業的部隊退到裸岩區北側。與該處部隊會合後，按照我先前的命令行動。」

「唔。待命等候銅鑼聲，一旦響起全軍立刻發動總攻擊麼。」

少校回應炎髮少女的指示，順便確認作戰內容。然而——他的目光忽然投向敵軍駐紮方向的另一頭。

「……話雖如此，今天已經是開始攻打後的第四天。雷米翁派何時出現在地平線上也不足為奇……在那之前會有機會來臨嗎？」

梅格少校的低語中帶著不安、憂慮與其他種種感情。他已經搞不懂，自己是否衷心期望機會真的到來。

「思考會不會來臨沒有意義。只設想機會來臨時的情況作好準備。」

伊格塞姆家的少女以正確無誤的答案割捨掉部下的軟弱。梅格少校機械性的頷首。在她手下參戰，根本沒有時間煩惱。

＊

上午十一點。黑髮少年目光所及之處，狼煙依然筆直地升起。

中午十二點。炎髮少女眼前，旗幟像忽然想起似的時而搖曳。

下午一點。在持續的緊張中，兩軍士兵們開始冒出戰局會就此結束的念頭。

下午一點三十二分。從北方吹來的風，使狼煙慢慢地往南飄。

「…………」

下午一點四十分。旗幟在漸漸增強的北風中不再垂下。

「────」

下午一點五十五分。狼煙更加往南飄，旗幟更加有力地飄揚著。

「點火。」

收到指令的伊格塞姆派燒擊兵向柴堆放火。大量木材同時點燃，在占木柴半數的未乾樹木斷面，受熱的水分滋滋沸騰起來。

下午兩點六分。在吹撫臉頰的風中，兩名總指揮官同時掌握置身的狀況。

「強勁的北風──嗎？」

少年視為最糟的局勢。

「強勁的北風──嗎？」

少女視為最佳的良機。

下午二點十一分。宣告決戰開打的銅鑼聲在藍天下大聲響起。

*

「嗚喔……！」

事情發生的瞬間，馬修被震撼得呆立不動。

灰色濃煙如海嘯湧來，轉眼間覆蓋周遭一帶。不僅無法看見對面第七區塊上的敵兵身影，連同樣待在第二區塊的同伴輪廓也漸漸模糊。視野縮小的世界中，只有士兵們動搖的呼喊愈來愈多。

從伊格塞姆派點燃的大量木柴——升起的大片濃煙順著北風吹向他們。煙霧相對於火勢異常地多，是占木柴半數的未乾樹木不完全燃燒導致。為了獲得同樣的效果，伊格塞姆派部隊在火堆中摻雜許多的質，竄進士兵們鼻腔裡的氣味也和普通火堆不同。

「冷——冷靜點！狀況在預料之中！」

微胖少年半是說服自己地大喊。沒錯，他的確預想過。正因為如此，他知道眼前展開的景象屬於最糟糕的可能性。

「全員擺開攻擊架勢！敵軍要一口氣攻過來了！」

士兵們臉上掠過一陣緊張，將顫抖的槍口對準眼前。

「舉槍，瞄準——發射！」

號令一下，無數個壓縮空氣爆炸聲重疊在一塊——他們的地獄從此開幕。

岩石地帶　戰場圖
北風
陷落
木柴
木柴
5
區塊
7
區塊
陷落
陷落
8
區塊
路障
1
區塊
2
區塊
3
區塊
4
區塊
路障
路障
洞窟＝司令部
6
區塊
煙幕
N
S

＊

「衝鋒開始。」

隨著總攻擊指令，伊格塞姆派士兵們同時展開行動。靠染成灰色的空氣本身遮蔽行蹤，他們朝被濃煙包圍的中央裸岩區發動最後攻勢。

「「「「「「喔喔喔喔喔喔喔喔喔喔喔！」」」」」」

煙幕衝鋒。炎髮少女所用的決勝招數是單純又有效的一招。

在這一仗中，旭日團的防衛力繫於兩大支柱。第一是膛線風槍的射程及命中精準度，第二是裸岩區之間透過光信號密集且迅速地聯合行動。伊格塞姆派之所以只在夜間全力進攻，是為了讓前者的效果減半。

但是，自開始攻打算起快進入第四天，雷米翁派極可能在下一個夜晚來臨前抵達。在日落同時進攻這一招只到昨天為止可行，伊格塞姆剩下的攻擊機會只有白天。

正因為如此，炎髮少女親手製造出黑暗。比夜色更加陰暗的灰色黑暗。

最終決定煙幕效果程度的，是風向、風力與持續時間三要素。這些完全得由天意安排，誰也無法判斷強勁北風持續穩定吹襲的最佳條件能夠齊備。如果起的是反方向的南風，伊格塞姆派必須在其他地點重新堆放木柴，將延誤許多時間。

可是——在等待天意安排之前，實現這個戰術需要許多程序。最初的前提是，此計只有在籌措到木柴之後，即戰鬥後期才能實行。靠有限人手搬運的木柴總量不足以重做，而且已鎮壓多個相鄰區塊也是必要條件，否則會受到敵方妨礙，無法在有效位置堆放木柴。即使在遠處點火，煙霧在飄到目標裸岩區前便會散去。

他們在作戰開始時已鎮壓第五、第七、第八三區塊，當然並非巧合。炎髮少女從一開始就設想到這個情勢來作戰，黑髮少年也一樣，使出所有想得到的對策去避免現在的狀況發生。縱然如此，還是未能將第五、第七、第八區塊中的任何一處堅守到第四天。

誰也無法怪他做得不好。少年面對炎髮少女率領伊格塞姆派猛攻足足堅持了三天，直到今天都堅守住中樞，本身即是值得驚嘆的結果。若換成平庸將領指揮，防衛戰打從最初便無法成立。

在雙方打得難分難解之下所得到的結論就是，命中註定要「聽天由命」。少年和少女之間在先前的部分完全沒有高下之分，只能盡人事聽天命。天秤倒向哪一方，全看戰場女神一時興起。

＊

「可惡，看不見！看不見敵人啊！」

「沒有結束嗎！還不肯結束嗎……！」

在灰色地獄中，喪失視野的士兵們的吶喊聲傳遍周遭。情況等於一度離開的夜晚再度降臨，他們的精神漸漸被超過煙幕的絕望籠罩。

「別胡亂開火，彈藥會不夠用！等敵兵接近再同時射擊！」

由於失去射程，他們的戰術倒退至滑膛風槍時代。和用遠光燈照射即可確保視野的夜晚不同，前線幾乎沒有對策因應煙幕帶來的遮蔽。承受壓倒性的劣勢戰鬥，是他們唯一的選擇。

「傳令兵，請求司令部增援！光信號不管用就用跑的！快！」

另一方面，藏身在煙幕中的士兵們也毫不留情地湧向至今沒直接戰鬥過的區塊。在最小裸岩區第三區塊上，風槍兵察覺逼近眼前的敵人蹤跡時臉色大變。

「向司令部傳令，第三區塊附近發現敵方部隊！正侵入裸岩區之間！」

「別讓他們破壞路障！那邊被突破的話就完了！」

「可是，在濃煙中很難瞄準——」

視野不佳到連子彈是否命中都難以確認，令士兵們焦慮不已。指揮官賽佐伊上尉咬咬牙決然的轉身。

「既然槍不管用——第三、第四排跟我來！從裸岩區下去轉為白刃戰！」

「等等，連長？您是認真的嗎？」

「只是驅逐少數敵兵而已！沒什麼辦不到的！」

上尉強而有力地斷然說完後大跨步地往前走，部下們提心吊膽地在背後跟上。

「——來了！在碉堡旁彎下腰！對準敵人往上刺～～！」

「「「「嗚喔喔喔喔喔喔！」」」」

士兵們喉頭迸發怒吼。敵我雙方的肉體互相碰撞，揮舞利刃刺向彼此胸口，一起栽跟斗倒下。由於效果減半的射擊阻擋不住衝鋒，他們在微胖少年號令下與入侵的敵兵展開激烈的白刃戰。

「嘎啊啊啊啊啊！」「別退縮，打退敵軍！」「可惡，下去！給我下去！」

拚命調動瀕臨恐慌的部下們，負責指揮的微胖少年本身堅持保持冷靜。看見前衛勉強將一波敵人頂了回去，他泛著血絲的雙眼環顧四周嘗試掌握狀況。

「剛才是第三波敵襲……！各排報告損害狀況！」

「第一排，傷兵五名！其中兩人重傷！」「第二排有三人陣亡，可惡！重傷兩名！」「第三排，四人死亡！六人重傷！」

部下們報告的傷亡數字不斷增加，流的血也時時刻刻愈來愈多。此時，被焦躁感燒灼全身的馬修背後傳來同伴的聲音。是負責游擊的托爾威旗下狙擊兵趕到了。

「我等前來支援，馬修上尉！我等該調往何處？」

「很好！你們先和第二排會合——」

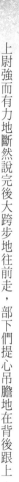

正要下達指示的瞬間，話頭被激烈的吶喊聲淹沒。同時斜坡方向傳來無數的腳步聲，馬修瞪大雙眼喊道。

「衝鋒又要來了！挺過去——！」

不等那句警告傳入大多數士兵耳中，敵兵再度湧來。

「哇、哇哇！」「呃啊——！」

他們專攻上次衝鋒產生的戰列破綻，先前受創特別慘重的部隊被敵軍壓倒了。數名敵兵穿過戰列縫隙成功入侵，混在煙霧和人海之間全速奔向裸岩區西側，筆直奔向指揮官馬修所在位置。

「上尉，危險！」

察覺長官遭遇危機的士兵們一起趕過去。迫近的敵人也讓微胖少年後退，背靠著最西邊的碉堡準備站穩——

「——啊？」

一股浮游感包圍馬修全身——腳步踏空後，他才發現那裡沒有碉堡。

「馬修上尉負傷！第二區塊的防禦工作由塔布爾奇中尉代為指揮——！」

一陣衝擊掠過伊庫塔的背脊。報告傳達後沒多久，馬修就被扛在擔架上搬進司令所。黑髮少年立刻和哈洛一同趕到他身旁。

「馬修，被打傷哪裡了？」

「我、我才沒被打傷！只是不小心摔落裸岩區，這點小事算什麼……嗚！」

馬修堅強地回答，但他的軍服處處磨破，身體撞到岩石的各個部位都在流血。逐一檢查傷口後，哈洛神情嚴肅地搖搖頭。

「大都是擦撞傷，但是右腿骨折了。我馬上拿夾板——」

「隨便包紮一下就好，更重要的是誰來扶我一把！我必須回到崗位上……！」

兩人堅決制止企圖不顧傷勢起身的馬修。此時，翠眸青年臉色蒼白地從陣地北側趕到正在爭論的三人身旁。

「阿伊、哈洛小姐！小馬的傷勢如何？」

「傷了腿，沒有性命危險！第二區塊的現狀呢？」

「我的部隊大半人手都過去增援，目前勉強堅持著！那邊應該還能支撐一陣子，可是這次正面又有——」

青年背後傳來士兵們的怒吼聲。不等他說明，伊庫塔不由得從叫聲感受到滅亡的預兆。

＊

「風向成了決定性關鍵嗎——」

預備隊整齊劃一地排列在第五至第七區塊之間，梅格少校在此處和炎髮少女並肩眺望敵陣喃喃地說。他已漸漸著眼於這一仗的終點。

「看來大勢已定，中校。照這個趨勢來看，不需要太多時間——」

他剛說出這句話，後方便有數名士兵衝了過來，原本在戰場遙遠北邊執行巡哨任務的他們沒花時間調整呼吸直接匆匆開口。

「向伊格塞姆中校報告！雷米翁派部隊三千餘人正從北北西方接近！從進軍速度與剩餘距離計算，預測將於一小時後抵達此地！」

梅格少校表情扭曲起來。這個消息將他對勝利的確信掃得不見蹤影。

「偏偏在這個節骨眼……！」

用背影接下同一則報告，伊格塞姆的少女靜靜揚聲說道。

「燒擊兵第一連，全員上刺刀。」

士兵們接令後立即行動。經過數秒後才理解她的意思，梅格少校渾身顫抖不止。

「……妳打算親自殺進去嗎！」

這不用問。不必加上雷米翁派接近的消息，她打從一開始便打算這麼做。敵方的防禦堅固，風向條件不知何時會改變。在這個局面不該滿足於距離勝利只剩一步之遙，應當全力將下一軍。

「你率領自己的部隊對裸岩區壓制射擊。我在這段期間率領一連部隊殺進敵陣中心，迅速逼近敵將——取下伊庫塔．桑克雷的首級。」

少女以堅定不移的聲調斷言。少校終於看破，對她的覺悟插進膚淺的忠告實在太過愚蠢。

「……我不會阻止。如果是妳，想必做得到。」

梅格少校伴隨深深的嘆息說道，像在忍受痛苦般閉上雙眼。

「這一仗死了太多同胞……我希望在此畫下句點。我無法再承受更多了。」

呻吟似的吐露心情後，少校張開眼睛注視少女，挺直背脊敬禮。

「一切全交給妳。把事情結束吧，年輕的伊格塞姆。」

＊

「第一至第二區塊間的路障起火燃燒！沒辦法滅火，撐不了多久！」

當傳令兵衝進來這麼說，騎士團成員們的表情同時凍結。

這個通報簡直像宣告命運時刻到來的鐘聲般，在伊庫塔心中深深地沉重迴盪著。

「…………呼～！……」

少年雙手叉腰深呼吸，先讓心情恢復平靜。仰望灰濛濛的天空，想像視野位在高空，俯瞰自己置身的情況。

防衛戰第四天，下午四點過後。截至昨天為止，面北的三個區塊陷落，目前包含司令部在內的中樞區域正受到直接攻擊。外側斜坡陡峭如懸崖的第一區塊對外通道很少，對手主要攻擊標的為第二區塊，同時企圖突破堵在裸岩區之間的路障。

在防衛戰開始時有兩千四百人的我軍總兵力中，剩餘的戰鬥員為一千出頭。其中半數分配到防禦第二區塊上，南側的第四、第六區塊則逐步撤兵準備棄守。自不待言，目的是將剩餘兵力集結在此處加強防禦。

三道路障當中，以第三區塊為中心設在南側的兩道尚在。無論地形或方位上若遭遇大批人馬攻擊，還能堅持一陣子。問題在於北側。正面受到自第五至第七區塊間燃起的煙幕影響，敵軍的攻擊也最為激烈。直到路障燒塌為止的緩衝時間還剩近十分鐘。

想像路障被突破後的發展——路障內側鋪了三層石塊堆成的碉堡。利用碉堡。憑在場所有兵力絆住敵軍的侵略。能夠運用的是以光照兵為主的三百名兵力加上約二十名狙擊兵，以及左右兩側區塊的支援。雖然受煙幕影響無法期待射擊精準度，即使突破路障入侵路線依然狹窄，應付得當的話，堅持一小時多似乎也不是不可行。

「當然，她不會讓我稱心如意。」

伊庫塔一瞬間排除天真的預測——雷米翁派即將抵達的狀況下，雅特麗不可能滿足於悠哉地打消耗戰，肯定要一口氣攻陷敵營。她必然將率領在條件許可範圍內最大的戰力強行突破防衛線，直接來取我首級。

也就是說，要實行這個計畫不可缺少最強的前線指揮官。

「——啊啊——」

他既不恐懼也不怯懦，反過來說也沒因鬥志全身發抖。
「——真開心。」
一小時後是否生存都很難說的少年喃喃自語。
「托爾威，過來。」
心意已定之後，伊庫塔向翠眸青年招手，托爾威也點點頭走過來。
在呈現晚期狀態的戰場上，兩人開始作最後的商議。

坐立不安，卻又不能到外面走動。夏米優殿下一個勁兒地在設於淺洞窟盡頭的帳篷內走來走去。
「嗚嗚嗚嗚……！」
她嘴角溢出呻吟，緊咬住的食指指腹滴下血珠。
難以忍受。騎士團的成員們明明正賭命奮戰，自己卻除了等待什麼也做不了。那令人著急的感覺、強烈到令人暈眩的無力感，逼得她煩躁得快發狂。
「——公主。」
此時，帳篷外傳來呼喚聲。少女二話不說立刻奔向入口掀起布幕。
「索羅克……！大家、大家都平安無事嗎？戰況怎麼樣，和雷米翁派會合的——」
她逼近踏入帳篷的伊庫塔接連發問。少年神色嚴厲地搖搖頭。

「騎士團的同伴們平安，其他事情都還差一步……只是，狀況比想像中嚴峻，不得不以防萬一了。」

這種說法散發著不祥的氣息。伊庫塔在全身僵硬的公主面前淡淡地繼續道：

「妳知道提出免死請求的流程嗎？」

少女愕然地瞪大雙眼。難道——已經到了要哀求對手饒命的階段？

察覺她的誤會，伊庫塔補充說明。

「對象不是公主本人或是我。假設發生那種情況，他們無論如何都會給身為皇族的妳一條生路，而我這個反叛者再怎麼找藉口也會被處死。問題是處於邊界的同伴們——那些不確定將被追究多少反叛責任的人。」

公主終於理解他的意思。少年再往下說：

「首先會列名的是馬修、哈洛、托爾威三人。再加上薩扎路夫少校和梅爾薩少校等校級以上未達將級的高級軍官，無法主張『我只是服從長官命令』來免除責任的人。依據軍事審判的走向而定，全體遭槍決也有可能發生。要避免這件事，只能仰賴公主提出免死請求。」

他正在談論戰敗後的善後處置。少女兩手堵住耳朵搖搖頭。

「別說了……別說了，索羅克！我不想聽、我不想聽！我並不想聽到以你的死亡為前提的未來……！」

「我明白。對不起，嚇著妳了……可是，這件事無論如何都必須現在就談。」

伊庫塔一臉嚴肅地留下這句話，望向背後。

「我接下來要去見雅特麗。」

「——————」

「這是最後一戰。換成其他對手我還能誇下海口，唯獨對她沒辦法。就算只限於口頭上，我也無法答應妳必將拿下勝利。所以……考慮到我戰敗的情形，有必要趁現在先告訴妳。」

聽到這番話使她達到了極限。公主失去自制，一直累積的感情爆發出來。

「那——那就別去！」

回過神時她已放聲大喊。公主撲過去抱住他，臉用力埋在他的腰際繼續懇求。

「別再戰鬥了！趁現在投降就好。不管是免死請求或什麼都交給我來辦！哪怕得跪在地上舔汙泥，我絕不會讓人處死你……！」

淚水模糊了她的視野。一雙纖細的手臂用力到發疼地抱著少年試圖留下他。

「只要——只要我像這樣緊緊抱住你，誰也無法揮劍砍殺你吧？只要我一刻也不離開你身旁，誰也無法危害你吧！我決心這麼做！再也不放開這雙手，不錯過你的溫暖……！」

傾吐出所有感情，公主抓住少年胸膛，宛如相信一旦將鬆手摔落斷崖般，頑固地不肯放鬆力道。

沉默半晌之後——伊庫塔跪下來使兩人視線平視，靜靜地開口：

「……公主。我接下來要去實現我的心願。」

「…………！……！」

「讓她按照她本身期望的姿態生活——是我一直懷抱的心願。因此我賭上性命希望她繼續當雅特麗希諾，而非淪為一個無名的伊格塞姆。」

告訴公主自己堅定意志之所向，少年肅然繼續道：

「我無法答應妳必將生還。不過，我一定會回來。帶著她回來。因為——那也是妳的希望。是哈洛的、馬修的、托爾威的……我們所有人共通的心願。」

他說完後輕輕推開少女身軀，她並未抵抗。緊抓著少年的手臂已經失去力量。

「……我走了。」

交代完該交代的事情，伊庫塔輕輕摸了一下少女的頭，轉身邁步。

「索羅克……！」

沒為了最後的呼喚回頭，他僅僅注視著前方筆直地走出帳篷。

在陣地中央一字排開的部下們沉默地迎接辦妥最後一件事走出洞窟的少年。

「久等了。準備完畢了嗎？」

一名軍官走出隊伍回答他的問話。

「我等已集結現階段可運用的所有兵力，統合為一個非正規編組連。托爾威上尉的部隊也就定位了。」

說明完畢後，那名軍官向少年恭敬地遞出弩弓。少年接了過來，以熟練的動作將搭檔光精靈裝在台座部分上。

「走吧，庫斯。」

「是……我們要活著回來，伊庫塔。」

對庫斯的關心回以微笑，他朝向決戰邁開第一步。得到指示的各排奔向碉堡，少年自己也在後面跟上。

「給我等一下！」

忽然間，很好辨認的腳步聲從背後追來。伊庫塔苦笑地轉過身，只見全身上下包著繃帶的微胖少年全靠拐杖支撐站立著。就像要證明負傷的身體戰意昂揚，他肩頭牢牢揹著風槍。

「你這混帳，又一個人決定所有事！我說過我也要戰鬥吧……！」

馬修滿臉憤怒地正要爭辯，一雙手臂從背後纏了上來。個子比他高的女醫護兵面露決然之色現身。

「什──喂？」

「對不起，馬修先生！」

以道歉作為開場白，哈洛往環住他脖子的雙臂使力，徹底阻絕流向微胖少年大腦的血液。

「──咕啊──！」

她勒住的部位和力道絕妙無比，馬修甚至連痛苦的叫聲都發不出來。來不及嘗試反抗，他便被勒昏癱軟下去。伊庫塔放心地鬆了口氣。

「謝謝，哈洛……等他醒過來，告訴他算我欠他一次。」

哈洛一邊照顧微胖少年，一邊不安地望向正要離去的少年。

「伊庫塔先生……伊庫塔先生！你會……回來對吧？」

正要邁開的步伐倏然停住。伊庫塔沉默了一下，用略為僵硬的聲調回答：

「把桌上的地圖挪開，先泡好茶吧。剛好六人份的。」

這個答覆，是他所能做到的極限。伊庫塔說完後這次真的邁步前行，以指揮官的口氣向等候指示的部下們發話：

「光照兵第四連第一到第四排在最前列的碉堡散開，迎擊路障崩塌之際攻過來的敵軍。第五到第八排在第二列做好相同準備。」

非正規編組的連總人數為三百餘人。士兵們分別就各自崗位。

「當在防線上難以堅持下去時，便從共有三列的碉堡各退後一列繼續戰鬥。退後時腳步要盡可能整齊劃一，直到我下判斷前別衝動行事。」

做完因應準備，伊庫塔的目光投向北方。他注視著隨時都要燒得塌陷的路障，深吸一口氣。

「好，時間到了——全員上刺刀！」

眾人卡嚓一聲替弩弓裝上短槍。熟悉的音色與手中感覺到的重量，將他們一個個化為完全的士兵。

＊

伊格塞姆派的士兵們在漸漸漆黑碳化的木造障礙物前靜候時機到來。

率領部隊的炎髮少女位於隊伍中間處，兩手已按上雙刀刀柄，深紅雙眸在灰色濃煙瀰漫的環境中直盯著敵陣不放。

不久後──在她目光所及之處，被火舌吞噬仍頑強地保住原形的路障，像力氣放盡般從骨架開始崩塌。藉煙幕掩護進行破壞活動的工兵們背對焦黑的殘骸大聲發出信號。

一陣風如同回應般從側面吹來，使他們有片刻看清敵陣的情景。

映入視野的是在裸岩區之間堆起的岩石碉堡及躲在那些遮蔽物後舉起弩弓的兵卒。在更遠的另一頭，率領他們的指揮官少年大膽地雙腳站在碉堡上。

那一瞬間，兩人的確看著彼此的眼睛。

「──衝鋒！」

少女拔刀同時發出號令。前列士兵同時往軍刀刀尖指出的方向奔去，破風聲霎時響起，迎擊這波衝鋒的無數箭矢飛了過來。倒楣的十餘人因此負傷，其他全體士兵則加快腳步衝過去。

「「「「嗚喔喔喔喔喔喔！」」」」

他們一邊奔向碉堡，一邊也射箭還擊。由於戰鬥主要是視野惡劣的白刃戰，雙方的組成並未包含太多風槍兵。戰場的配角取代主角，光照兵和燒擊兵集團正面衝突。

＊

箭矢、光、子彈、咆哮。這一切瘋狂地交錯飛舞，兩軍激戰。

「第一排，人員再往左調！敵方的目標是那裡！」

仔細地觀察對方部隊動向，伊庫塔細部調整部隊配置。既然可運用兵力有限，炎髮少女不可能發動單調的攻勢，她的目標是虛實交錯的單點突破。

堡壘哪個部分遭到攻擊、對手企圖在哪個部分打開缺口——情報的確認和分析一秒也疏忽不得，不容許一丁點誤判。只要一步走錯將直接導致戰敗，和她交手便是這麼回事。

「第四排，縮小射擊幅度提高密度！比照左右夾擊！對手要以縱列衝進來了，光靠正面迎擊擋不住！」

下達每一個指示都等於走鋼索。大膽又精密的機動防禦建立在一層薄冰上，指揮官和士兵雙方都背負著同樣的重擔。只要沿著碉堡均等排好士兵即可堅守到底——如果是這種程度的對手，該有多麼輕鬆。

「第二排，進入白刃戰！點燈！」

由於太陽高掛空中又煙霧瀰漫，用遠光燈當障眼法的效果並不明顯。儘管如此也並非毫無意義，經驗老道的士兵們大都知道，是否能對近在咫尺的對手製造出一瞬間的空檔，很可能成為白刃戰中決定生死的關鍵。

「第三班注意碉堡右側！別讓敵人趁著煙霧入侵！」

從擔任指揮的伊庫塔的角度看來，糟糕的視野也很可恨。雖然捕捉得到集體行動的大批人馬，但換成以奇襲為目標的小部隊，便難以靠肉眼追蹤一切。只能預測看不見的部分，並將最終判斷交給部下們決定。炎髮少女那邊的條件也相同，雙方正發揮想像力互相判讀先機。

「嘎哈——！」

除了戰況本身的嚴酷，前衛捨命相搏的士兵們還面對這一仗特有的痛苦。以短槍刺穿對手胸膛後，某位士兵才發現此事。

「庫、庫夫德……你……」

他如此呼喚眼前吐血的男子——他們是朋友。

兩人曾許多次一起吃飯、喝酒，在戰場上互相託付性命，是該稱之為戰友的交情。短槍依然刺在胸口，任誰一眼都看得出那是致命傷，他甚至無法隨便拔出槍頭。

「好痛、啊，雷馬加……」

留下最後的回應，庫夫德・荷沙一等燒擊兵脫力地軟倒。目睹戰友死亡的雷馬加・凱茲爾一等光照兵也短暫地愕然呆立不動——還來不及回神，便同樣被另一名士兵從背後刺死。兩具屍體並排倒在染血的岩石上。

類似的狀況四處發生。這並非帝國軍第一次自相殘殺，然而，在此衝突的是黑髮少年與炎髮少女的直屬部隊。兩人比誰都更互相理解、互相信賴的關係，也反應在身邊士兵之間的親密交情上。也就是說——他們的短槍刺向的只會是無可取代的戰友。

「嗚、咕——」「咿……啊啊……！」

士兵們口中發出痛苦的呻吟。一半是對死亡的恐懼，另一半則是對傷害戰友的抗拒。一旦對方攻擊那也不得不還手，只要繼續下去雙方的傷亡就不斷增加。

「「「「「嗚啊啊啊啊啊——！」」」」」

殺是地獄，被殺也是地獄。在戰亂到達之處誕生的最終戰場上，他們哭泣著互相殘殺。

儘管伊庫塔等人全力投入防禦，即使在他們的奮戰之下，戰線仍無從避免地漸漸後退。從放棄第一個碉堡開始，戰況加速惡化。因為伊格塞姆派的士兵們反過來利用遮蔽物，將衝鋒的起點往前方推。

「…………」

嚴厲地注視著漸漸往內縮小的敵陣，雅特麗從懷中掏出懷錶看了看。從傳令兵帶來雷米翁派接近的報告算起經過近四十分鐘，時限還剩下二十分鐘多一點。

剎那間，她下定決心——要決勝負只有趁現在。

「全員投入——從現在起自中央突破敵陣，鎮壓中樞。」

士兵們臉上浮現覺悟之色。他們也一直等待著這道命令。

「第一、第二、第三排和我一起先出發。第四、第五排不要間隔，從後面跟上。」

她握住雙刀的手加重力道。目光看向前方，重心微微前傾準備快跑。

做好所有準備，少女將一大口氣深深吸進肺部，然後——

「——衝鋒開始！」

像箭矢離弦般和部下一起邁步狂奔。即使在起伏激烈的岩石地帶，她的步伐也穩定不移。他們穿越傾注而來的槍林彈雨即刻抵達最前列的碉堡，衝過先遣部隊建造的斜坡侵入敵軍正開始撤退的第二列碉堡。

「「「「「「嗚喔喔喔喔喔喔喔！」」」」」」

發起猛攻的時機絕佳。碉堡殘留的士兵們來不及集中兵力承受衝鋒。而正退往第三列半途中的人連反抗餘地也沒有，只能被驅散倒下。

「中斷衝鋒！和周邊同伴會合戰力！」

掃蕩完畢後，她等待幾秒鐘與先遣部隊會合。等他們的認知跟上狀況，伊格塞姆的少女毫不猶豫地對第三列發動衝鋒。

「——來了！」

一方面是受到煙幕影響，退至比最後列碉堡更後方的伊庫塔並未直接看見對手的行動。不過他察覺到了。後退士兵們急迫的樣子、第二列碉堡短暫傳來的戰鬥聲響與緊接著降臨的壓倒性沉默——這一切在在證明炎髮少女的到來。

「後方四個排左右散開準備夾擊！別堵住衝鋒的軌跡！為她準備迎賓走道！」

少年發出指示，同時轉身往對手進攻方向的相反方位拔腿飛奔。背對著逼近的她，與直接指揮的一個排一起朝濛濛煙霧彼端的目的地而去。

「疾——！」

雙刀刀光一閃斬斷生機。在最後一座碉堡上，被砍中的三名士兵血花四濺的倒地。接著她立刻以身體挪騰閃過從側面射來的箭矢，間不容髮地一刀砍翻弓箭手。

「鎮壓碉堡整體的任務交給同伴！我們直接——」

說到一半的台詞停住了。跨越岩壁眺望前方的瞬間，炎髮少女發現意外的景象。

越過第三列碉堡後，她認為會面臨排成橫隊的敵方部隊猛烈反擊，已做好從正面殺開敵陣的覺悟。可是現實並不一樣。那裡沒有正面阻擋他們的橫隊，取而代之的是由左右兩側往中央延伸的縱深戰列，與斜向排列舉著弩弓的光照兵。

一眼就能看出布陣的目的是包圍機動。在陣形最深處，有唯一一支以橫隊散開的部隊。那是黑髮少年直接率領的一個排——甚至他本人還帶頭站在前面。

一目了然。他正使用這個狀況發出明確的訊息。

亦即——想要我的首級就過來這裡。

「——發現敵將。」

在領悟一切之上，炎髮少女下判斷時沒有一秒的遲疑。

「繼續衝鋒！」

「「「「「「「嗚喔喔喔喔喔喔喔！」」」」」」」

精兵們發出吶喊飛奔，對準敵將一起殺過去。他們的目標始終是中央突破，甚至沒考慮過從左右開始擊潰之類繞遠路的作法。

姑且不論一定數量的風槍兵，以弩弓為主要裝備的光照兵射擊頻率不值一提。就算遭到左右夾擊也不至於造成嚴重損害，那麼只需要毫不猶豫的穿越過去。

「各排前進！合上下巴，迎擊～～！」

當然，光照兵們早已知道這一點。他們絲毫不期待弩弓射擊擋得住精兵猛攻，連帶運用自己的身體嘗試達成這個艱難任務。衝鋒開始時收縮左右戰列，宛如鱷魚合上下巴般進入白刃戰。最前頭的士兵爆發激烈衝突的瞬間，雙方的短槍交擊，火花四散。

「全速前進！別停下腳步！」

炎髮少女不為所動。敵軍在此時進入包圍機動是當然的轉變，她也明知這點仍選擇正面突破。白刃戰正是伊格塞姆的賽場。面對兵力規模相當的敵軍部隊，他們沒有理由停止前進。

「唔——！」「嗚喔！」「可惡，閃開！」

然而——儘管腳步未停，衝刺的勢頭卻出現落差。迎戰左右兩側來襲敵兵的人與無視衝過去的人在前進速度上產生些微差距，其中炎髮少女帶領的排更是單獨領先往前衝。他們以最高效率排除敵人的妨礙持續前進，漸漸成為領頭的一群。

伊格塞姆的少女早已察覺這正是少年的意圖。他們是被放行的，少年打算等他們單獨一個排孤立後，設下某種圈套——即使知道，她的腳步也沒放慢。等待同伴趕上是浪費時間，敵將可能趁這段期間逃往周邊的裸岩區。距離雷米翁派抵達沒剩多少時間，無論如何都得在那之前做個了結。

如果有陷阱，只需正面攻破。炎髮少女毫不遲疑地專注向前跑著穿過陣地。

「向後撤！跟上我！」

在士兵組成的戰列最後方，伊庫塔也和直接指揮的排一起展開行動。前進方向始終是南側，頑強地與在背後追逐的敵軍領頭集團保持距離。

「哈啊！哈啊！哈啊……！」

他氣喘吁吁地不斷奔跑。明明沒跑多遠，累積的疲勞和煙霧瀰漫的空氣使得少年的四肢異樣地沉重。本該一口氣抵達第三區塊山腳，強烈的暈眩卻在半途襲來，令他忍不住踉蹌。

「司令官，振作點！」

伊庫塔險些摔倒，在士官攙扶下勉強站穩。發現自己差點喪失意識，他慌忙抬起垂下的頭。

「啊，抱歉，我沒事了——」

砰！他才剛開口，一陣衝擊便掠過下半身。

「——嘎！」

繼異樣感之後，灼熱感在左腿蔓延開來。伊庫塔口中吐出不成聲的空氣，一時之間無法理解那宛如一腳踩進火堆的熾熱感是痛覺。

「——什、麼……」

少年往下一看，領悟了一切。

一支箭頭穿出他的大腿。

「伊庫塔——！」「司令官？」

庫斯在弩弓上轉動身體，察覺異狀的士官臉色大變。伊庫塔抓著士官肩膀勉強保持站立，在劇痛中嘗試掌握狀況——箭矢從背面完全貫穿大腿後卡在那裡。血漬自長褲布料內側漸漸擴散。

「——流矢嗎……」

他乾啞地呢喃。若不是疼痛得想大哭大叫，少年只能發笑了。背後的部隊距離尚遠，絕不可能是瞄準他射中的。不知哪個人碰巧以高角度射出的箭矢，劃出奇蹟般的拋物線刺穿了他的腿。

他額頭直冒冷汗。我果然沒有天命啊，伊庫塔事到如今才自嘲——拒絕趕來的醫護兵協助，再度邁步前進。

「司令官？請等一下，先將傷口……！」

「不需要。從出血量看來沒刺中動脈，那支箭一看就知道不是能馬上拔出來的。」

少年淡淡地回答，扶著士官的肩膀繼續走。每走一步箭矢就往血肉裡一頂，幾乎令人昏厥的劇痛竄上背脊。

「…………！」

伊庫塔咬緊牙關忍耐，這次卻不小心忘記呼吸——心想不妙的瞬間，意識已唰地落入黑暗之中。

「——吶，伊庫塔。答應媽媽——四件、事。」

溫柔的聲音傳入耳中。在昏暗的燒炭窯小屋裡，母親躺在簡陋的床鋪上。

她已衰弱到無法起身，手腳瘦弱得像枯枝——儘管如此，還是為了我露出微笑。

「第一件事——別、從軍。」

母親以顫抖的聲調懇求似的說道。

「別為了國家、正義……這些眼睛看不見的巨大事物、拋棄性命。別像你爸爸、一樣。」

我緊握住她冰冷的手試圖說些什麼，只發出不成聲的呻吟。

「第二件事——別、復仇。絕對不可以想著要為你爸爸報仇、要報復某人，因為愈去想，只會離幸福、愈遙遠。」

我大力搖頭，不敢點頭答應。總覺得一旦點頭，生命將立刻從母親體內流逝。

「第三件事——盡量偷懶。依照你爸爸努力的額度，你不必再努力也沒關係。從今以後，你的人生非得充滿快樂才行。」

我無法接受地猛跺腳。那為什麼，那些額度不轉送到眼前的女子身上？為什麼非要拋下我一個人？

「第四件事——首先，必須先問問、你。」

母親的漆黑眼眸目不轉睛地注視著我。我明白她將問出重要的問題，反射性地挺直背脊。

「這幾年來、一直沒見過面的人裡，你最想見的、是誰？」

除了爸爸以外，母親補充道。唯有這個問題的答案無須思索。我拚命壓下湧上喉頭的抽泣，說出一個名字。

果然沒錯——母親喃喃低語，滿足地頷首。

「那就去見她。離開這裡以後，不管花多少時間也無所謂，一定要去見她。這是邁向幸福的第一步。」

母親展顏露出有力的笑容說道。那耀眼的光輝壓倒了我。臉上浮現這種表情時，母親所說的話總是正確的。

「可是——如果、如果，那個率直的女孩，率直地在艱辛的道路上走得太遠，快被不好的命運困住的話……」

她雙眸閃過憂慮之色。回握我的手指頭，使出最後的力道。

「到時候，由伊庫塔你來阻止她。由你牽起那女孩的手，引導她走向幸福的方向。這樣一起攜手前進，在終點一定能找到最重要的事物——」

母親的話語喚醒了他。

「——啊！」

伊庫塔往無力的腿上使勁。自大腿反彈回來的劇痛發揮鬧鐘的效果，他離開攙扶自己的部下。

「司、司令官！」

一恢復意識，伊庫塔近乎反射性地望向背後。與炎髮少女率領的領頭集團之間——還有一段距離。他喪失意識的時間似乎極短，這段期間部下們也攙扶著他移動。

「……走吧。」

少年轉身邁開步伐。離目的地還有數十公尺。他使出殘存的精力與體力，拖著像吞了鉛塊一樣沉重的身軀前進。

他一步步往前走，口中反覆呢喃——在那個地方等待。思念著她，等待。

「疾——！」

砍倒第八個人，少女的視野一下子開闊起來。

他們越過了敵兵戰列的最後排。再也無人阻擋在他們前方，灰濛濛的視野內只剩下敵將率領的一個排約四十人。

以人數來說，當然他們也和對手相差無幾。其他排還在數十公尺後方不斷戰鬥，只有明知會落單仍專注於穿過陣地的他們得以來到此處。

與最後一批敵人的間隔還剩近一百公尺。

只要拉近這一小段路，即可觸及這一仗的終點。可以誅殺背靠岩山而立的敵將——伊庫塔·桑克雷。

「——」

感到喉嚨發乾。手腳失去感覺。嘴唇突然動不了。

斷定一切反應都出於口渴，炎髮少女嘔血似的大喊：

「——衝鋒！」

號令一下，她同時猛踏地面和舉著上刺刀弩弓的精兵一起開始奔跑。如今目標只剩下接近並殺掉敵人，他們的行動保有明確的秩序。

包含炎髮少女本人在內的兩個班先行，三個班跟隨在後。採取這個陣形是因為她篤定前面有陷阱。她不可能忘記，現在只有自己的排突出衝鋒隊形，是敵將蓄意引導的結果。

至於陷阱的具體內容，少女大概料到八成。是狙擊兵。自從在此地點展開戰鬥以來，狙擊兵至今都沒出現。就算大半投入其他區塊的戰鬥，沒留下少數人手防備這種情形反倒不對勁。

肯定有狙擊兵準備在他們拉近約一百公尺的間隔前從某處射擊。少女十分篤定，一邊飛奔一邊環顧周遭——狙擊兵究竟將從何處瞄準？

不會是左右兩側聳立的裸岩區上。煙幕在有些高度的半空中比地面更濃，從裸岩區上方往下望的視野幾乎被完全遮蔽。就算狙擊兵在高處，也會因煙霧影響難以瞄準。

基於相同理由一併刪去所有高處配置點後，剩餘的模式數量有限。首先想得到的是零星散布地上的岩石遮蔽死角。儘管在他們與敵方部隊之間沒看見顯眼的大岩石，足以供一個人躲藏的隆起卻很多。將狙擊兵安排在那些死角可能性很高。

然而，那對炎髮少女不構成威脅。從岩石遮蔽處精準地瞄準在衝鋒隊伍中央奔馳的她並一槍斃——實際上是不可能辦到的。首先彈道暢通的機會本來就很少，即使活用那一丁點機會發揮神乎其技的射擊，也會被少女的預測閃避掉。哪怕以托爾威·雷米翁的技術，頂多只能削減隊伍外側的士兵人數吧。

根據這一點，應該防備的可能地點只有一處——聳立在敵方部隊背後的陡峭岩山上方，旭日團士兵們稱作第三區塊的裸岩區。儘管因為煙霧籠罩看不清全貌，狙擊兵安排在那個斜坡上的可能性最高。與左右兩側裸岩區的重大差異，是他們正自己不斷接近那裡。愈靠近間隔的煙霧愈淡，彈道也必然地愈容易貫通。

從正面接近裸岩區時，遭到布署在斜坡上的狙擊兵迎擊，地面部隊更趁著他們退縮之際趁隙反擊——是炎髮少女設想的最糟狀況。而包含她本人在內跑在前頭的兩個班，正是因應的對策。

如果狙擊兵布署在裸岩區，等他們一進入射程想必會立刻開火。考慮到煙幕導致視野變差，她推測射程不到四十公尺。這是雙方部隊即將在地面衝突的距離，射擊後肯定立刻進入兩軍錯綜混雜的混戰。換句話說——只要沒被第一波射擊絆住，掌握白刃戰主導權的將是他們。那該怎麼做？

答案只有一個。趁著前衛中彈後狙擊手尚未填充下一發子彈，後續部隊從另一個角度攻進去即可。

「「「「「嗚喔喔喔喔喔喔喔！」」」」」

先行的兩個班，是用來誘使狙擊兵射擊的前鋒。在他們中彈後，跟在後頭的三個班立刻攻進去一決勝負——事情按照計畫進行的話將是如此。正因為未必定會發生，炎髮少女才親自加入打前鋒的兩個班。狙擊兵看穿他們「誘使射擊後進攻」的意圖暫停射擊，轉而瞄準後續三個班的可能性也並非為零。如果出現這種情況，先行兩個分隊必須扛起攻擊重任。當然，少女本身有自信完全閃避掉第一波射擊。

若是和她一起戰鬥，以少數兵力殺進敵陣也不會不敵落敗——基於這份堅定的信賴，打前鋒的精兵也向敵方部隊發起衝鋒，全力從隨時將落下的槍林彈雨中跑過去。

「——」

距離裸岩區只剩四十公尺、三十公尺。剩下二十五公尺時，光照兵出動迎擊。少女在這個階段判斷「誘使射擊」意圖已被看破，遭到射擊的將是後續三個分隊。判定毫髮無傷被放行的他們要負責攻擊重任，她從正面闖進敵兵集團之中。

「疾——！」

兩道刀身劃出弧線。她施展「彈開箭矢」絕技掃掉射來的飛箭後，立刻劍光一閃打退攔路的敵兵。腥風血雨飛舞，就算面對的只有少數人先行的他們，光照兵也無法對等的戰鬥。

每當少女獨自揮砍前進，戰列就被深深鑿穿——那個缺口很快地通往少年正在等待的終點。

「……嗨。」

背靠著岩山，少年親切地向許久未見的她打招呼。

欠缺任何表情的面容。像玻璃珠般沒盛載任何感情的深紅雙瞳。滴著同胞鮮血的雙刀刀鋒。經歷數不清的戰鬥後染得通紅的身軀。

少年瞇起眼睛。心想著在變成這副悽慘下場之前，襲擊她的痛楚是何等激烈。

她沒有回應，在轉瞬之間縮短間距，毫不猶豫地揮出雙刀。

正如過去曾說出口的回答一樣——伊庫塔僅僅，思念著她。

一刀斬下首級。當少女排除此外的所有念頭，正要揮落軍刀的瞬間——衝擊感伴隨熟悉的空氣爆炸聲襲向全身。

「——？」

會死，她心想。少女的本能如此確信。與槍響同時打來的物體除了子彈外別無可能，打穿手臂、膝蓋、大腿與胸口中央的觸感，應該只意味著喪命一種結果。

喀擦喀擦，僵硬的少女腳邊傳來堅硬的聲響。

「——？」

她無意識地往下看——看見的景象令她倒抽一口氣。

七、八顆本該貫穿身體的子彈在岩石上滾動。

「怎麼樣，雅特麗？」

面露與蒼白臉色不相襯的開朗神情，伊庫塔指向頭頂。

「妳以為狙擊兵在上頭吧？不對喔。」

他的指尖這次指向正好相反的地面。此時少女終於發現，獵人們銳利的目光——透過掩埋岩山山腳的大小不一岩塊縫隙間投射過來。

「歡迎來到迎賓走道的終點。送給一路抵達這裡的妳的禮物——是我們的伏兵。」

「——躲、躲在這裡？真的嗎？」

防衛戰第二天中午，在黑髮少年建造於第三區塊山腳的壕溝中，托爾威雙眼圓睜。

「搬開岩石、架設木材骨架後鋪上木板，最後再將岩石蓋回去。這可是徹底無視地形特質的精心之作。因為費了很多功夫，就算有點擠也忍一忍吧。」

伊庫塔大膽地提出不講理的要求。在只能匍匐前進的漆黑空間中，青年拚命尋找這裡的優點。

這種稱作槍座的空間有好幾個，最多可以容納十餘名風槍兵。

「不過，這裡……射角不廣喔。窺孔小又過深，大概只能瞄準正好來到適合位置的對手……？」

「這樣才好。露骨地瞄準雅特麗會察覺。」

少年抱起雙臂哼了一聲，繼續說道。

「這算是把想法反轉過來。不是槍口對準目標，而是把目標帶來槍口之前。把瞄準前的接近過程顛倒過來，使伊格塞姆超人般的察覺攻擊能力失效。」

岩石下的托爾威不知該怎麼回答，伊庫塔撇撇嘴角。

「是你的經歷給了我提示喔！擊中約倫札夫．伊格塞姆時，為了不讓他判讀彈道，你直到開火前一秒都閉著眼吧。既然那個方法管用，往藏匿槍手的存在本身設計應該沒有錯。總之，只要別讓目標發現有人正在瞄準就行了。」

聽到這番解釋，青年也終於接受這個招數。少年語帶嘆息地往下說：

「說歸這麼說，設下伏兵本是古典的手法。在察覺狙擊的氣息前，只要使對方覺得『不太對勁』就失敗了。要誘使雅特麗來到這裡，可是相當費力氣的工作。」

伊庫塔一邊說一邊望向北側，盡可能以最高的準確度針對眼前的地形想像在不遠的未來也許會發生的戰鬥。

「儘管如此，當有幾個條件吻合時並非不可能實現。在剩餘時間愈來愈少的狀況下持續短兵相接，她肯定親自率領部隊殺過來。考慮到地形的容納量，她多半會企圖用一個連的兵力從中央突破。而脖子上放著主將首級的我將一直露面，確保她沒有變更作戰方針的餘地。

當這個連突破碉堡，就採取包圍機動迎擊困住部分兵力。說是蓄意放雅特麗所在的排突破陣形更容易理解吧。這樣一來應該能誘使一個排突出隊形，此時再努力一把，利用互相判讀狙擊兵布署位置的機會，暫時讓她的兵力分割成班單位。促使她認定狙擊兵在第三區塊斜坡上，將各班劃分成先鋒和後續部隊。有能力彈開子彈的她應該會打先鋒殺進來。若在這種狀況展開白刃戰，依照她和其他士兵的實力差距，之後放著不管她也將最早來到我面前。」

臉湊在很深的窺孔上，伊庫塔與壕溝內的托爾威四目交會。

「雅特麗對岩山上的防備，將直接成為地底埋伏兵的掩護。即便是她，應該也想不到我會針對重點使用那麼費事的招數。

當然，在戰鬥途中有九成的意圖都將被她看穿。她毫無疑問會很快發現我們故意引誘她突出隊形、戰場上某處躲著狙擊兵。不過，這樣才好。若不是能夠看破除了埋伏兵謎底以外所有戰術的對手，這個計策本身便不成立。」

聲音在狹窄的空間內嗡嗡迴響。在專為炎髮少女準備的裝置內外，兩人不斷針對活用裝置的計畫交換意見——

「停止戰鬥！全體光照兵拋下武器高舉雙手！」

當少年拉高嗓門命令，他的部下們拋下弩弓的聲音響起。在稀薄的現實感中，炎髮少女感受到背後的戰鬥氣息漸漸淡去。

「——你可以出來了，托爾威。」

狙擊兵們從岩石下爬出來。看見這一幕，趕上少女的燒擊兵們錯愕地瞪大眼睛，而她愣愣呆立不動的樣子使他們更加困惑。看著與滿目瘡痍的敵將面對面，一動也不動的炎髮指揮官，他們霎時間無法判斷這代表什麼意義。

「光是搬開岩石空間不夠用，最終弄成微微隆起的形狀，仔細觀察也有一些不自然之處。不過濃煙導致視野不佳，又用我們的身體遮擋住了。因為知道妳看破機關的眼力有多好，我直到最後都很不安。」

伊庫塔難為情地搔搔腦袋，忽然露出嚴肅的神情直視少女。

「……怎麼樣？這樣子算是戰勝了妳嗎？」

他直接地問起是或否。向延續數百年的雙刀歷史——向那段歲月致上最大的敬意。

「我們以我們的方法打敗了伊格塞姆——可以這麼認為嗎？」

不主動宣布勝利，他把答案交給對方的心來決定。

聽到問題的瞬間——炎髮少女終於正確地察覺自己動彈不得的理由。

減低空氣壓力發射的子彈並未貫穿她的身體，僅僅留下中彈的事實後掉落地面。不必親眼確認，軍服底下也沒有任何部位流血。

但是——儘管如此，那些子彈並非甚麼也沒擊中。

「——————」

中彈的是她體內的伊格塞姆。一直以來驅策少女全身的炎色宿業。

依據自信自身最強建立的鋼鐵精神，面對否定結果不容分辨地得出結論。

這便是敗北。

在數不清的戰鬥中不斷刻劃的雙刀歷史決定性的終焉。

今後戰場的中心——不再是自己，將改由眼前這些人扛起。

「…………」

伊格塞姆沉默不語，以模仿亡者的禮法肅然接受未伴隨死亡的敗北。

另一方面——除了呆立不動之外，少女想不出下一個行動該做什麼。

她的心中只剩下伊格塞姆。此外的一切皆已被她斬斷、屠殺殆盡、割捨掉了。她將人性不留殘渣地焚燒殆盡後，來到此地。

如果伊格塞姆陷入沉默——究竟該由什麼來驅動被留下的身體？

「…………」

從側面吹來的風搖曳她的炎髮。或許是風向到了現在才開始改變，籠罩頭頂半空中的煙霧向西飄去迅速地轉淡。

那一瞬間，少女忽然感覺到有人在「瞄準」自己，無意識地反射性抬起目光。四名風槍兵在眼前裸岩區的山頂附近——煙霧飄走後視野開闊的地點手持風槍。

果然上面也有埋伏，她無動於衷地確認事實。

「——」

不對勁。

槍口的方向——一半對著自己，這是理所當然。可是另一半呢？以瞄準她背後的部下們來說角度太陡。幾乎對準斜坡正下方的槍身，朝向的是——

在腦袋做出結論前，她的身體動了。

「——咦？」

兩手放開雙刀，腳底猛踏地面。她伸出右臂抓住少年肩膀全力曳倒他，用背部護住目瞪口呆地摔倒的少年，同時將雙臂伸展至極限直立不動。

壓縮空氣的爆炸聲響起。

傾注而下的四發子彈，全部打中少女的身體。

軍服的纖維碎裂迸散。少女無意識地以目光追逐每一片碎塊。

「——啊——」

在直擊生命核心的衝擊中，她察覺自己的行動，無可奈何地彎起嘴角。

「——啊啊——什麼嘛。」

少女因為太過驚奇發出苦笑——真是的，究竟有多不肯放棄啊。

明明應該確實屠殺殆盡了。那個靈魂已被切得粉碎後碾成粉末，收集起來投入火中。連殘渣也不留地焚燒殆盡後，連灰燼都沒剩下——明明該是如此的。

「——很頑強嘛，雅特麗希諾（我）——」

當她回過神時，發現自己理所當然地存在於此。

比呼吸更自然地保護了自身的另一半。

他們大約花了四秒鐘才反應過來處理狀況。

「——在上面——！」

托爾威一發現立刻開火還擊。射擊掃向裸岩區上方，光照兵們緊接著衝上斜坡。接下來的情況，從地面完全看不到。皇室萬歲、卡托瓦納帝國萬歲——那些傀儡瘋狂的瀕死叫聲似乎響起過。但什麼也傳不進伊庫塔的耳中。他從地面上一躍而起，少女的身體交替地仰向倒下。

「雅特麗——！」

伊庫塔放聲大喊，以雙臂抱住少女。他忘了中箭的疼痛跪在地上俯望對方全身——一瞬間腦海變得一片空白。左臂一處、腹部兩處、胸膛中央一處。紅殷殷的鮮血正從軍服上的四個小破洞往外流。

「啊——啊——！」

伊庫塔半癲狂地壓住她胸膛的傷口。掌心直接感受到紊亂的心跳，鮮血如湧泉般從少年指縫間溢出，雙手一瞬間染紅到手腕。

「醫護兵！醫護兵——！」

雙方部隊的醫護兵聽到少年淒厲的叫聲趕了過來。另一方面，托爾威和部下們一起掉頭，高舉表明無意戰鬥的白旗奔向司令所找哈洛。

從醫護兵手中搶來綁帶，伊庫塔一一包紮所有眼睛看得見的傷口。將綁帶壓上腹部及胸口固定，束緊有大血管通過的上胳臂壓迫傷口。

「哈啊！哈啊……！」

這連暫時的安慰也算不上。他拋開理智的聲音，拚命一心一意不顧一切地伸手挽留不斷流失的生命。

「——你的表情糟透了，伊庫塔。」

少女在此時開口，說出毫無疑問屬於雅特麗的發言。

看見她深紅眼眸中的溫暖光芒，她找回人性的證據，現在的少年卻無心感到喜悅。

「愛怎麼取笑我的臉都行！所以、所以別閉上眼睛！我現在就替妳止血，這點傷我一定會想辦法治好的……！」

半受到恐慌驅策的伊庫塔手上不停動作，雅特麗朝他緩緩地搖頭。

「沒關係。這樣一來終於輪到我了。」

「輪到什麼？」

「我們不是約好了嗎，要兩個人輪流。所以——這樣就好。」

留下這句話，她輕輕伸手蓋住少年放在她胸口的手。

「停下來。看著我，和我說話。」

一雙眼眸直視少年。她的目光務使少年冷靜下來，有意識的俯望手邊……勉強接受在擔架抵達前沒什麼可做的事實。

「……如果說話能讓妳保持清醒，要我說多少都沒問題。不過我的手也不會停，因為我可是很擅長抽空做事的。來，要聊什麼？」

依然隔著繃帶按住傷口，伊庫塔回望少女近在咫尺的臉龐。雅特麗微笑地開口：

「謝謝你和我相遇。」

她向他說出心聲。

「遊學第一天——你們製造彩虹歡迎我的事，我記得好清楚。想從下方穿過去彩虹便消失，退回去又重新出現，感覺不可思議又令人著急，可是非常美麗——周遭的大家都淋成落湯雞，有點好笑。」

兩人腦海中浮現難以忘懷的景象。伊庫塔回憶起來，自己也包含在那群落湯雞裡。

「到廚房偷食材的事情，我記得好清楚。那是我第一次做壞事，差點被瑪莉婆婆發現嚇得心怦怦跳。誰叫你一本正經地說，要是事跡敗露我們會變成明天的早餐。」

少女笑了。她在剛相遇不久時硬梆梆的口吻在少年耳中復甦。

「讓我加入你們一家人相聚的事，我記得好清楚。我說清湯很好喝，優嘉阿姨稱讚我吃得出小魚乾高湯的滋味。晚飯後，大家一起做了南瓜金鍔餅。味道香甜又溫和的點心。」

少年也回憶起來。那時他邊吹涼剛烤好的金鍔餅邊吃，結果燙傷了舌頭。

「在意見交流會上吵架的事，我記得好清楚。巴達叔叔從那時候起發派的任務，一開始你和我失敗連連，但慢慢地掌握訣竅。任務沒法如計畫進行，反倒感覺很有意思——」

意見的衝突。意氣用事的針鋒相對，與經歷過後的成長。

「死守小屋和狼群戰鬥的事，我記得好清楚。當時我以為或許真的會死，但當我發憤宣言要讓你一個人活著回去，你卻叫我笨雅特麗發了火。那時候我們約好，要兩者化為一體來戰鬥。」

孩子之間的約定沒有期限。是自那一天開始後永不結束的契約。

「你試圖誘拐我離開帝國的事，我記得好清楚。為了誘使我墮落，我們一起玩過各種危險遊戲。詐欺詐欺師、設圈套騙騙子上當。就像在延續小時候的冒險，讓我快樂開心得不得了。」

一心投入玩火的學生時代。耀眼又充滿煩惱的日子。

「你在雪薇小姐的店裡替我挑衣服的事，我記得好清楚。紗麗服明明那麼漂亮，卻在當天就毀了，深深傷到你的心。」

苦惱到最後發狂的他，與冷靜自持地接受的她。以那一刻為界線，少年從根本重新追究自己面對雅特麗希諾·伊格塞姆的態度。

「『騎士團』的成員湊齊後的事情，真是想忘也忘不了……自齊歐卡的領土突破國境，救回模擬戰途中險些遭綁架的夏米優殿下——在北域則發生席納克族的叛亂，和阿爾德拉神軍與『亡靈部隊』交戰時擔任殿軍……呵呵，這樣好不容易、才說到一半——」

不斷說話的雅特麗雙瞳看來彷彿正緩緩失焦，伊庫塔強行插嘴：

「我知道，雅特麗。全都知道。因為我和妳一起體驗過這一切。」

少女注視著過去的眼眸，被拉回現在的少年身上。

「——沒錯。你一直陪在我身邊。加入不願加入的軍隊，被拱上根本不想要的英雄位置，卻依然不變地陪伴著我。」

「那不是當然的嗎？因為妳是我的半身。」

聽到伊庫塔顫抖的話語，雅特麗深深頷首——望向落在地上的雙刀。

「沒錯。所以——在消失之前，全部拿去吧。」

少女解開皮帶扣環，拿起掛在右邊腰際的短劍劍鞘遞給少年。

「短劍給你，當成護身刀。軍刀隨你處置，你留著也好，讓給別人也無妨。還有——」

她啪嚓一聲打開腰包別扣。搭檔火精靈西亞降到地上，關心地仰頭望著被少年抱在懷裡的主人。

「西亞託付給你。如果她接受的話……讓夏米優殿下當下一任主人。」

「住手，雅特麗！選下一任主人是很久以後的事，現在提這些西亞也很為難！」

少年像要否定對方的台詞般蓋過話頭。雅特麗深紅的眼眸帶著有力的光芒。

「伊庫塔——求求你。從今以後也一直保護那個女孩。」

「——」

「不必保衛國家。不必保護第三公主。可是唯獨那女孩——那個叫夏米優的女孩子，你要保護到底。連我再也做不到的份一起好好珍惜她。

還有……可以的話，讓她得到幸福、作許多美夢。因為至今為止，她一直被迫看到不想要的惡夢……」

少女的說話聲急遽地失去力氣。握緊她的手試圖拉回漸漸沉入黑暗深淵的她，少年激烈地搖頭。拋開所有判斷力，他像個撒嬌的小孩般嚷嚷：

「我不要、我不要！我不是說過嗎！沒有妳在一起，就辦不到……！」

鼓起全力用比嬰兒更微弱的力道回握他的手，雅特麗搖搖頭。

「你和我是兩者為一。互相聯繫交融在一塊，甚至沒有分界線。往後我們也將一直在一起。你不會說——這不科學吧？」

少年頑固地不肯接受她溫柔的結論。即使哭花了臉，仍然拚命對她說話。

「我答應過——媽媽。當妳快要被不好的命運困住時，要由我來阻止妳。由我牽起妳的手，引導妳走向幸福的方向。

求求妳，雅特麗。和我一起活下去。別逼我再違背更多承諾……」

少女拚命尋找該用什麼話語來回應他的懇求——彷彿應她所求，在漸漸稀薄的意識中，雅特麗腦海裡閃過許多幕景象。

在旭日團度過的童年時光。和白衣科學家們的交流。桑克雷家的餐桌。哈洛的笑容。馬修的撲克臉。托爾威怯懦的微笑。夏米優殿下鬧彆扭的表情。和騎士團同伴們共度的耀眼日子。

總是位於這一切的中心，黑髮少年裝傻的模樣。

「……你可以抬頭挺胸，伊庫塔。」

在鮮明的追憶盡頭，雅特麗浮現滿懷信心的微笑告訴他——答案就在這裡。

得到重要的同伴。得到信賴的長官。得到可愛的好友。與他們之間建立羈絆。

直到人生的最後一刻，都與靈魂相結合的半身共度。

沒有任何理由猶豫。那裡只有值得自豪的經歷。此刻她可以挺起胸膛，駁斥過去那一夜露西卡·庫爾滋庫施加的憐憫。

「你實現了承諾。」

少女保證。肯定他沒有任何需要後悔之處，已經完成了目標。

在少年身邊，雅特麗希諾·伊格塞姆活得比任何人都更幸福。

「————！」

伊庫塔說了些什麼。那聲音已傳不進她耳中。

五感依序停止作用。在臨終的黑暗中，她撤除自己的邊界，全身放鬆力道。

融化在他之中——在那裡繼續作夢吧，雅特麗心想。

舉起白旗通知士兵們停火，托爾威奔向司令所。淺洞窟雖然距離不遠，但要穿越還在混戰中的敵我雙方之間並不容易——他在抵達的同時拉高嗓門呼喚哈洛。

隨著戰線後退，重要人物也要轉移所在地，他們早就為此作好準備收拾妥當。夏米優殿下也在場，托爾威考慮數秒後評估情況，決定帶少女同行。

儘管第三列碉堡尚且勉強維持著，從中央突破進來的伊格塞姆派士兵使得洞窟周邊不再稱得上安全。剩下的退路只有安置皇帝與宰相的第一區塊上方，或是第三區塊周邊。由於不可能選擇不重返伊庫塔與雅特麗身邊，青年決心保護公主趕過去。

他們離開洞窟，與扛著擔架的醫護兵們一起奔跑。右腿骨折的馬修由體格魁梧的部下背負，夏米優殿下也牽著哈洛的手一直往前跑。最糟糕的預感催促著每個人，使他們像要否定預感般不斷邁步。沒有多遠的距離，感覺像是延長了十倍。

「阿伊！雅特麗小——」

抵達終點的瞬間。所有人都理解到，一切已經結束了。

——————！

伊庫塔正在嘶喊。緊緊抱住炎髮少女的身軀不成聲的痛哭。他涕泗縱橫地抽噎著，沙啞破音的喉嚨顫抖著反覆呼喚她的名字。

染紅他們周邊地面的血泊，血量多得足以輕鬆葬送一個人的生命。

閉上雙眼倒臥的少女，表情平靜到感覺不出生命的存在。

「——————」

托爾威右手的風槍落地。

哈洛雙手摀住嘴巴。

馬修停止呼吸。

夏米優的雙膝頹然跪倒。

「————啊————」

上百句準備好的道歉台詞，在她心中永遠失去目的地。

再也無法道歉。無法得到原諒。

那雙手——再也不會梳過她的頭髮。

風向改變，滯留在半空中的煙霧向西飄去。

在晴朗的傍晚天空下，少年呼喚半身名字的聲音未曾中斷過地不停響起。

尾聲

最終，是努達卡．梅格少校下了放棄攻打及撤退的決定。

炎髮少女未能歸來的事實，使他徹底灰心喪志。決心不再戰鬥的少校從南側撤回進攻裸岩區的所有兵力，與雷米翁派拉開距離重新布陣，聯絡戰力會合的兩軍表明不打仗與願意交涉的意志。

接下來，沒有任何一個人能夠像先前那樣繼續分出敵我。以治療和搬運傷患為第一優先，所有勢力互相支援物資與人手，誰也沒有力氣再互相殘殺或是互相欺騙。能夠不分區別地救助眼前的傷患，反倒讓士兵們鬆了口氣。

旭日團搜索隊總指揮由托爾威負責。伊庫塔的狀態無法適任軍官工作，他的職務改由同伴們補上，安排好歸返中央的計畫並逐一實行。

他們和伊格塞姆派之間發生了一個問題，那便是如何處理托爾威等人收回的少女遺體。梅格少校想送回飢餓城的元帥那裡，伊庫塔卻堅持不肯交出遺體。儘管因為發生衝突，梅格少校沒有力氣以此為理由重啟戰端，最後以「答應我你們必將鄭重對待遺體」為條件妥協了。不必提醒，托爾威等人也做得非常徹底，使用大量水精靈製造的冰塊來維持遺體狀態。

陸續將傷兵留在半途的城鎮及村落，所有勢力開拔北上。由於三方以不打仗為前提進行過協調，歸途一路平靜無波。情況在離開達夫瑪州後也沒有改變，三路搜索隊行經同樣的路線筆直地朝中央前進。

雷米翁派前往帝都邦哈塔爾、伊格塞姆派前往札露露飢餓城、旭日團前往位於米歐加羅奇州的大本營，他們懷抱著各自的結局歸返。

「司令官怎麼了？」

在旭日團大本營迎接托爾威等人歸來，席巴少將第一句話先詢問為何沒看見應該出現在眼前的身影。

「受到腿上的箭傷影響，阿伊病倒了。雖然沒有生命危險，連日來不眠不休的疲倦也爆發出來。在他休息的這段期間，由我們來主持軍團吧。」

托爾威假裝平靜地說明。那態度只不過是勉強維持的表面罷了。

只要稍一鬆懈，所有的一切都將崩潰──青年有所自覺，封印起感情帶領同伴們……在騎士團裡，除了他再也沒有人辦得到。

聽到他避開最重要部分的說明，席巴少將抱起雙臂沉吟。

「……唔，說得也是。現階段讓他休息一下也不成問題，往後的發展等於大勢已定。」

聽聞皇帝和宰相落入自軍手中，少將當場決定進行下一步行動。

「進帝都。」

他做出強而有力又明快的結論。率領大軍進入帝都，讓皇帝重返寶座——這個過程本身即化為一種儀式，賦予他們的行動正當性。從皇宮內頒發的敕令與不知在國內何處頒發的敕令在分量上截然不同。

現階段占領皇宮的儘管是雷米翁派，他們現在卻是缺少玉將（註：將棋裡代表王的棋子）的狀態。席巴少將打算有條件地提供他們皇帝這片可完美填補空缺的拼圖。

「上將也會接受吧。帝國已經沒有退路。」

托爾威等人也神情僵硬地頷首。對雷米翁派有利的平局收場，正是他們期望的軍事政變著地點。依他們目前的立場，應當有足夠的可能展開交涉實現這一點。即使在沒有伊庫塔指示的狀態下，他們也依照這個方針肅穆地推動情勢。

「…………」

夏米優殿下空虛地望著眾人的身影，眼神彷彿在眺望遙遠異國的風景。

「來，公主……」

她在商議結束後也沒離席，直到哈洛牽起她的手才終於邁開步子。除了像這樣停止思考之外，她沒有別的方法來保持精神正常。

根據和雷米翁派交涉的結果，旭日團進帝都一事沒多久後拍板定案。四千兵力進入首都後，半數駐紮在皇宮用地內。為了在帝都內與雷米翁派之間繼續保持均衡關係，此乃必要之舉。

「……沒想到居然是你們帶回皇帝陛下……」

在位於兩個勢力地盤交界處的庭園一角，雷米翁上將當著席巴少將等旭日團軍官面前說道。神情間的苦澀與斷念之色各半。自從露西卡·庫爾滋庫陣亡後，他臉上因為操勞增加的皺紋愈來愈多。

「——這算是遭遇妨礙導致的結果，還是得到幫助的結果，老實說我無法分辨。只有狀況超出我能解決的範圍是事實吧。」

上將帶著複雜的感慨訴說。透過接受與旭日團的合作框架，派兵前往可能遭齊歐卡侵略的國境一事已準備完畢。這麼一來，駐紮在飢餓城的伊格塞姆派勢力也難以繼續採取強硬態度。狀況總算往穩定的方向前進。

「那些都過去了，父親。重要的不是今後我們該如何攜手合作嗎？」

青年迎面回望父親如此回答。那毅然的態度令翠眸將領有種雙方立場逆轉的錯覺，苦笑地搖搖頭。

「不用你說，傾盡全力促使帝國各種制度健全化是我一心所願。不過……」

雷米翁上將握緊雙拳低下頭。

「沒能趁這個機會除掉托里斯奈·伊桑馬是我唯一懊悔的。聽你們轉述時我不禁懷疑自己聽錯了……沒想到他竟然藏著那種自保王牌。」

席巴少將也點頭認同他的憤慨。

「同時停止帝國內精靈的活動啊。其他閣員在世時，他不願發生內鬨所以沒有公開吧。當然，是虛張聲勢的可能性也很高。」

兩名將領明確地共享那如骨鯁在喉般的不快感。雷米翁上將忽然環顧周遭，深深地嘆口氣。

「……就算正像這樣玷汙皇宮之地，我等身為軍人的事實依然不變。未來我也不想作出忘記國防本分日日沉溺政爭的行徑來。」

半是牽制、半是抱著純粹的心願說出口後，他轉過身。

「總之，現在需要的是敕令。你們也一起想想，有什麼使那隻狐狸拿出敕令來。」

皇宮用地內有許多供皇族及大貴族生活的宅邸。大部分宅邸在軍事政變爆發的同時失去屋主，但房屋本身依然完好，家具及日用器具遭破壞的也很少。那是雷米翁士兵並未輕率掠奪的證據，可以說證明了他們起義是出於純粹憂國之心的事實。

自從旭日團進入帝都後，夏米優殿下這幾天都受到警備森嚴的保護，在其中一棟宅邸內生活。分配給她的是一個獨自使用過於寬敞的房間。

「殿下今天心情如何？」

負責照料她的哈洛一邊替她梳理睡覺時弄亂的頭髮，一邊攀談。公主保持沉默沒有回答。少女的眼睛投向虛空，彷彿別說心情，根本不存在感情。

「因為先前好一段日子只有身上的一套衣服，真高興回到帝都後不必煩惱沒有替換衣物。這棟房子裡也有很多衣服喔，不論女裝或男裝都豪華到令人嚇一跳。雖然忍不住想試穿一下，不過現在畢竟是執勤中，要忍耐、要忍耐。」

即使公主沒有應聲，哈洛也獨自說個不停。碰到非得填滿不可的沉默，她絕不會置之不理。

「可是就算試穿，我想適合我的衣服也不多。妳瞧，我身高白長那麼高吧？每次去服飾店總是很為難店家。」

哈洛接連不斷地一直說話不光只是為了眼前的少女，也藉由這麼做試圖欺騙自己。因為說話的時候不必思考，哈洛全力朝那裡逃避。

「……索羅克、呢？」

她的努力被公主吐出的一句話無情地阻止。沒有意義的閒聊不由分說地中斷，哈洛用粉飾太平的開朗態度回答：

「他好像還——行動不方便。因為這次是腿上中箭嘛。」

公主知道問題不在傷勢。觀察少女的表情，哈洛試著輕聲詢問：

「要……去見他嗎？」

夏米優殿下在被問到的瞬間血色大變，按住腦袋猛搖頭。哈洛慌忙從背後緊抱住她，在她的臂彎中，少女的顫抖遲遲沒有平息。

就這樣過了大約十分鐘，坐在床沿的公主勉強停止顫抖起身。看著那站在窗邊呆呆地注視屋外的背影，哈洛察覺自己並沒有幫到她。同時也察覺少女想獨處的心情。

「……我去泡茶，三十分鐘後回來。」

絕不能拋下少女不管，但被她疏遠也沒有意義可言。作為這個矛盾的妥協點，哈洛反覆出入少女的房間許多次。只要說三十分鐘後回來，她必定會在三十分鐘整泡好茶端過來。頑固地持續堅守這小小的「必定」，是現在哈洛所能替少女做的一切。

「…………」

公主在只剩她一人獨處的房間中開始度過空虛的時光。一心只想著不去思考，徹底保持空洞，是她目前能夠實行的唯一自我防衛機制。

「看您愁眉苦臉的。」

居心不良的狐狸，甚至不許她保有最後的退路。

「———？」

猛然回頭的瞬間，少女的嘴巴被人摀住。那冰冷得令人毛骨悚然的掌心觸感，使她泛起雞皮疙瘩。

將她按在窗邊的牆壁上，托里斯奈露出微笑。

「這可不行啊，細節的檢查沒確實做好，密道明明是大貴族宅邸必備之物。少了伊庫塔·桑克雷和雅特麗希諾·伊格塞姆兩大支柱，就算表面上掩飾過去，看來在這種細節就會出現破綻。」

聽到對方說出口的名字，公主渾身一顫——緊接著，對他的憎恨從體內燃起。少女知道，她為什麼面臨那種下場。知道在戰鬥終結的那一刻，是哪一幫傢伙襲擊了兩人。

「嗯——！嗯嗯——！」

被摀住的嘴巴說不出話。從少女的目光與神情看出她的憤怒，托里斯奈悲傷地嘆息。

「別這麼責怪我。對我來說那也是個痛苦的決定，而且還以半途而廢的結果收場。」

狐狸面不改色地說。這種不講理的說法，聽得公主全身奮力踢打。

「為何露出那樣的表情？沒錯，的確沒錯。姑且不論雅特麗希諾．伊格塞姆，直到不久前為止，我都沒有理由殺伊庫塔．桑克雷。因為他有利用價值，希望那位名將巴達．桑克雷之子擔任伊格塞姆滅亡後帝國軍的精神支柱是理所當然的想法。實際上，我直到不久前都打算這麼做。一方面也因為他是您中意的人。我可是充滿幹勁地盤算，既然沒說服父親，那兒子一定要拉攏到手。」

托里斯奈面露自嘲之色聳聳肩，失望至極地唾棄道。

「可是，他不行。雖然作為軍人很優秀，他致命地不知分寸為何物。一條看門狗假冒您的監護人，簡直不自量力。多令人惶恐，區區一介暴力裝置竟企圖對繼承卡托瓦納皇室九百年血統的公主講授人倫！」

他灰色雙瞳中燃燒著赤裸的憤怒，兩人的憤怒正面衝突。

「凡庸之人有凡庸之人的、王者有王者的價值觀。那個人不認清分寸，企圖教導您凡庸的幸福。他毫無引導您邁向皇帝地位的意思，玩弄詭辯宣稱當個市井丫頭度過一生是最大的幸福。真是應當斬首的嚴重冒犯——未成功誅殺他，連我也覺得是非常遺憾的失敗。」

狐狸恨恨地撇撇嘴角，從鼻孔裡哼了一聲。那極其侮蔑黑髮少年的樣子，使少女心中的憤怒達到飽和。她對沒辦法馬上張口吐火感到絕望，仍然踢打個不停。

「嗯——！嗯嗚！嗯嗯——！」

「既然他們察覺我動了殺心，第二次機會很難輕易降臨。本來想過在部隊轉移途中或許能碰巧得手，但他身邊圍得像銅牆鐵壁一樣，我的棋子也無從接近起。到您這裡來還簡單得多，真是諷刺。」

「——嗯——！！」

公主發出呻吟，掙扎著試圖推開他的手臂。那幾近瘋狂的勁道讓狐狸困惑地回應。

「哎呀，請等一下，殿下。恨我是無妨，但這恨意來得毫無理由吧？儘管結果出乎我的意料，一方死亡一方生還，全都符合您的期望！」

少女的動作軋然而止，原本燃燒著憤怒的眼眸緩緩地浮現恐懼。托里斯奈不客氣地撈起她頑固地別開目光不肯看的內心深淵。

「您討厭雅特麗希諾・伊格塞姆。不是嗎？」

「——————」

「沒錯，我知道。像從前的我一樣，您也渴望得到伊庫塔・桑克雷。將擔任下一代看門狗的英雄人物納入掌中是與君王十分相稱的嘗試。連同挑選的眼光在內，我由衷感到欽佩。」

像這樣讚美公主，狐狸長長吐出一口氣。

「可是，您的做法略嫌寬容。到接近他本人嘗試籠絡為止都還好，但中間有人礙事應該立刻除掉才是。因為她充分信任您，方法明明要多少有多少。為何不付諸實行？」

身體依然僵硬，公主什麼也回答不出來。就算沒被摀住嘴巴也一樣，她害怕面對內心的陰暗面。

「不用問嗎——我當然明白。您尚未覺醒，卡托瓦納皇室代代相傳的神祕血脈尚未達到真正的顯現。真令人心痛。幾百年來積蓄的腐敗，竟使王者的血統如此黯淡無光。」

托里斯奈誇張地感嘆，下一瞬間，眼神驟然恢復光芒。

「不過有片斷跡象。您身上的確顯示過王者的一鱗半爪。正因為如此，我才親手分裂軍隊招致國難，化身為您覺醒所需的烈性藥。

對了，您可知道軍事政變的現狀？雷米翁派與旭日團聯手，正準備壓制伊格塞姆派自命為帝國軍正統。很可惜，我沒興趣拿一望即知的雜種狗當看門狗。要迅速瓦解那個串通一氣的體制——我想想，下一步該使出什麼手段？」

狐狸像安排遠足計畫的小孩一樣愉快地說道。那表情和口中不祥內容的落差，使一股強烈的惡寒爬上少女背脊。

察覺對方的戰慄，托里斯奈微笑。

「您明白了嗎？——沒錯，如果您不覺醒，我會再次動手，下次將規模更大、更加激烈。從背部分裂軍隊，從國外引來威脅。所有國土被烈焰包圍，上演最大最糟糕的困境給您觀賞。

我想您應該沒發覺，這次我可是有手下留情。您以為齊歐卡的介入為何來得這麼晚？」

每當托里斯奈的言語傳入耳中，少女內心深處便湧上熔岩般的衝動——非殺了他不可。非得有人殺掉這名男子不可。那個甚至不是佞臣，而是呈現人類姿態的災禍。是自皇室肆意排出的腐敗血海中誕生的異端份子。直到滿足他那扭曲至極的願望前，絕對無法制止他詭詐暴虐的行動。

「下一次該找誰當對手呢？伊庫塔・桑克雷作為敵手倒是奮勇拚搏，但看那副樣子，無法期望他東山再起。如果恰好有取代他的英雄出現就好，沒有的話局勢會有些一面倒啊……唔，連我也沒信心，下次不會玩到國家滅亡嗎？」

夏米優殿下在內心深處咆哮——啊，好吧。

他們本來便是開在相同血統上的謊話。都是沒有人想要，在腐敗中誕生的詛咒之子。

既然你那麼想玩，我來奉陪。

「看起來——您有意覺醒了。」

看出夏米優殿下抱定覺悟，狐狸歡喜地笑了。他將左手伸進懷中取出一張紙片，放進少女手中。

「聽好——今晚午夜零時離開房間，按照紙上所寫在皇宮中前進。不可帶人陪同，務必要獨自前往。

走到盡頭，您將主動理解該做的事。」

留下最後這番話，托里斯奈鬆開摀住少女嘴巴的手。他以燦爛的眼神望著瞪視他猛咳個不停的少女。

「我很期待，我的夏米優。期待目睹您真正光彩的那一瞬間。」

狐狸滑進家具的縫隙間，消失在深處的黑暗中。

同一天晚上，午夜零時。

從月光感覺到時刻到來，公主在床鋪上睜開眼睛。

「…………」

她早已穿好衣服。少女注意不發出聲響地下了床，腳板貼地走到房間角落，目的地是家具之間的縫隙。她探頭注視狐狸消失的黑暗，戰戰兢兢地踏進去。

就快碰到牆壁前，正面左邊出現一片空間。從外面看來只像長方體的衣櫃，背面裁切掉一部分形成暗道。裡面的地板被切割出一個四方形的洞穴通往樓下。

少女踏入洞穴，鞋底傳來類似梯子的觸感。她繼續摸索著往下走，不久後來到洞穴底。她環顧漆黑的空間，找到從石材縫隙間透出月光的位置。

少女伸手用力一推，風吹了進來，她謹慎地從那道縫隙走到屋外。

「——好。」

少女來到月夜的庭園。她回憶看過一遍後燒掉的導覽圖，開始繼續前進。

公主爬下附近的水井進入橫洞，走在地下道裡。每當碰到梯子及階梯就往返於地面和地下，躲在庭園的樹後避開巡邏光照兵發出的遠光燈，彎下腰鑽過石牆下鑿出的窟窿。

穿越最後一條地下道進入屋內時，熟悉的裝潢令少女忽然察覺。

這裡是禁中。

從穿越密道到抵達寢殿，並沒有花多少時間。

「——」

回過神時，她已站在皇帝的床前。

事情順利到讓人沒來由地覺得可怕。不是士兵們疏於警備，而是穿過巡邏死角抵達這裡的路徑設定神乎其技。其中有許多部分是身材嬌小的她才能通過，換成同樣年齡的男孩恐怕都很困難。進入禁中後通往寢殿的通道，幾乎狹窄到像是給貓走的。

也許我反過來走了一趟兒童用的逃生路線——少女一邊心想，一邊望向床邊的桌子。

桌上隨意地擺放著一把短刀。

她的確只看一眼便明白，在這裡該做的事是什麼。

「………」

少女重新望向床上。除了臥床的皇帝，貼身精靈不見蹤影。

雖然想像不到用了什麼騙術，這大概是托里斯奈知趣安排的。此刻，皇帝沒有任何保護，比起剛出生的嬰兒更缺乏防備地迎接闖入者。

真虧他大費周張地製造這個狀況——公主心中想道，半是傻眼，半是顫抖。

「…………」

她再度俯望眼前的皇帝。除了單薄的胸膛正上下起伏之外，和死人相差無幾。

打從身心都化為傀儡前，他便是名醜陋的男子。好色又愚蠢，脾氣暴躁到無法應付。

她知道他是自己的父親。不過，她沒把他當成父親。

硬要形容的話——對少女而言，那個是軀體徹底腐壞的一部分。

若能把心一橫剜掉爛肉，不知該有多痛快。

「…………」

少女思考。自己接下來要做什麼？

比方說，殺害親生父親。比方說，殺害一國之君。

她搖搖頭。兩個說法都沒錯，卻遠離本質。

「…………」

憎恨父親時，她總是憎恨自己。

憎恨皇帝時，她總是憎恨第三公主。

憎恨托里斯奈·伊桑馬時也一樣。以繼承相同血統的叔父為鏡，她從中看出自身難以拯救的腐敗。

對於血統無止境的憎恨，換言之正是對自己無止境的憎恨。

「…………啊啊。」

沒有苦惱的餘地，少女便得出結論。領悟自己即將做出的事的本質。

這是自殺。不然便是自殘。

是生來汙穢不堪的自己，在世上唯一容許的祓禊。

「…………！……」

有一位少年說這個答案是錯的。

然而，伊庫塔．索羅克身旁總是有雅特麗希諾．伊格塞姆相伴。

伊庫塔的心屬於雅特麗。雅特麗的心屬於伊庫塔。

她覺得兩人的存在方式非常寶貴。不該用骯髒的手觸碰。

可是——當她回過神時，這顆心卻渴望徹底奪走少年。

「——啊——」

不可以哭。自己沒有哭泣的資格。

因為渴望奪走他的人是自己，既然心願實現，她非得高興不可。

實在愚蠢。實在鄙俗。實在醜陋。

作為腐敗至極血統的後裔，正適合這樣的存在方式。

「————」

她滿心憎恨。伸出右手握緊短刀刀柄。

少女發誓，往後自己前進的道路將沒有任何正義。

殺死父親。殺死叔父。殺死所有永靈樹的血脈。僅僅以憎恨為糧成就這一切。

她再也沒有資格為了保衛、為了拯救某些事物而戰。

因為她已經踐踏了世上最寶貴的事物。

「————！————」

不可以哭。不可以哭。別流淚。適合妳的表情不是哭泣。

少女高舉反手握住的短刀。左手疊上右手覆蓋刀柄。

揮下去便結束了。揮下去就是開始。她將永遠失去猶豫的理由。

所以笑啊，堂堂大笑吧。笑得比狐狸更加冷酷、比世上任何人都更加殘忍。

笑啊！

「————————啊啊！」

深夜兩點。事情從突如其來的玉音放送開始。

「在此宣告，皇帝陛下駕崩。」

睡夢中的人驚跳起來，清醒的人驚訝得雙眼圓睜。皇宮內的軍人們一片騷動。

「第二十七代皇帝阿爾夏庫爾特．奇朵拉．卡托沃瑪尼尼克崩殂。帝國全體臣民，為前往主神身畔的陛下默哀。」

為何是現在——許多人產生疑問。既非失蹤期間、也非遭第三勢力囚禁時，為何皇帝在如今回到皇宮後駕崩？

「同時根據帝國法制定的規章，任命下任皇帝。」

軍人們戒慎起來，準備嚴肅地接受新君即位。

「第二十八代皇帝，乃第三公主夏米優．奇朵拉．卡托沃瑪尼尼克。」

所有人都懷疑自己聽錯了。幾乎沒有人預期那個名字出現。

不是第一皇子、不是第三皇子、不是第一公主——是第三公主。

「重複一次。第二十八代皇帝，乃第三公主夏米優．奇朵拉．卡托沃瑪尼尼克。」

毫不在意放送內容的異常，精靈們淡淡地不斷傳達。沉入夜色的帝都街道齊聲合唱。

「從現在起慶祝新皇登基。身在皇宮者，全數至白聖堂趨謁。」

繼深夜兩點的登基之後是深夜兩點的慶祝儀式，要找出沒有異狀的部分反倒更難。儘管被幾近於混亂的困惑驅使著，軍人們依然展開行動。他們嘗試在異常狀況下保持禮節，苦思一番之後，決定只由兩方勢力司令官等級的軍官趕往白聖堂。

沒有人知道這是否真的符合禮儀，只有軍人祝賀的登基儀式本身就前所未聞。

「……參見御前。」

以生硬的聲調通知後，雷米翁上將走進白聖堂大門。首先躍入眼簾的，是鋪向寶座的紅地毯。左右兩側沿路點著火把，搖曳的火光將黑暗中的寬廣空間染上一層神祕氣息。

「可、可以進來嗎……？」

雙臂拄著丁字拐的馬修戰戰兢兢地前進，托爾威、哈洛、薩扎路夫、席巴少將也跟在後頭。對他們來說，現在不是在意禮儀的時候。

「公主……？妳在這裡嗎……？」

哈洛注視著昏暗的深處問道。托爾威和薩扎路夫神情緊張地並肩站在一旁，在他們眼中，只有寶座的輪廓從火光中漆黑地浮現。

「你們在——困惑什麼？」

那道輪廓內響起第一句話。認識說話者的所有人渾身僵住。

那的確是她的嗓音，卻有些不同。帶著某種致命性的差異。

「靠近些。身在皇宮者，全數——我應該這樣命令過。」

她呼喚軍人的聲調，的的確確具備君主威嚴，宛如高踞寶座數十年的國王。她過去連一次也沒展現過這種面貌。跟年齡不相襯的聰明、跟年齡相襯的稚氣——應該是公主的特質。

「夏米優殿下……？」

托爾威忍著異樣感上前幾步定睛望去，寶座的輪廓內緩緩地浮現那個身影。

「不是殿下。馬上改口，托爾威・雷米翁。」

青年腳步一晃停住。幾秒鐘後，跟在後面的軍人們愕然地瞪大雙眼。

坐在寶座上的金髮少女全身穿著不摻任何雜色的全黑服裝。令人聯想到黑亮烏鴉羽毛的上衣，彷彿由夜色熬煮而成的裙子、色澤比深淵底部更晦暗的外套。在慶祝新皇登基的場合，這身服裝委實太過出格。

「……您的衣著風格有些不可思議呢，夏米優陛下。」

儘管疑惑，雷米翁上將依然按照對方的意思選擇稱謂。靠在寶座的扶手旁，少女揚起嘴角頷首。

「無論深夜或拂曉，該死亡的時刻到來就會死。甚至皇帝也不例外。」

危險的發言令軍人們倒抽一口氣。從那番話明顯感覺得出言外之意。

「那麼至少慶祝吧。高歌對抗黑夜吧。人人終將腐朽，那便先慶祝葬禮吧。」

少女如歌唱般地說著，手放到身上的黑衣上。沒有任何誇耀之意，表明這正是唯一的正裝。

「臣可要大膽地否定您的金口玉言，陛下的光輝才是真正屬於永遠的一部分。」

說話聲自軍人們背後傳來。他們錯愕地回過頭，狐狸顯得異樣蒼白的笑容映入眼中。

「您覺醒了呢。嗚呼──實屬僥倖。我托里斯奈降生於世四十餘年，再也沒遇過比今天更好的日子。」

托里斯奈彷彿神魂顛倒地說道，在寶座前低垂著頭跪下。少女依舊笑容嫣然。

「這句賀詞雖然俗套卻還不壞，狐狸。過來領賞。」

托里斯奈回應召喚走向寶座。少女悠然地俯望跪拜在眼前的狐狸。

「你的指甲真長。」

她沒來由地指摘，拿起他一隻手。

「我來替你弄短。」

少女以指尖掂住托里斯奈的食指指甲，不由分說地往後剝掉。

「～～～～～～？」

狐狸口中吐出沒有成聲的空氣。少女淡淡地掂住第二片。

「真是個讓人費心的臣子。你連日常生活都打理不好嗎？」

嘶！撕裂的皮膚拉出一條線來。托里斯奈痛得向後仰。

「嗯？怎麼了，為何一語不發？我不是正親手替你剪指甲嗎？明明應當欣喜若狂，為何沒聽見你開口讚美我？」

她剝掉第三片、第四片指甲扔在地上。狐狸嘴角吐出白沫。

「還是保持沉默嗎。太失禮了吧？……太失禮了吧！」

少女以拇指剝掉第五片指甲，直接砸在對方臉上。當她放開抓住的手，托里斯奈用手撐地當場癱倒。失去所有指甲的右手五指指尖露出粉紅色的指肉，一股股地滲著血。

「——哈啊！呼！哈啊……！」

等待麻痺大腦的劇痛浪潮平息，托里斯奈伏在地上用衣袖擦去嘴角的口水，緩緩地站起身面露笑容。

「光榮、之至。」

他滿臉冒著冷汗地說完回答。少女恢復笑容開口：

「退下。你身上有下流畜生的臭味，我不喜歡。」

人格遭到否定，被極盡侮蔑之能事的唾罵。在軍人們愕然的注視中，狐狸彷彿難以忍受地抓住額頭向後仰，那怎麼看都不可能是憤怒的反應。

「呼呼呼！呼哈哈哈哈哈哈……！是臣失禮了。下次仔細清潔過後再拜謁陛下！」

托里斯奈以完美的禮儀行禮後轉身，一臉歡喜地離開白聖堂。馬修、托爾威、哈洛、薩札路夫都只能啞口無言地旁觀這一連串的事情發展。

「好，餘興節目玩夠了。聽聽你們要說的話吧。」

少女若無其事地調回目光，逐一環顧軍人們的臉龐。看到沒有人接話，她倨傲地從鼻子哼一聲。

「皇帝傀儡化的時代結束了。我命令你們直言不諱，儘管但說無妨。現在我要的是賀禮。雷米翁上將、席巴少將，交上來吧。」

被點到名的兩人面面相覷。少女拉高嗓門對困惑的兩人宣言：

「叫你們上奏欲以我當後盾去完成之事。快，別浪費時間！」

在她大喝之下，軍官們慌忙地動腦思考。拋來無數的異狀與不對勁之處，場面的主導權完全掌握在少女手中。慶祝典禮轉變成軍事會議，軍人們在黑衣新皇御前戰戰競競地開口。

「————呵。」

少女扭曲地揚起嘴角發笑。那悽慘的笑容，甚至已不是刻意為之。

帝曆907年，第三公主夏米優・奇朵拉・卡托沃瑪尼尼克登基為皇。

後年的歷史學家談論這位一百八十年未見的女皇時，總是伴隨「破壞」兩字——

〈完〉

後記

午安，我是宇野朴人。謝謝各位拿起本系列的第七集。

這次我想別說太多，靜靜地作結。

下一集將是新章開幕，大約秋季能送到大家手裡。

雖然間隔太久很過意不去，但我會好好運用時間努力作出相襯的充實內容。

但願大家期待。

插畫家竜徹老師，謝謝您這一集也提供出色的插畫。

在此向各位讀者們致上最誠摯的感謝，為問候告一段落。

漫畫版《天鏡的極北之星》作者 川上泰樹 特別贈稿

TAIKI KAWAKAMI PRESENTS

《發條精靈戰記　天鏡的極北之星》現正熱賣中!!

Kadokawa Light Novels

©YASHICHIRO TAKAHASHI
ILLUSTRATION: NOIZI ITO

實現之星 1~3 待續

Kadokawa Fantastic Novels

作者：高橋彌七郎　插畫：いとうのいぢ

天上出現了「死像」卻與「海因之手」無關？
膚色滿點的夏日泳裝戲水篇歡樂登場！

遠離了城市喧囂的女孩們一個個換上俏麗的泳裝，興高采烈地盡情玩水，只有直會樺苗一個望著藍天沉默不語，因為天上出現了「死像」。然而「海因之手」卻錯愕不已：「這個死像，不是我們創造出來的──」滿載少女軍團眩目泳裝的最新刊登場！

台灣角川

各 **NT$160~180/HK$48~55**

國家圖書館出版品預行編目資料

發條精靈戰記 : 天鏡的極北之星 / 宇野朴人作 ;
K.K.譯. -- 初版. -- 臺北市 : 臺灣角川, 2016.03-
冊 ; 公分
譯自 : ねじ巻き精霊戦記 天鏡のアルデラミン
ISBN 978-986-366-978-4(第6冊 : 平裝). --
ISBN 978-986-473-189-3(第7冊 : 平裝)

861.57 105001232

Kadokawa
Fantastic
Novels

發條精靈戰記
天鏡的極北之星 7
（原著名：ねじ巻き精霊戦記 天鏡のアルデラミン Ⅶ）

2016年8月11日 初版第1刷發行

作　　者：宇野朴人
插　　畫：竜徹
角色原案：さんば挿
日版設計：AFTERGLOW
譯　　者：K.K.

發 行 人：成田聖
總 編 輯：蔡佩芬
主　　編：吳欣怡
文字編輯：黎夢萍
資深設計指導：黃珮君
美術設計：胡芳銘
印　　務：李明修（主任）、張加恩、黎宇凡、潘尚琪

發 行 所：台灣角川股份有限公司
地　　址：105台北市光復北路11巷44號5樓
電　　話：（02）2747-2433
傳　　真：（02）2747-2558
網　　址：http://www.kadokawa.com.tw
劃撥帳戶：台灣角川股份有限公司
劃撥帳號：19487412
法律顧問：寰瀛法律事務所
製　　版：巨茂科技印刷有限公司
ISBN：978-986-473-189-3
香港代理：香港角川有限公司
地　　址：香港新界葵涌興芳路223號
新都會廣場第2座17樓 1701-02A室
電　　話：（852）3653-2888